新 潮 文 庫

ペ イ ン レ ス

上　巻

私の痛みを抱いて

天 童 荒 太 著

新 潮 社 版

11413

目次

ペインレス　上巻　私の痛みを抱いて

プロローグ

黒い海に浮かんだアイボリーホワイトの、やや楕円形《だえんけい》の島を上空から見下ろす。

アイボリーよりさらに白く映《は》える海岸線が、湾口《わんこう》などで欠けることなく、ほぼ等間隔の奥行きで、ぐるりと島を縁取っている。

すぐ内側の黒檀色《こくたんしょく》の狭い森が、海岸線との境を鮮明に刻み、やはり島の形に沿って、ほぼ楕円の形を描いている。

島の中央を大きく占めているのは、砂漠だった。

象牙《ぞうげ》に似た島の色を決定づけているのは、この砂漠の色である。

ところどころ黒檀色の森が砂漠に食い込んでおり……いや、むしろ砂漠が森を侵食しているのか。微細で際限のない起伏の線で、互いにせめぎ合っている。広大な砂漠の、ほぼ中心部に縦に線を引いたとして、ちょうど線の上下のところに、まだ森が細く残っており、中心に向かって深く沈降《ちんこう》している。この黒檀色の谷状のくぼみによって、砂漠は左部と右部に分かれているかのごとく見える。

そして左部の砂漠、右部の砂漠とも、それぞれ中央付近に、三日月の形の湖を、反った背中側を寄り添わせるようにして、抱え込んでいた。

脳室。その紺青色《こんじょういろ》に眠る湖を指差して、男が言う。

「拡大はなく、脳の萎縮《いしゅく》も見られない。けれど、この脳室は美しいね。背中をつけ合った有名な双生児みたいに左右対称で、完璧《かんぺき》な三日月の形をしているよ」

野宮《のみや》万浬《まり》は、ソファの上で脚を組み直し、隣に座った男に依頼した。

「脳室ではなく、前頭葉《ぜんとうよう》と側頭葉《そくとうよう》の辺りを精細に診てほしいんです」

「前頭葉と側頭葉か……人が人たる所以《ゆえん》だね」

筋肉の多くが脂肪に変わってからずいぶん経《た》つ、五十一歳の男がつぶやく。

「たとえば扁桃体《へんとうたい》ですけど、人と違うところが見いだせませんか」

万浬はつづけて訊《き》いた。

「扁桃体ねぇ……」

男が、リモコンを操作して、画像を少し前に戻して再生、一時停止、再生と繰り返し、MRIによって撮影された脳の断面画像を検証してゆく。

その間も、学生向けの慣れきった講義内容がつい口をついて出るのか、あるいは万浬へのひけらかしのつもりか、単調に言葉を垂れ流す。

「扁桃体は、と……脳の左右にある神経細胞の集まりで、大脳辺縁系《だいのうへんえんけい》に属し、感覚器官を通して入ってくる出来事の情報に対する、情動的な反応と、その際の記憶の形成、および貯蔵に主要な役割を持っている。扁桃体は、人間の感情に深く関わっている。ことに恐怖や不安の表情、また行動に大きく関係し、交感神経系を活性化させ、呼吸や脈拍の増加、血圧上昇、身がすくむといった硬直、ストレスホルモンの放出などに影響している。たとえばだ……突然いま教室に男が斧《おの》を振りかざして入ってくる。そうした心身をおびやかされる恐怖や痛みを体験した場合、扁桃体はその体験を記憶、貯蔵する。再度その危機が訪れたとき、あるいは訪れることが予想された場合……清掃業者がモップを担《かつ》いで入ってきただけでも瞬時に反応して、心身を興奮させ、逃走もしくは攻撃など、危機回避の行動に駆り立てる……。いやいや、扁桃体はアーモンドに似ていると言われるが、これは愛らしいフルーツグミのような扁桃体だねぇ、どこも変わったところはないよ」

「前頭前野《ぜんとうぜんや》は、どうですか。少し削れているとか、変形している点はないですか」

万浬の問いを受けて、男が、前頭前野ね、とつぶやき、リモコンを操作する。

「前頭前野は、前頭連合野《れんごうや》、あるいは前頭前皮質《ぜんひしつ》とも呼ばれ……新しい脳である大脳皮質のうち、学生諸君の可愛《かわい》らしいオデコの後ろに広がる領域だ。自分の身に生じた出来事を、経緯を含めて認知し、処理を考察、結果を想像し、短期または長期的展望に立って自己の利益となる方策を比較、選択する。ときには他者および社会に大きな利益をもたらす自己犠牲の判断をおこない、ヒューマニティーと言われているような働きもする場所で、周囲の空気を読む、という高度な精神活動も、ここからの指令でおこなわれる。恐怖や不安に対して本能的な働きをする扁桃体の活動とは対照的に、理性を働かせて、知的な思考、行動を促す場所でもある。いや……変形なんていささかもない、きれいな形の前頭葉だね」

男は、あらためて側面から捉《とら》えた脳、また脊髄《せきずい》側から頭頂へ向かって輪切りにする形で捉えられた脳の断面図を、順に精査する目で見てゆき、しきりにうなずいた。

「これはなかなかの逸品じゃないか。形が美しいし、経験的に持ち重りのする脳という感じがするね。皺《しわ》も綺麗《きれい》な模様を描いて、色がわからないのが残念だが、鮮やかなピンク色で生き生きしてるんじゃないかな。ヒップみたいに盛り上がった〈回《かい》〉を愛《あい》撫《ぶ》したあと、指を滑らせてそのあいだの〈溝《こう》〉の奥へと指を入れてみたいね……」

からかいと誘惑を含んだ男の言葉を、万浬は聞き流して、冷静に尋ねた。

「先生は、犯罪者の脳も研究されています。比べて、違いや共通性はありませんか」

彼は、映像に目をやったまま凝《こ》りをほぐす感じに首を左右に曲げた。

「犯罪者の脳の画像や、死後摘出の脳の検査資料にあたると、異状が見られる場合は確かにある。前頭葉の理性を司《つかさど》る部分や、深い思考に関わる場所が、欠損や萎縮、損傷が生じて影響を受け、感情や欲求の抑制が難しかったり、思考や想像力が未熟だったりしたろうと、推測されるケースは少なくない。一方で、何人も人を殺した凶悪犯でも、脳の異状は見られなかったり、脳の萎縮や損傷があっても、犯罪とまったく関わりがなかったりした人はそれ以上に多い。脳を見て、犯罪の可能性を判断するのは困難だ。この脳に関しては、器質上の異状は見られず、健康な脳、ということになるね。ところで脳の診断だけなら、なぜ病院でなく、こんなところで……」

男が、ソファの上で腰をずらして、万浬のほうに向き直る。

万浬は、右手の指を五本そろえ、熱に潤《うる》んだような男の目の前に差し出した。

「アポトーシス、ご存じですよね」

「え、何……」

「人間を含めた多細胞生物の、からだを構成する細胞のなかで、必要のない部分が消えていく……生命体が、よりよい状態で生存するために、不具合な細胞を排除していく自然のシステムです」

手首につけた香水が、男の性欲中枢《ちゅうすう》を刺激する時間を計算して、彼女は指を広げ、指の隙間《すきま》から柔らかい笑みを彼に見せた。

男は、ああ、あれね、とうなずき、こわごわと万浬の手を取った。

弛緩《しかん》した胴回りに比べれば別人かと疑うほど、脳の血管を縫うことに長《た》けた繊細な彼の指が、万浬のほっそりと伸びた指を撫《な》で回す。欲望の放恣《ほうし》を許された指は、執拗《しつよう》に彼女の指にからみつき、もてあそぶ。

「あれだろ、人間の手は、もとは団子みたいな肉のかたまりなのが、胎内で、指と指のあいだの肉が消えてゆき、こんな複雑な動きをする指が生じる……蝶《ちょう》の羽も、もとは扇に似た形から不要な部分が削られて、ああした複雑な形が生じてくると言われてる。オタマジャクシがカエルになるときに尻尾《しっぽ》が消えるのも、それだよね」

「人間の脳にも、新たにアポトーシスが生じてくる可能性はありませんか」

万浬は、液晶画面に映し出されている脳に視線を振り向け、「これまでの人間の脳に比べて、脳のどこかがアポトーシス的に消えている……その可能性を感じさせる新しい脳が、どこかで発見されてはいないでしょうか」

男は、珍しいオモチャを与えられた幼児に似た、うつろな楽しみに没入している表情で万浬の指をいじりながら、首を横に振った。

「いや、そうした事例は、酔った上での世間話程度でも聞いたことがない。類人猿の脳に比べて、人間の脳が大きくなったことは明らかだけど……いま人間の脳において、アポトーシス的に消えている部分があるのでは、という問いは、人間の脳が退化しはじめているのでは、という意味かい。そういう想定なら、実際、我々の世代の者たちは、最近よく口にしてる。近頃の子は、脚が長くなってきた一方、顔が小さくなってきたけど、その分どうやら脳も縮んできてるみたいだ、ってね」

万浬は、相手の手から、隙を見て、自分の指を引き抜いた。あっ、と腰を浮かし気味に手を伸ばす男を正面から見据え、欲望の触手をさえぎる醒《さ》めた口調で言う。

「自然環境も住環境も悪化してゆく時代において、ほとんどの機械、機器類がコンパクト化してきているのは、それが便利だと、人間の脳が理解し、欲求しているからでしょう。脳自体のコンパクト化への願望も、反映されているとは考えられませんか」

「いや、退化だよ退化」

男は、欲求が満たされない苛立《いらだ》ちからか、ぞんざいに吐き捨て、ソファの前のガラステーブルに手を伸ばした。グラスに注がれたワインを飲み干し、荒く息をつく。

「最近の学生を見てると、我々の若い頃はもちろん、ちょっと前の学生に比べても、退化は顕著だよ。とにかく物事を深く考えない。入力して即、感情的に出力する癖がついてるんだ。垂れ流される情報の裏を読み取る能力も意欲もなく、長い思考が必要な問題を面倒くさがり、傷つきかねない冒険をいやがる。理解できないものに出くわしたときは、理解させてくれない向こうが悪いと責めるんだ。確実に退化だよ」

「世界的に、おっしゃる通りの傾向があることは否定しません。でも、脳が本来持っている能力の活用を、脳自体が拒否してしまっているに等しい現況は、退化というより、脳の世界的な集団自殺と呼んだほうが合う気がします。地球規模の危機の招来を早めているわけですから」

「ハハ、そりゃいい。脳味噌《のうみそ》が群れをなして、汚染された空の下を通り抜け、次から次へ、水位の上昇した海へ落ちてゆく光景が目に浮かぶよ」

「だからこそ、ごくごく一部の脳において、変異が生ずる可能性があるのでは、と希望的に推測してるんです。新しい道へ進むとき、古い脳のなかに邪魔となる部位がきっとあるはずです。それを不要なものとして削り落としてゆくとすれば、それは適者生存の法則にかなった、新たな生命体、と呼ぶのが適当ではないでしょうか」

「不要なものって何かね……性欲かな。最近の子は昔ほど旺盛《おうせい》じゃないらしいけど」

男は、彼女の淡いピンク色のブラウスの胸もとに目をやり、さらに視線を下げ、タイトなラインのスカートから細く伸びる脚を露骨に見つめた。

万浬は、黒のストッキングで締めた脚を衣擦《きぬず》れの音を立てて組み替え、

「旧来の性のあり方は滅びの文化の象徴の一つである、と察知した脳細胞が、変化する環境に即して、性欲中枢に関する……たとえば、視床下部のある部分を、減らしたり消したりする可能性はあるかもしれませんね」

男は、新たにつぎ足したワインを、味わうこともなく一気に喉《のど》に流し込んだ。熱っぽい息を吐き、ふたたび彼女の膝《ひざ》から足首へと流れる柔らかい線に視線を置く。

「だが、性欲を亢進《こうしん》させる中枢がアポトーシスで消えたら、種の存続が成り立たないだろ。人生も明らかにつまらなくなる。ああ、酔いも回ってきた……野宮君、あ、野宮先生と言ったほうがいいんだね。まだ誰かの脳味噌を診なきゃいけないのかい」

「いいえ、もう十分です。ありがとうございました」

万浬は男のほうに向き直った。彼の喉もとを窮屈に締めているネクタイを見つめ、

「いいデザインのネクタイですね」

「そう？　とっておきのシルクを締めてきたんだよ」

彼が飲んでいたワインと同系色のネクタイの先端に、万浬は左手でふれた。右手をシルク地に沿って滑らせ、突き上げるように男の喉もとに押し当てる。

男がとっさにからだを引き、万浬の表情を注視する。扁桃体が機能している。

「この奥には、痛みをあなたから失わせる星がある」

「……痛みを失う？」

「そうした働きをする星状の形をした場所が、喉のこの辺りにあるんです」

万浬は、人差し指で男の喉仏の脇《わき》をゆるく押してから、ネクタイをゆるめてやった。

男がつめていた息を吐き、肩の力を抜く。

「野宮先生……前にも、どなたかに、脳の画像診断を頼みませんでしたか」

ネクタイをまだ万浬の手に預けたまま、彼が喉を伸ばして訊いた。

「ええ。新たな発見や、時間の経過で何かしら違いが現れてくるかもしれませんので、年に二、三度、専門知識が豊かな先生方に診ていただいています」

「それはやはり、ホテルで、ですか……こうした、スイートルームで」

男が、好奇心と嫉妬《しっと》が入り混じった表情で問いを重ねる。

万浬は、剃刀《かみそり》の刃を引く勢いで、ネクタイを引き抜いた。シャツの綿がシルクにこすられ、悲鳴を上げる。その音に、男の大脳辺縁系がまたおびえる。

彼女は、ホテルで借りたDVD再生機器のリモコンを取り上げ、リピート再生の操作ボタンを押した。脳の断面画像がエンドレスでモニターに映し出されてゆく。

「あ……で、このあと、どういった話をすればいいんだろう」

男がかすれた息づかいで、駆け引きに慣れない問いを発する。

「性欲中枢の話のつづきを。邪魔になる服はもう脱がれたらいかがですか」

「あ……そうだね、邪魔になるよね」

男は、口もとをほころばせ、特別に選んできたらしい上等のグレーの背広を手早く脱いで、ワイシャツのボタンを外しはじめた。

「本当にいいのかな、この程度のことで……年だって、二十近くも離れてるし」

万浬は、ソファから立ち、プルシアンブルー色の上着を脱いだ。草食動物の死骸《しがい》のように見える男の上着を拾い上げ、ともにクローゼットのハンガーに掛ける。

「つまらない言葉を口にするのは終わりにしてください。わたしも楽しみたいので」

「あ、それはいい、楽しんでくれるのはいいね。いまからは古い脳の時間かな？」

「いいえ。新しい脳で、楽しみたいんです」

「いいねぇ、左脳だね。甘いささやきや、恥ずかしい言葉で、感じ合おうか」

「いえ、大脳皮質の中心後回《こうかい》を働かせましょう。接触の感覚系を大切にしたいんです。それから、大脳皮質の右半球を活発に働かせたいと願っています」

「え、それって、何の知覚?」

「直感です」

「ああ、野宮先生はやはり進んでる……お母さんがフランスの方だったことも関係あるのかな。あちらは解放的だと聞くものね。あ、もう黙ります」

男は、ワイシャツを脱ぎ捨て、ベルトをゆるめてズボンも脱ぎつつ、ふと光に気を取られて、モニターに映し出されている脳の断面画像に目を向けた。

「これは……止めないの」

「つけたままでいいですか。刺激的ですから」

「そう……きみがいいなら」

男は、下着一つになって、もう一度画像に目をやり、「聞き忘れてたけど、これ、誰の脳味噌。もしかして犯罪者の?」

万浬は、ネックラインが大きく開いたブラウスを脱いで、

「かもしれません」

と答え、上半身は淡いピンク系のブラジャーだけの姿となり、スカートのホックを

外しつつ、デスクに備え付けの間接照明を消した。室内が暗く沈み、液晶画面上の大きな脳から発せられる光によって、ベッドの周辺だけが青白く浮かび上がる。

万浬は、その光のなかを進んで、待ちわびていた両手のあいだにからだを入れ、ダブルベッドの上に倒れ込んだ。クリーニングしたてのリネンの香りが心地よく、肩甲《けんこう》骨《こつ》のあいだがゆるやかに広がってゆく。

古い脳の中枢からの指令を受けた男の、せわしなく上下する手を制し、

「焦《あせ》らないで。逃げはしません」

と、耳もとでささやく。

肥満した相手のからだの上におおいかぶさって、アップにまとめていた髪の髪留めを取る。髪も瞳《ひとみ》も、ブルネットだった母親の色を受け継いでいる。首を振ると、胸もとまで伸ばしている髪が落ち、相手の鼻先をくすぐった。

スカートから片方ずつ脚を抜いて、ソファに投げる。相手のからだを両ももで挟み、上半身を立てて、ガーターベルトのストラップとストッキングをつないでいるガーターボストンを一つずつ外してゆく。

「新しい脳で、肉体の感覚に集中してください。自分の皮膚を意識して。あなたの感触の入口となっている皮膚に意識を集めて、わたしの皮膚にそっとふれてください」

ガーターボストンを四つすべて外し、ストッキングはまだ着けたまま、相手の膨らんだ下着の上に腰を下ろしてゆく。

「わたしもあなたにふれます。柔らかい、弾力のある、感じやすい、皮膚に……」

万浬の言葉を聞き入れながらも、男はどうしても我慢できなくなるらしく、彼女を抱き寄せ、乱暴に捕まえようとする。

万浬は、力を込めて相手の手を制し、脂《あぶら》ぎった顔を優しく撫でた。

「見て」

と、青白い発光体と化している脳のほうに、彼の視線を促す。

幾つもの層で切り取られた脳の画像が、時代とともに地殻変動を受けて変遷《へんせん》する地図にも見えてくる。

その地図から放射される光の変化に合わせ、二人の姿が青白く浮かび、ほの暗く沈む。万浬は、欲望を制されて息をあえがせている男の、額の中央に人差し指を当てた。

「ここ、この後ろにあるものを意識して」

人差し指を、ふれるかふれないかで相手の鼻筋の上を滑らせ、厚い唇を、形をなぞるように撫でる。相手が舌を伸ばして、万浬の指をからめとろうとするが、逃れて……唇を、胸を、彼とふれ合う近さにまで下ろしてゆく。

「じっとして……わたしとあなたの、皮膚と皮膚のあいだの空気が、少しずつ圧《お》されて、産毛《うぶげ》がそよぐのがわかるくらいに、近づけて、近づけて……あなたの表面をおおう感覚器官は、二人のあいだの空気の振動をとらえました？」

　男が繰り返しうなずく。

「じゃあ、もっとふれましょう」

　万浬の人差し指が男の唇にふれる。男がこわごわと舌を出した。小刻みにふるえる敏感な肉の先端を、股間《こかん》の奥襞《おくひだ》に隠されている尖《とが》った場所を愛撫するときのように、いとおしげに撫でてやる。

　指を下へ滑らせる。彼の喉に、胸に、さらに下ろして、彼女の股間の下にある、彼の硬く盛り上がった場所を、撫で下ろし、撫で上げる。

「それぞれの肉のかたちをなぞってゆきましょう。これが、あなたのかたち。血が激しく通っている、命の象徴的なかたち。そして……手を貸してください」

　万浬は、相手の従順な右手の指をとらえて、自分の太もものあいだに導いた。

「これが、わたしのかたち。あなたにいま許されている、命のかたちです」

第一部

I

痛い痛い痛い痛い痛い。

息がつづく限りの早口で、血色の悪い唇から悲鳴に近い言葉が洩《も》れる。

白髪の多い髪を、冷や汗のにじんだ額や頬にはりつかせ、六十七歳の女性は左膝《ひだりひざ》に手を当て、浮かしかけていた腰を椅子《いす》に戻した。

眉間《みけん》に深く縦皺《たてじわ》を刻み、目を強く閉じ、食いしばった歯の隙間《すきま》から、壊れた笛のような音を立てて息を吸い、忍耐の念をこめて低く長く息を吐き出す。

肉体の痛みに耐えている際の人間の顔として、すでに類型の一つと言ってよいほどなじみとなった表情を、万浬《まり》は冷静に見つめた。

女性が、幾重にも皺の重なったまぶたを開き、正面にいる万浬をうかがう。眼差《まなざ》しに、同情を求める色がにじんでいる。

「ごめんなさいね……なかなか簡単に立てなくて。びしーって痛みが走るのよね」

彼女は、左膝を撫《な》でつつ、言い訳の底に、つらい行動を命じた万浬への非難を秘めている。

「ゆっくりで構いません」

万浬は平静な口調で伝える。

回転椅子に背筋を伸ばして腰掛け、白い診察衣の前で手を組み、最適の処置をほどこすために必要な姿勢を相手が取るのを待つ。

三度目の受診である女性は、このあとの処置が有効なことは理解している。ただいたわりの言葉がほしいだけだ。けれど、目の前の担当医が安易な同情など示さないことも知っている。

初診のときには、万浬の容貌《ようぼう》から、外国の血が流れている人かもしれない、だから日本人である自分の痛みが理解できないのだ、と思い込んでいた節がある。

だが万浬は、生まれてからずっとこの国で暮らし、八歳のときに母が亡《な》くなる前も、その後も、東アジアの島国の文化と言葉のなかで成長してきた。

彫りの深さや高い鼻は、母方の遺伝を受け継いでいるものの、髪の色も瞳《ひとみ》の色も日本人とさほど変わらず、また最近は欧米系の顔立ちの人や、言葉づかいに少しも支障のないダブルの人も増えており、万浬も外見だけでは、日本人か、ダブルか、迷われることが多い。彼女自身は、出自へのこだわりはなく、意味もないと思っている。患者に過度のいたわりを示さないのは、診察に際して意識的に選択した対処法だった。

女性は、よいしょっ、とみずからを鼓舞する声を発して、杖《つえ》を支えに立ち、腰掛けていた椅子から二メートルと離れていない処置台の前まで進んだ。

彼女が台に腰を下ろし、臆病《おくびょう》な動きで仰向けになったところで、万浬は、患者用の出入口とは反対側の出入口に下げてあるカーテンをわずかに開き、待機しているベテランの看護師に、注射の用意を伝えた。

仰向けになった女性の、着脱が楽なジャージー地のズボンをめくり、左膝をあらわにする。患者が自分の判断で貼《は》っていたらしい、湿布薬のメンソールのにおいが、万浬の鼻の受容器を刺激する。

診察室に入ってきた看護師から、痛む箇所に局所麻酔薬を注入するためのトリガーポイント用の注射器を受け取る。看護師が女性に声をかけつつ膝を消毒して、左すねを軽く押さえたのを確認して、

「チクリとします」

と、万浬は伝えた。

痛みの予感に扁桃体《へんとうたい》が反応してだろう、女性の表情が強《こわ》ばり、

「お手柔らかにお願いします」

と言って、脳が視覚を遮断《しゃだん》することを選択したらしく、まぶたを閉じた。

万浬は、患者の膝に左手を置き、右手の注射器の針を刺した。相手の身ぶるいが指先に伝わる。シリンダー内の局所麻酔薬を女性の膝に入れ終え、

「終わりました」

と針を抜き、止血用のシールを貼った。看護師が優しい言葉をかけて患者のズボンを元に戻す。

万浬は、患者の顔色を注視しつつ、脈を取って、副作用の兆候がないのを確かめる。

「これまで通り、しばらく待っていただいて、立てるようになったら待合室でお待ちください。ご家庭で服用していただくお薬は、いつもと同じ量を出しておきます」

すると、注射を終えてまだ間もないのに、女性が眉《まゆ》のあいだをゆるめはじめ、

「ああ、きたきた、楽になってきた……先生、もう大丈夫そう」

と、少しの曲げ伸ばしにも苦痛を訴えていた膝の関節を、ゆるゆると伸ばし、また曲げる。

万浬が、目礼《もくれい》して、医療者側の出入口に下げたカーテンを開いて出ていくのを、

「先生、ありがとうございました」

と、呼び止める口調で女性が言う。両足を床に着いて、立ってみせ、

「ほら。杖なしで立てちゃった。縄跳びだってできそう。痛くて痛くて、いっそ死んだほうがましだと思ってたのに」

と、明るく顔を輝かせる。

「杖をお忘れなく」

と、万浬は告げた。

杖は実際よく置き忘れられていく。杖なしには一歩も歩けなかった患者が、杖なしで歩ける喜びに心が浮かれ、つい忘れていってしまうらしい。

万浬は、再診の患者を主に診る、手狭な第二診察室を出て、次の患者を呼ぶように看護師に伝え、隣の第一診察室に入った。


万浬の職場は、東京都心の巨大なターミナル駅から電車で二十分、中規模ターミナル駅の一つ手前の駅から、歩いて五分という場所にある。

こぢんまりとしていながら、交通にも買物にも便利で、住みたい街として人気が高

い。商店街から一本脇道《わきみち》に入り、八階建ての細長いビジネスビルへ進んで、車椅子が悠々入れる造りのエレベーターに乗り、三階で降りる。目の前に、『嶋尾《しまお》ペインクリニック内科』と看板が出ており、さらに進んだ右側に、玄関ドアがある。

玄関ドアの両側には、色鮮やかな背の高い花が鉢に活《い》けて置かれている。ドアの前には、塵《ちり》や花粉を取り除く特殊加工をほどこしたエントランスマットが敷かれ、上に乗ればドアは自動で開く。

飾ってある花は、よくできた造花だ。花粉症に対する神経ブロックの治療を求める患者もおり、外にも内にも生花《せいか》は置いていない。患者さんにも四季のうつろいを感じてもらいたい、という事務長の意向で、季節に合う造花が玄関脇と受付に飾られていた。先々月は、玄関脇に桃、受付にヒヤシンス。先月は、玄関脇に桜、受付にチューリップ。いまは、玄関脇にアヤメ、受付にはカーネーションが置かれている。

玄関を内に入ると、待合室が広くとられている。患者の気持ちをやわらげる目的で、壁は淡いクリーム色に塗られ、向かって右手に配されたソファの色も、同じ効果を期待した淡いピンクだった。

向かって左手に、車椅子に座ったまま待っていられる空間があり、部屋の角には、座ることにもつらさを感じる患者のために、L字形の手すりが備え付けられている。

診察は予約制だが、急な痛みを訴えて訪れる患者もいて、つねに五、六人程度が診察を待っている。それぞれ頬や額に手を当ててうつむいていたり、肩や腰や膝を撫でさすりながらため息をついていたりして、室内は暗鬱《あんうつ》な雰囲気に沈んでいる。

そうした患者に少しでも安らいでもらおうと、左右の壁の高い位置に備えられた液晶モニターには、緑鮮やかな森や、風に揺れる色とりどりの花など、清らかな自然の風景が、リラクゼーションを意図した音楽とともに映し出されている。

待合室をまっすぐ進んだ正面のカウンターで、受付事務員が患者の用を聞き、原則として予約をとった順番に名前が呼ばれる。

受付の横から奥へつづく廊下の先には、手前から、診察および以後の診療方針を相談・説明する第一診察室。つづいて、主に再診患者を診る第二診察室。万浬の雇主である院長の嶋尾が内勤のときには、二つの診察室が同時に使われることもある。その奥にX線室。嶋尾と万浬が必要と思えば、そのつど自分で撮影している。

そしてフロアの最も奥に、神経ブロックの施行と施行後の患者の休息のために、六台のベッドが置かれた処置室兼リカバリールームが並んでいた。

診察用の部屋と、待合室とは、アコーディオン式のカーテンで仕切られている。車椅子の患者や、自分で開く力のない患者が少なくないため、状態に応じて、二名の受付事務員のどちらかがカウンターを出て、案内に立つことになっていた。

「失礼します」

新人の受付事務員の声がして、患者側の出入口となるカーテンが開かれる。

中年男性が、顔の左半分を左手でかばい、右手を肘《ひじ》のところで曲げて胸の前に置き、頼りなげな摺《す》り足で室内に入ってきた。

診察前の問診票には、四十二歳の会社員で、主訴は左顔面のひどい痛みと、右手の痛み。当クリニックのことは、ネットで調べて知った、と記されていた。

二カ月前の夜、彼は酒に酔って帰宅途中、走行する自動車をよけようとして、右手首と顔の左半面を民家の塀にぶつけた。どちらもかすり傷程度で、放置しておいたところ、まず右手の痛みが増して、指の曲げ伸ばしにも苦痛を感ずるようになった。近くの病院で診てもらったが骨折はなく、打撲と診断された。やがて左顔面に痛みを感じはじめた。ノルマの厳しい営業の仕事のストレスだろうかと考えていた。だが時間の経過とともに、こめかみから頬にかけて痺《しび》れと痛みが強まり、複数の医療機関を訪れても、よくなるどころか、痛みは口もとから顎《あご》へと広がるばかり。それにあわせて右手の痛みも肘にまでのぼって、耐えられずにいまは休職中だという。

飲んでいる薬は、医療機関で処方された二種類の鎮痛薬。記された薬の名前の脇に、

『全然効かない！』と書き添えてある。問診票の裏面には、簡単な心理テストを兼ねた質問が二十項目並んでいる。回答から、軽いうつ病の症状も疑われた。

「顔も、右手も、骨折はありませんね」

万浬は、二十分前に問診をしたのち、患者自身がどうしてもと乞《こ》うので、レントゲン写真を撮っていた。影像は、フィルムレスで、パソコンの画面上に映し出される。

「整形外科でもそう言われたけど、だったらなんで痛むのか、わかんなくて……」

男性は、ほとんど唇を動かさないようにして話す。声量はささやく程度で、発音も明瞭《めいりょう》さを欠くが、どうにか聞き取れる。患者用の椅子に腰を着けたとき、わずかな振動さえ応《こた》えるのか、左手で隠していない右の顔面をゆがめた。

万浬は、ミケランジェロの『最後の審判』というフレスコ画を思い出した。

絵の中心は救世主と聖母だが、向かって右斜め下に、悪鬼たちに地獄へ引きずり落とされそうになっている男が描かれており、まさに左手で顔の左半分をおおっている。顔の右半分は、精神的な苦悶《くもん》で引きつり、目は恐怖に見開かれている。

この患者も、主訴は肉体的な痛みだが……病状に対する不安や、仕事を失う心配、医療機関や無理解な人々への怒りなど、精神的な痛みがそれに劣らず彼をさいなんでいる。問診の際、フェイススケールと呼ばれる痛みの顔の絵を記した計測器で、痛みの度合いを尋ねたところ、彼は最高値となる痛みの顔（フェイス）を選んでいた。

痛みにもにおいがある、と万浬は思っている。

患者の多くが、痛みを抑えようと湿布や塗り薬等の市販薬、植物の汁を塗ったり飲んだりの民間療法など、様ざまなことを試している。それらが体臭や、生活習慣上の臭気と混じり、その人その人の痛みのにおいとなって、万浬の鼻の受容器まで届く。

この男性患者は、メンソール系の塗り薬のほか、くさみのある薬湯《やくとう》を右手や顔に塗ることもしているらしい。

「風がね、頬を撫でるだけでも痛いんです。話をするたび、じんじん響いて、できたら一言だって口をききたくない。でも、話さないと、わかってもらえないでしょ」

多くの患者に見られる傾向だが、万浬と初めて向かい合ったときには、容貌に対する戸惑いの色を目に浮かべる。だが言葉や、話の間合いなどに、まったく違和感がないのを知ると、姿勢を徐々に崩し、診察が受けられる安堵《あんど》と、診療者への甘え、症状を軽く見られてはたまらないという恐れからだろう、饒舌《じょうぜつ》に状態を訴えはじめる。

「営業の仕事なんてもちろんできない。内勤だって、電話に出られないし、この手ではパソコンも打てない。食事も満足に摂《と》れない。水だって、そーっと口のなかを湿らすように飲むんです。トイレも不自由で、寝返りが怖くて、安心して眠ることもできない」

右手をあらためて診察する。外傷も浮腫《ふしゅ》もない。左の顔面も診る。顔の筋肉が強ばり、唇が斜め上に引きつって、目の周辺に痙攣《けいれん》がある。とはいえ、ひどく面相が変わっているわけではないため、他人には彼の痛みは理解しがたいだろう。

「これ以上も生きていられない状況です。痛みに縛られて、何もできない人生なんて無意味ですよ。外科、整形外科、内科、皮膚科と回ったけど、何も変わらない。自殺を考えるほど痛いのに、気のせいじゃないかって言った医者がいて、殺してやりたかったけど、利《き》き腕が右なんで、包丁も握れない……。家族がネットでこのクリニックのことを調べてくれて、藁《わら》にもすがる想《おも》いでやってきたんです」

「神経ブロックのことをお聞きになったことがありますか」

相手の訴えに対するいたわりの言葉も、同情の響きもまじえず、万浬は尋ねた。

男性は、訴えが届いているのかどうか不安になったのか、泣きそうに顔をしかめ、

「それは治療法ですか。治らなきゃいやです。何もしてもらいたくない」

万浬は、デスクの上の、ペン立てに似たステンレス製の鑷子《せっし》（ピンセット）立てから、先の鋭くとがったピンセットを右手で取って、男性のほうに向き直った。

「痛みについて大まかにご説明します」

と言い、ピンセットの先端を自分の左手の甲に押し当てる。患者の疑わしそうな目を見つめ、

「このように針状のもので刺されると、知覚をはじめ脊髄《せきずい》や脳に障害のない人、つまり通常の人は、痛い、と感じます。その感覚に至るまでには……」

と、ピンセットを指示棒として用い、手から腕、首、頭と示して、「まず、刺された場所の細胞が損傷して、痛み物質というものが放出されます。痛み物質は、知覚神経に達して電気信号に変わり、痛みを伝える神経線維をのぼって、脊髄を経て、脳に届きます。ここまで至ってようやく、刺された場所が痛い、ということになります。脳が、痛みを感じるわけです。おわかりですか」

「あ、まあ……」

男性があいまいにうなずく。

「ですから、痛み物質が脳に届く前に、痛みの経路のどこかを遮断もしくは麻痺《まひ》させれば、脳は痛みを感じることがありません。脳が感じない、すなわち、痛みがない、ということになります」

「え……痛む場所があるから痛い、んじゃないんですか」

万浬は、ピンセットをメスのように持ち替え、自分の左手首を切る真似《まね》をした。

「脳にまで信号が届くことがなければ、手が切り落とされても、何も感じません。実際に外科手術でおこなわれていることです。麻酔が効いていれば、痛みを感じないでしょう。その応用です」

「そうか……麻酔して、頭とか腹とかを切っちゃうわけですもんね」

万浬は、ピンセットを鑷子《せっし》立てに戻し、

「お飲みになっていた鎮痛薬は、患部の炎症を抑えるものです。神経ブロックというのは、患部の炎症があるなしにかかわらず、痛みを発する患部、または痛みを伝える神経経路、痛みの慢性化に影響のある交感神経節に、局所麻酔薬を注入することで、痛み信号が脳へ達することをさえぎる療法です。右手に関しては、最も痛む箇所に局所麻酔薬を打ちましょう。顔面の痛みは、最初に顔を塀にぶつけたときの外傷から、顔面神経の麻痺が生じたと考えられます。星状神経節《せいじょうしんけいせつ》に局所麻酔薬を注射しましょう。星状神経節ブロックは、右手の痛みにも効果が期待できます」

「よくはわかりませんが……治療法があるってだけで救いです。痛みと永遠におさらばできるなら、手の一つくらい失ってもいいって感じだったんですから」

「いきなり、永遠にというわけにはいきません。個人差がありますが、注射の効果は一、二時間です」

「え……たった一、二時間で、痛みが戻るって、そんなの意味ないでしょ」

万浬は、表情も姿勢も変えることなく、

「一度に体内に注入できる麻酔薬の量には限界があります。意識や運動機能に支障をきたさない程度の量を、診察のたびに注入する予定です。麻酔の効果が切れても、前と同じ痛みには戻りません。痛みを強く感じている場所は、交感神経が活発に働くことで、血管が縮み、血流が悪くなっています。痛みを発する物質を血液が洗い流せずに、患部にたまりやすくなるんです。手の痛みが一時的にでも消失すれば、血管が拡張して、血流がよくなるので、痛み物質を洗い流し、麻酔の効果が切れたあとも痛みの軽減が望めます。星状神経節のほうは、交感神経の中継点の一つなので、ここを麻痺させることで、交感神経の働きを抑えられ、左顔面の血流の改善が望めます。これまで麻酔を受けて、頭が痛くなったことなどはありますか」

問診票には、麻酔や薬剤でのアレルギーはなく、問題となりそうな薬も飲んでいないことが記されていたが、念のために確認する。いいえ、と男性は答えた。

「痛みは、あなたの内側で成長したものです。身体を守りつつ、痛みだけを切り離すには、時間をかけて向き合うことが必要です。ひとまず一日おきに神経ブロックをして、お宅では神経障害性の痛みに効果がある薬と、鎮痛補助の効果がある抗うつ剤を飲んでください。痛みがおさまってくれば、週に二度、さらに週に一度と間隔を延ばしてゆき、痛みの波をやわらげていきましょう」

「それで痛みが取れるなら……お願い、しようかな」

「ただし、星状神経節は首にあります。手技《しゅぎ》はもちろん慎重におこないますが、大事な血管が通っているそばなので」

と、万浬は感情をまじえずに起こり得るリスクを説明し、神経ブロックを受けるに際しては同意書へのサインが必要なことを語った。

男性は、同意書の存在に急におびえを示した。経験的によくあることのため、万浬は同意書の必要がないトリガーポイント注射を先におこなうことを提案し、男性もそれならと受け入れた。

看護師に注射の準備を指示し、患者の右手のうちで、最も痛むという指の曲げ伸ばしに関係している筋肉に局所麻酔薬を注入した。薬液をすべて入れ、針を抜いて、止血用のシールを貼る。椅子に戻り、パソコンに記録を打ち込む。

「あの……もう、これだけですか」

男性が拍子抜けしたらしい声で訊《き》く。苦しんできた痛みの総量に比べて、治療があまりにあっけなく、釣り合いがとれない不満を言外に含んでいる。

「あとは同意書にサインいただければ、星状神経節ブロックをおこないます」

万浬は、彼のそばに戻り、顔色を確かめ、左手の脈を取った。

「じゃあ、これだけではまだよく効かない、って、ことですか……あれ」

男性がまばたきも忘れた様子で、自分の右手を見つめる。

握りしめたままだった右手の指を、あれ……と、怪訝《けげん》そうに一本一本伸ばしてゆく。

左手で、右手の手首から指へと撫で、え、なんで……と、顔はまだ痛むので表情こそ動かさないが、声は驚きと喜びのまじったものに変化した。ついには右手をグーパー、グーパーと、握る開くを繰り返し、

「先生、どうしちゃったんでしょう、痛くないんですけど……」

「痺れはありますか」

「まあ、痺れてると言えば、そうかな……ぼわぁっとして、自分の手じゃないみたいな変な感じはするけど、とにかく手の痛みが消えてます」

「感覚が鈍くなっているので、しばらくのあいだは、重いものや、ガラスなどの割れ物を持つことは避けてください。星状神経節ブロックはどうしましょう」

男性は同意書にサインした。現在の保険診療では、医療者が必要と見立てても、一人の患者に対して一日複数の麻酔手技は認められていない。だが院長の嶋尾は、患者

の痛みを取ることを優先的に考えるようにと、スタッフに伝えている。

万浬は、神経ブロックを施行した患者の状態観察を担当している准《じゅん》看護師を呼び、男性を奥の処置室へ案内するように指示を出した。

准看護師が、男性に処置用ベッドに仰向けになることを求め、薬液注入後の脈拍と血中酸素飽和度を計るため、右の耳たぶとモニターとを接続する。万一の場合に備えた救急用の薬や酸素ボンベを載せたワゴンを、ベテランの看護師が運んでくる。

その間に万浬は滅菌手袋をはめ、準備が整ったことを確認して、患者の頭側に用意された椅子に腰を下ろした。

「首、ですよね……大丈夫でしょうか」

無防備な頭頂側から顔をのぞきこまれた男性が、不安そうに訊く。

「大丈夫です」

万浬は即答し、あとは黙った。手技には自信がある。リスクはどんな場合にもあるが、痙攣や呼吸停止が生じたとしても、蘇生《そせい》術に慣れた麻酔医としての経験がある。

患者の首を丹念に消毒したあと、リラックスのために口を軽く開くよう求めた。

「注射する場所を定めるため、強めに首を押さえます。しばらく我慢してください」

左手の人差し指と中指で、患者の首の左側をぐいぐいと押さえるようにする。

高周波エコーの画像を見ながらの施行も可能だが、万浬はブラインド、つまり手触り指触りといった、自分の感覚を頼りとした診療を得意としていた。ベテランの嶋尾も同様で、このクリニックでは、首を強く押されることに抵抗を感じる患者以外には、ブラインドで神経ブロックをおこなっている。

指先でまず筋肉を外側によけて、頸動脈《けいどうみゃく》を探る。確かな脈動を伝える頸動脈をつかまえ、おとなしくしてなさい、と脇に押しやり、さらに奥へと指を押し込む。

このときの感覚が、万浬は好きだ。指で、人間の内奥《ないおう》にふれてゆく。死に直結する血管をとらえ、脇に退《の》け、痛みを遮断する核となる場所を求めてゆく。ぐにゅぐにゅと柔らかい組織をかき分け、気道や食道を押しやり、様ざまな神経をより分けて、ついに固い頸骨の突起部にふれる。斜め前に飛び出した骨の先端を愛撫《あいぶ》する。

彼女の顔はいま恍惚《こうこつ》としているかもしれない。見てほしい、とまでは思わないが、見られても構わない。だが患者たちはつねに固く目を閉じている。

星状神経節は左右一つずつある。患者が顔の左側に痛みを抱えているため、今回は左側の星状神経節に局所麻酔薬を入れる。

骨の横突起を第六、第七と確認して、場所を定めた。この先に星状の形をした神経節をはじめ、その働きをブロックしたい頸部交感神経節が存在する。

左手で定めた刺入点《しにゅうてん》を見つめたまま、注射に適した姿勢をとるため、腰掛けている椅子の位置を微調整し、看護師のほうへ右手を伸ばす。手のひらに注射器がのせられる。針は細い。刺入点に垂直に針を刺す。患者が一瞬からだをふるわせた。痙攣した喉《のど》もとの動きが、急所を射貫《いぬ》かれた〈痛み〉の悲鳴として万浬に伝わる。

針を頸骨の、横に出ている突起の根もとに軽く当てる。先に注射器のピストン部を引いて吸引する。もし針が血管を刺していれば、血が逆流してくる。問題はなかった。

薬液の量は5cc。ピストン部を押して、1cc薬液を入れる。止めて、逆の動きでまた吸引する。無意識の指のふるえ、あるいは相手側の血流や体液の流れの変化で血管や筋肉が動き、針が気づかぬうちに血管にふれていることを考慮する。

肉体の交接も、このように注意深く、繊細に、ゆるやかに、おこなうべきものだと思う。自分勝手に振る舞うのではなく、相手を尊重して、ゆるやかにピストンを押す。止めて、引いてゆく。同じリズムで押し、引き、止めて、押してゆく……。

薬液を入れ終えて、針を抜き、すぐにガーゼで押さえる。注射器を看護師に戻して、特別の止血棒を患者の左手に渡す。血を止めるため、ガーゼの上から針を刺した場所を押さえてもらう。

星状神経節ブロックは、首の内側奥に針を刺すため、シールでは止血が間に合わない。万浬が勤めるまで、このクリニックでは患者自身の指で圧迫止血してもらっていた。だが、用心のために二十分以上も押さえつづけねばならないことから、患者には評判が悪かった。

別の適した方法はないかと考えていた万浬が、ちょうど手のひらに収まって持ちやすく、少しの力で圧迫ができるシリコン製の棒を見つけたのは、いわゆる大人のオモチャと言われる性具を売る店だった。

大人の親指程度の、ディルドと呼ばれる張形《はりがた》で、突起のないまっすぐな形は、『天使のペニス』という名前で売られていた。性具としての機能を考慮して製造されていることから、手にも喉にも柔らかく、長く圧迫していても痛みを感じない。

本来の用途は伝えず、嶋尾や看護師たちに紹介すると、これはいいと賛成され、一個千五百円と大した金額でもなかったため、万浬が六個購入して寄贈した。

「そのまま安静にしていてください」

あとを准看護師に任せて、万浬は診察室に戻り、再診の患者を二人見たあと、男性患者のもとへ戻った。

彼は両手をからだの脇に下ろして泣いていた。止血はできており、バイタルも問題ない。左手を取る。手のひらが温かい。血流が豊かになったようだ。左目のまぶたが下がり、結膜が充血し、瞳孔《どうこう》が縮んでいるのも、薬が効いている証《あかし》だった。

「先生……痛くないんですよ。痛くて泣きたかったときも、洟水《はなみず》が出たら拭《ふ》けないから、我慢してたんです……奇跡ですよ。先生は、神様ですよ」

男性が、唇を普通に動かしながら言い、仰向けのまま、頭《こうべ》を垂れる代わりに、深くまぶたを閉じる。

神様呼ばわりは珍しいことではない。痛みは、その強さによっては、からだだけでなく、精神にも著しい影響を及ぼす。なすべき仕事のことも、周囲のことも、自分や家族が歩む将来のことも考える余裕をなくし、やがて生きる甲斐《かい》も意味も見失う。

そうした牢獄《ろうごく》の扉を開き、太陽の下へ連れ出してくれた者に対して、囚《とら》われ人が、神様だ、奇跡だ、と口にしても不思議ではない。

「多少ふらつくことがあるかもしれませんが、左側の交感神経の働きが麻痺している影響なので、ほどなく元に戻ります。痛みが出たら、処方した薬を飲んでください。では明後日。お大事に」

万浬は、男性の感激の表情を、凡庸な肖像画のように眺め、彼の枕《まくら》もとに置かれていた天使のディルドを白衣のポケットに入れて、診察室へ戻った。

2

嶋尾ペインクリニック内科では、在宅でのホスピスケアを選んだがん患者の疼痛《とうつう》管理のための往診もおこなっている。

今年七十歳になる院長の嶋尾康男《やすお》が、主に担当していた。

三年前、彼と同居していた八十八歳の母親ががんとなり、彼女自身が在宅でのホスピスケアを望んだ。半年後に亡くなるまで、嶋尾が痛みを管理した。最終的に、母親から感謝の言葉をもらって見送ることのできた経験から、在宅を選択したがん患者への積極的な往診を思い立ったという。そのためには彼が往診しているあいだ、クリニックで外来患者の診察をする医師が必要だった。

嶋尾は、学界での出世などは面倒に思う、控え目で謹直な人物だった。母校の大学病院をはじめ、幾つかの総合病院の麻酔科の医師を長く勤めたのち、十五年前、内科の開業医だった父親の死をきっかけに、古びた医院を受け継ぎ、内科に加えて、麻酔科外来の看板を掲げた。

当初は、内科の診察を求める患者ばかりだったものの、痛みをコントロールする麻酔科外来の認知度が社会で上がるにつれ、痛みの相談に訪れる患者が増えてきた。知人のアドバイスで、ペインクリニック内科と名称を変えて以来、さらに除痛を求める患者数が増え、手狭な待合室には人があふれて、建物も設備も時代に合わなくなったこともあり、製薬会社の仲介により、いまのビルに八年前に移った。

同じ時期に、母校から乞《こ》われて、学生への授業を週に一度、大学病院での指導も同じく週に一度、受け持つこととなった。

子どもの頃から痛みの問題に興味を持っていた万浬は、麻酔科の医師となることを目指し、医学生時代に彼の指導を受けた。

嶋尾は、学生への授業において、治療の成功例の自慢より、冷や汗が流れるような危うい経験、ミスと指弾されてもおかしくなかった事例を、より丁寧に伝え、診療における医療者の慎重かつ謙虚な姿勢を教育の柱としていた。

彼の知識と経験の豊かさ、穏やかで孤独を好む人柄が、万浬が求めていた教師の理想像に近く、大学卒業後も長く指導を受けることを望んだ。

二年の臨床研修を経て、入局した大学病院は、外科の評判が高く、手術が多いために、麻酔科の医師は重宝がられた。万浬も積極的に仕事を習い覚えることに努め、診療後も同僚に協力してもらい、様ざまな場所の血管にカテーテルを通したり、硬膜外《こうまくがい》腔《くう》や各交感神経節および神経叢《そう》に針を刺したりと、手技の練習を重ねた。

ただし病院で要求されるのは、手術時の麻酔ばかりで、痛みを訴える患者を直接診察する機会は数えるほどしかなかった。

麻酔科標榜医《ひょうぼうい》の資格を得て、麻酔科認定医となり、研修医時代も含めて大学病院で都合六年経験を積んだところで、彼女は元もとの望みを叶《かな》えるために、二年前の春、嶋尾のクリニックを訪ね、よいペインクリニックの勤め口について相談した。

大学病院で彼女が重宝がられていることを知る嶋尾は、居づらい理由でもあるのかと尋ねた。経済的な問題なら病院側と掛け合ってもいい、とまで言ってくれた。

万浬は、子どもの頃からの志望なのだと話した。痛みに強い関心を抱いたのは八歳の頃で、中学のときに痛みの治療は麻酔科医の専門分野だと知った。以来、麻酔科医になることを目指してきたのは、痛みに悩む患者を臨床で診たいがためだった。

子どもの頃からの志望と聞いて、嶋尾は興味を示し、詳しい理由を尋ねた。

万浬は、こみいった話は避けて、ごく端的に答えた。

「痛みが人間の本質だと思ったからです。世界を成り立たせている基礎的な要因だとも思っています」

嶋尾が戸惑うのはわかったが、万浬は構わずつづけた。

「痛みが人間を人間たらしめている。と同時に、痛みへの恐れが、種としての人類や世界をたびたび危機に陥《おとし》れてきたと考えています」

嶋尾の呆然《ぼうぜん》とした表情を見て、クリニックへ転職を希望する理由にならないと思い、

「それは子ども時代に考えたことで、いまは除痛に関心があります。痛みを除いてあげられれば、患者さんを苦しみや無用の恐れから解放してさしあげられます。失われかけていた生きる喜びを取り戻すことも可能となるはずです」

と、おざなりに付け足した。

ただ、ふだん話さずにいたことを口にした興奮は、表現欲求を刺激したらしく、まだ幾らか本音の混じった理由を語らなければおさまらなかった。

「そうした除痛の経験を積むことで、痛みの研究を深めていきたいのです。痛みとは何か。痛みが、この世界で壊してきたものを知る。あわせて、痛みが創造してきたものも見いだしてみたいと思っています。痛みを深く知ることで、過去、現在および未来の世界像が新しい様相で浮かび上がってくるかもしれません」

思いもかけない理由を饒舌《じょうぜつ》に語った教え子に、嶋尾は困った表情を隠さなかった。

「そこまで踏み込んで痛みのことを考える医療者がいても、いいとは思うが……民間のクリニックでは、患者さんが次々訪れて、ひと息つく間もないのが現状でね。しか

も腰が痛い、膝が痛い、帯状疱疹《たいじょうほうしん》が耐えがたい、なんて現実の暮らしのなかで、痛みによる不都合を感じ、つらさを抱えている人たちがほとんどだよ。大学病院にいたほうが、きみの語るような研究の機会に恵まれるのじゃないかな」

「いまは、痛みに苦しむ患者さんに直接向き合い、具体的な症例に対する経験を積むことが、医療者として、また研究者としても、必要な時期と考えています。このまま医局にいても、手術室で過ごす時間が増えるばかりではないでしょうか」

その見通しに関しては、嶋尾も同意した。

「きみは麻酔の施行に関する技術が高いし、患者の痙攣や呼吸停止などの緊急時にも、落ち着いて対処できる精神力を持っている。長時間の手術にはますます重宝がられるだろう。しかし、きみみたいな大器を受け入れられるクリニックと言ってもね……まして通常とは違う研究分野を抱えているとしたら、理解されにくいかもしれない」

「でしたら、先生のところはいかがでしょう」

驚く彼に、万浬はたたみかける口調で言った。「わたしも、自分の意図を、初めてお会いする方々に理解していただけるとは思っていません。先生に打ち明けたのは、学生の頃からよく見てくださっていた方のもとで働ければ、と思ったからです」

「……確かに、きみの優秀さは理解してはいるがね」

「それだけでなく、私生活の面も……噂《うわさ》はお聞き及びかと思います」

彼女の言葉に、嶋尾は明らかに動揺した。彼は同い年の妻と二人暮らしで、二人の子どもは独立して、遠方で暮らしている。人付き合いより、医学書に没頭しているほうが心がなごむ様子で、それがまた万浬には身を寄せる場所として適していた。

万浬は医学生の頃から、また大学病院に入ってからも、多くの医療関係者と性的な関係をもった。麻酔科の手技の練習台として協力してくれた相手と、見返りに、ということもあったし、医療に関する重要な情報と引き換えに、先輩医師や事務方の職員と、という場合もあった。万浬の手技の進歩や、医療に関する知識の豊かさは、そうした人間関係にあずかるところが少なくない。

有能な相手なら、しばらくつづけることもあったが、利用価値のなくなった相手とは、以後いくら求められても断った。そのため、失望した男たちの何人かが、復讐《ふくしゅう》と自慢をかねて、彼女との関係を周囲に言いふらすことがあった。

人付き合いを嫌っている嶋尾でも、噂程度はきっと耳にしているだろう。

「しかし、私生活のことなんてのは、仕事とは関係ないからね……」

嶋尾は、彼女から目をそらしてつぶやくように言った。

罠《わな》にも似た万浬の問いかけだった。他人の言に簡単に左右されない人物なら、万浬に関する噂を耳にしても、断固信じないか、気に留めないのが大人だと、自分を律するだろう。結果として、彼女を雇わないと、自分の姿勢を貫けないことになる。

「じゃあ、うちに来るかね。給料はさほど出せないが」

「問題ありません。ぜひお願いします」

「実のところ、在宅でのホスピスケアを選択された患者さんたちへの往診を増やしたいと思っていたところでね。外来の患者さんを責任をもって診てくれる人物を探していたんだ。きみなら安心ではあるが……医局からは恨まれるだろうね」

ぼやきつつも、周囲から一目も二目も置かれている万浬が、自分のクリニックに来るということを、彼がまんざらでもなく思っている様子が表情からうかがえた。

クリニックのスタッフは、嶋尾が開業医となったときから勤めている看護師、同じく開院当時から医療事務全般をみている事務長、いまのビルに移ったときから勤めている准《じゅん》看護師と、五年目になる受付事務員の四名だった。万浬が加わるなら、嶋尾が往診に准看護師を連れていくことになるため、新たに准看護師を一名雇うという。

院内に用意されている医療機器や器具……また、給料や拘束時間、診察における責任など、提示された労働条件に、万浬のほうで不服はなかった。

ただし一点、条件というより、診察時における希望があった。

患者の痛みの訴えは丁寧に聞くし、患者がからだを自由に動かせないことに相応の対処もするけれど……同情を示すことはできない、愛想を口にしたり、過度にいたわりの態度をあらわしたりはできない……そのことを認めてほしい、というものだ。

患者間の評判が経営を左右する開業医には、ある意味で難しい条件と言えるため、嶋尾は眉根を寄せて、彼女に尋ねた。

「きみは確かに、手術前の患者への説明《ムンテラ》や、手術後の診察でも、同情的な言葉は口にせず、よく言えば冷静、悪く言えば冷淡ともとれる姿勢で臨んでいたね。病気や痛みに苦しむ患者というものは、過度なくらいに同情やいたわりを求めている、と、カンファレンスや勉強会で、先輩や同期の者が、きみに忠告したり指導したりするのを何度か見聞きした。でもきみは態度を変えなかった。事実として、きみのやり方で手術に支障はなく、患者の痛みもコントロールできていたから、わたしは何も言わなかった。だが、町なかのクリニックは、地域住民である患者とのふれあいが大切だからね。理由があるのかい」

「わたしには理解できないんです」

「何がだい」

「患者個々の痛みです。痛みには個人差があります。わたしの感覚と、患者のそれは同じではない。わかります、おつらいでしょう、と理解しているふりはできません」

「ペインクリニックを訪れる患者の多くは、たいていその前に別の医療機関を訪ねている。なのに痛みが取れないことで、医療機関や他人の無理解に怒りや苛立《いらだ》ちをおぼえている。そんなとき、ずいぶん痛かったでしょうね、よく我慢されてきましたね、と言われれば、ほっと安堵して、精神的に痛みがやわらぐことはあるよ」

「肉体の痛みに、精神状態が影響を与えることは承知しています。ですが一方で、共感や同情などの情緒的な働きかけによって、患者が医療者への依存を強めたり、痛みに冷静に向き合わないことで治療が遅れたりすることへの、懸念《けねん》があります。あくまで理性的に対応することも治療の一つのあり方ではないでしょうか。痛みは古い脳の働きに関わっています。古い脳の働きを抑えるのは、新しい脳の役割です」

指導者としての嶋尾は、学生に向けてつねづね、患者の訴えに軽々しく同情していては判断に迷いが生じる、冷静に状態を見極めることが最終的に患者のメリットになる、と教えていた。万浬の毅然《きぜん》とした表情を前に、それを思い出したのか、しっかりと患者の痛みをコントロールするならば、と彼女の要望を認めた。

とはいえ、万浬がクリニックに勤めた当初は、患者に対して優しい気づかいやいたわりを示さない態度に、蔭《かげ》で不満を述べる患者が少なくなかった。彼女の若さと容貌が、不満をいっそうつのらせるらしく、経営についても苦慮する事務長や、患者たちの愚痴を聞かされる立場の看護師たちは、先行きを心配した。

だが万浬の、痛みをコントロールする診療技術の高さには疑いがなく、患者のほうでも、無意味な同情をするばかりでいっこうに痛みを取ってくれない他院の医師よりも、痛みと除痛のシステムを理知的に説明し、適切に痛みを取ってくれる彼女のほうを信頼する声が次第にまさって、二、三カ月のうちに、心配は杞憂《きゆう》と化した。

さらに、女性医師が診察することが評判となり、女性特有の痛みに悩む若い患者が徐々に増えて、経営面でも彼女の加入はよい効果を上げ、経理の補助ができる受付事務員をもう一人雇わなければ間に合わなくなった。


「きみは無痛症の患者に興味を持っていたね」

万浬が外来の診療を終えたあと、往診から戻ってきた嶋尾が言った。

以前に、無痛症の患者を診たことがあるかどうか、彼女は嶋尾に尋ねたことがある。先天的に痛みを感じない人間の存在はよく知られているが、嶋尾はテキストや資料上での知識だけで、実際に診察したことはなかった。

学会での知り合いに、先天的な無痛無汗《むかん》症の患者を診察した者が複数いて、彼が詳しく話を聞いたところ、いずれも学齢前の子どもで、ふだんは普通の子どもと変わりなく、症状としては、資料に書かれている以上のことは知り得なかったという。

そのとき話の流れで、無痛症に興味があるのかい、と万浬は尋ね返され、正直に、あります、と答えていた。痛みとは何かを考えてゆく際に、無痛の症状というものが、一つのヒントになるに違いない。

「実は往診先で面白い話を聞いたんだ、無痛症に関してね。きみ、行ってみないか」

「往診先の患者さんが、無痛なんですか」

「いや。在宅でのホスピスケアを望んだのは、七十四歳の男性でね、わたしが以前、麻酔科外来の看板を内科にあわせて掲げていた医院に、腰痛《ようつう》の主訴で来られて以来の知り合いだ。都市開発の会社で辣腕《らつわん》をふるっていた人で、多くの街作りに、彼の意見が採り入れられているらしい。博学多識の通人でもある。ただ頭が切れ過ぎて、周囲が愚かに見えるんだろうな、偏屈というか、好き嫌いをはっきり口にするから、多くの人に慕われるタイプじゃない。一方で、親しくなった相手には、とことん力を貸してくれる。仕事柄、顔も広いしね。麻酔科外来の名称を、ペインクリニック内科に変えることを勧めてくれたのは彼だし、クリニックを開くときには、地元の有力者から、役所の上の人まで紹介してくれた。ただ……今回、往診するまでは、かほどに変わった趣味というか、願望を、内に秘めているとは思いもしなかった。彼は、痛みのコントロールを望むにおいて、あるリクエストを出した。最期《さいご》の望みという形であらわれてくる、人間の本性というか、隠された真実というものには、たびたび驚かされてきたが……さすがに彼の要望には困惑させられた。実のところ、意味がよくわからないし、わたし自身の信条として抵抗があり、断った。聞けば、先にもう二人の医者に頼んで、断られたそうだ。わたしの融通のきかない性格を知っているし、古くからの知り合いに打ち明けるのは、彼としても忍びがたかったらしいが、残り時間が少ないし、強い痛みも来ているという」

珍しい、と万浬は思った。在宅でホスピスケアを望んだ人々は、最期まで自分らしく生きたい、という願いを持っている場合がほとんどで、そうした人々の願いをできるだけ叶えようと、嶋尾は骨を折ってきたはずだ。

「どんな願いごとなんですか」

「それを、きみ、じかに聞いてこないか。わたしが断ると、相手も窮して、どこかに願いに応えてくれる医者はいないか、とうめくように言われてね……ふと、きみのことが頭に浮かんだ。相手の願いに応じるには、旧来の医療者の価値観にとらわれない、独自の感性が必要に思える。彼には、可能性のある人物が一人、いるにはいる、と伝えた。彼はぜひ会いたいと言った。話だけでも聞いてみてくれないか。その上で、断るのは自由だし、相手もそれは了承している。断られたら、望みはあきらめて、わたしにすべてを預けると約束した。で、ついでに、といっては何だが……無痛症かもしれない人物のことを聞いてくるといい」

「かもしれない？」

嶋尾は、彼には似合わず饒舌に語ったことで口が渇くのか、唇を親指の腹でこすり、

「彼が昔からよく知っている人物のことなんだが、最近は会っていないそうだ。数年前に仕事先の外国で大きな事故にあったらしい。何度か手術を受けるなどしていたが、現代の医療ではもう治療することができない、ということで今年帰国した。で、帰ってきてみると、全身の痛みを失っていたというんだな。訪ねる気があるなら、詳しく話してくれるように電話で頼んでおく。どうだろう」

彼女が大学病院を出て、市井《しせい》のクリニックに移ったのは、こうした機会に出会える可能性を求めてのことでもあった。

痛みを失った人物への興味はもちろん、嶋尾でも聞き入れることのできなかった末期がん患者の願いについても好奇心をそそられ、万浬は往診を引き受けた。

3

夢は見なかった。

見ていたにせよ、目を覚ましたときには記憶していない。ものごころついて以来のことで、幼い頃はおかしいとは思わなかったし、親からも、健康なせいだ、と肯定的に言われていた。だが年を経るうち、まったく夢を見ないことはあり得ない、たんに忘れているのだろう、と親だけでなく、学校の同級生からも言われるようになった。

中学時代から、脳に関する本を読みはじめ、夢を見ないのは記憶に関与する海馬《かいば》の働きが抑制されているからだろうか、などと考えた。だが、彼女の学習の記憶が優れていることは、学校の成績や、その後の医療の知識と技術の習得が証明している。日ごろ人との関係から生じる出来事は、理性的に認知し、選別して記憶している。そこにドラマめいた物語性を付与することはない。そうした思考の傾向が、夢の世界においても働き、人との関係から生ずるエピソードを夢で見たとしても、記憶に残さないのか。あるいは、物語的な夢ははじめから脳内に形を成さないのか。

寝覚めが近いあたりで、まぶたの裏に色が多彩に現れることはある。色は、人物のごとく動き回り、跳ね、色と色とが喧嘩《けんか》するかのように乱れ、抱き合うかのように混じり合う。夢は見ない、ただ色は見る、と人には話していた。

睡眠中に見た色を、おりおり鑑賞する絵画のなかに見いだすことがある。色のなかには、画家の名前が冠されている場合があり、ルノワール・ピンク、ゴッホ・イエロー、ゴヤ・レッドなどと、睡眠中に見た色を言い表わすことがあった。

昨夕鑑賞した能楽の影響なのか、レンブラントと称される、妖《あや》しい深みのある暗褐色を背景に、ろうそくの炎めいたベラスケス・レッドが揺らめき、聖母を描くときにラファエロが用いたマドンナ・ブルーが、その夢幻的な世界でゆるやかに舞った。やがて混沌《こんとん》とした色彩の奥から、夜明けを知らせるモネ・ブルーが差し、さらに全体がフジタ・ホワイトと呼ばれる色に明けたとき、朝の訪れを意識した。

網様体賦活系《もうようたいふかつけい》や覚醒中枢《かくせいちゅうすう》の働きにより、万浬はベッドのなかで伸びをして、からだを起こした。時計を見なくても、習慣で午前六時とわかる。休日であっても例外は作らない。消灯もつねに午前零時五分前と決めている。

オーガニックコットンのパジャマと、腹部を冷やさないためのボディーウォーマーを脱ぎ、ランニングウェアに着替える。トイレのあと、オーガニックコスメによる洗顔と肌の保湿を済ませて、リビングのカーテンを開いた。乳白色の光が部屋を満たす。

2LDKのマンションの室内を、リビングと洋間との仕切りを取って、広くなったリビングを運動のための空間にしている。経済力のある男にでも頼れば、もっと奢侈《しゃし》な部屋にも住めるだろうが、他者に自分の時間をゆだねるつもりはない。心身ともに健やかに暮らしていくには、この程度の空間がちょうどよかった。

天然の温泉水をコップに一杯飲み干し、ストレッチとヨガの呼吸法で肉体の目覚めを促して、脳細胞の目覚めのためにディキンソンの詩を原文で朗読する。七時からは、ドイツ語のレッスンをラジオで聴きつつ朝食の準備をする。

野菜や果物は、農薬を使わずに栽培されたものを選んでいる。価格は高いが、自主流通グループを利用しているので、店で買うより安く確実に手に入るし、休日に多めに調理した料理を冷蔵や冷凍で保存し、無駄なく使い切るため、経済的には一般食材をスーパーで買うのとさほど変わらない。

保存してある玉ネギとニンニクを炒《いた》めたスープの素《もと》を、鍋《なべ》に入れて水で溶かし、トマトを加えて、スープを作る。ジューサーで人参《にんじん》とリンゴを搾《しぼ》る。圧力鍋でカボチャとハスとズッキーニを蒸してサラダにする。あとは、天然酵母を育ててみずから焼いたパンに、自家製のイチゴジャムを塗れば、朝食の準備ができる。

食事中もラジオを流し、食後の片づけのときには中国語講座を耳の端に捉《とら》える。八時にピルを飲み、月曜から土曜は八時半に自宅を出て、自転車で職場へ向かう。

職場のシフトは、日曜全日と、火曜と土曜の午後が休みだった。

日曜の今日は、クリーニングに出す衣服を持って、ウォーキングに出る。万浬の暮らすマンションは、職場から自転車で十五分弱の距離にあり、都内では桜の名所の一つとして知られる公園につながる遊歩道に面していた。

梅雨どきは紫陽花《あじさい》、夏は百合《ゆり》、秋はキンモクセイの香り、冬は椿《つばき》と稀に雪景色が楽しめる。いまは紫と白のツツジで、遊歩道は彩《いろど》られていた。

クリーニング店に寄ったあと、公園内のグラウンドを回って、計十キロ歩く。帰りに、一週間前にクリーニング店に出しておいた衣服を受け取り、部屋に戻る。

キッチンに立ち、五日前から熟すのを待っていた無農薬栽培の桃を手に取る。底の窪《くぼ》みに、左の中指の腹を当てる。桃の果肉が湿った内側を予感させ、かすかに沈む。

昨夜はセックスをしなかった。

火曜と土曜を男と会う日と決めており、火曜は、万浬が週に一度通っている語学学校で教えているロシア人青年とセックスをした。昨夜は千葉の脳神経外科医と会う約束をしていた。だが午後に、ろうそくの灯のもとでの演出による能楽を一人で鑑賞して、その幽玄の芸から得た感懐を、現世の男とのつまらない会話で汚《けが》されるのを嫌い、待ち合わせのホテルへは行かずに帰宅した。

思い切って力を入れ、桃の皮を破る。柔らかい果肉に中指の先を沈める。粘り気のある汁が指を伝って、股《また》まで垂れてくる。中指の先を少し前後に動かす。ひんやりと冷たい果肉が分かれ、すぐにまといつく。昨夜の一人遊びが思い出される。

水道の水を流し、右手に粗い目の布巾《ふきん》を持って、桃の産毛《うぶげ》を洗いながら取ってゆく。都合三個洗い、ステンレス鋼の包丁のアゴの部分を使って、桃の皮をむく。手の上で溶けそうな果肉を包丁で小片に切り、琺瑯《ほうろう》加工の鍋に入れる。むいた皮は調理用ネットに入れ、鍋の隅に入れる。オーガニックレモンを搾った汁を振りかけ、甜菜糖《てんさいとう》を加え、コンロの火をつけ、火加減を変えつつジャムへと煮つめてゆく。

昼食は、炊《た》き立ての玄米ご飯、作り置きの肉じゃがと五目豆を冷蔵庫から出して温め、野菜のピクルスを添える。

午後も、ふだんであれば、保存用の料理を作り置いたり、パンを焼いたりしつつ、痛みに関する論文や資料を読むが、今日は嶋尾と約束した用事があった。

ストレッチジーンズにポロシャツ、薄手のウインドブレーカーという通勤時と同じ格好に着替え、必要なものを詰めたリュックを背負い、マンションの地下駐輪場に下りる。ギアやチェーン、ハンドルやホイールもすべて一つ一つ吟味して選んだスポーツタイプの自転車を出す。

ふだんはクリニックまで、裏道を走れば十五分弱で着く。今日はさらに十五分、交通量の多い大通りを走り、住居表示を確かめて脇道《わきみち》に入った。

一軒一軒の住宅の敷地が広くとられている。民間の警備会社のシールがどの住居の門にも貼《は》られ、塀の上には忍び返しと呼ばれる尖《とが》った防犯金具が目立つ。

なだらかな丘状になったこの一帯は、かつて戦災で焼失したあと、高級住宅地へと整備開発されたものだと、嶋尾に聞いた。

妙に取り澄ました雰囲気が地域全体をおおっており、住宅のあいだを通る道路は一方通行が多く、車の行き来はあまりないのに、行き交う人の数は少ない。日曜日の午後三時だというのに道路で遊ぶ子どもの姿もなかった。

一軒の住宅の高い塀の向こうから、ピアノとフルートの合奏が聞こえてくる。ふと昨夜能楽堂で聞いた高い笛の音《ね》が思い出された。

ろうそくの炎に浮かんだ舞台上には、静かな空気をふるわせる笛の音に乗り、平安時代の歌人小野小町《おののこまち》が老いた姿で現れた。

伝説の歌人は、杖《つえ》をつき、よぼよぼと表現するのが適当な足取りで登場した。数多くの男と浮き名を流した若き日を思い起こさせるようすがはなく、品の良い唐織《からおり》の装束にのみ往時がしのばれる。

老いた小野小町が、七夕祭りの夜、稚児《ちご》が舞う姿を見るうち、かつての華やかだった宮中の星祭りを思い起こして、みずからも舞う、というのが曲の内容だった。舞《まい》と言っても、杖を地につき、一箇所で円を描くように回るもので、老女ノ舞と称されるらしく、途中で動きを止める、休息という型も入る。

百歳の老女の所作が動きの少ないものになるのは当然で、そこに諸行無常の悲哀があらわれる。唐織の装束を選んでいるのは、老いてなお品格ある美を感じさせる狙《ねら》いだろう。意図は伝わりながらも、万浬は物足りなさをおぼえた。

演者にとって最も難しい曲の一つだという秘曲中の秘曲が、素人《しろうと》にすべて理解できるとは思わない。ただ武士の世になる以前、社会は貞操観念がゆるやかで、男女とも複数の相手とセックスをすることがタブーでなかったことは、源氏を読んでも明らかだ。小町も幾人もの相手とからだを重ねたろう。やがて老い、隠遁《いんとん》の身となった彼女のなかに、埋もれ火が一瞬盛《さか》ったときの舞に、往時の肉体の悦《よろこ》びがよみがえってこそ、生きていることの美しさと、物哀《ものがな》しさが浮かび上がってくるのではないか……。

しかし、演者である現代の男性の、倫理観に縛られた人間像が映り出たということなのか、小町からセックスの匂《にお》いは取り除かれ、床の間の木瓜《ぼけ》の一輪挿しのような、おとなしい芸術品に収められてしまったと感じた。

老いの美を理解するには、観《み》る側にも老いの意識が必要だろう。万浬の年齢では想像で補うほかはないが、想像する際のよすがとなる、美や健康が衰えゆくことの悲しみが、彼女には遠い。失われたものへの哀惜が、惻惻《そくそく》と胸に迫ることはない。

老いて、よぼよぼとしか歩けなくなったとき、不都合とは思うだろう。だが、たとえ寝たきりになったとしても、物悲しさや哀惜を感じることはないと信じられた。


目に入る世界のありように違和感をおぼえ、自転車のブレーキレバーを握った。

視細胞が受け取った情報を、脳の後頭葉にある視覚連合野《れんごうや》が具体的に認識する前に……一次視覚野から、腹側経路《ふくそくけいろ》を介して、「何かおかしい」と、無意識の働きかけが一次運動野にあり、手の筋肉に信号が送られた結果だった。

目の前にジャングル。それが脳の最初の認識だ。

体裁ぶった高級住宅が並ぶ情景に慣らされていたため、大げさに錯誤しただけで、実際には森……いや雑木林……いや、木が繁《しげ》り、草が生えるにまかせている空き地のようだと、ごく短いあいだに認識は変遷《へんせん》した。

嶋尾に教わった住所はまさにこの辺りだ。

ほかはみな清潔で排他的な住宅ばかりなのに、目の前の、一軒の住宅とほぼ同じ程度の敷地が、植物が野生的に繁茂する場となっている。

ペダルをこぎ、近づいてみる。繁茂する植物に隠れて見えなかったが、竹造りの低い垣根が空き地を囲んでいた。大きい葉をつけた高木があり、白い花が咲いている。花びらが二重に花芯《かしん》を包み、草の匂いに混じって甘い芳香が漂う。ホオノキだ。周りには、テッセンの紫の花があり、シャクナゲの淡い紅色の花があり、いまは花の季節ではないが、椿も、梅も、桜の木も植わっている。

ずっと奥には、バラが群生しているらしく、蔓《つる》がからまり合って小山のように連なるなかに、赤と白の華美な花が見えた。

多過ぎて無気味にさえ感じられるバラの群生の向こうに、黒々とした屋根が望める。見る位置を変えると、くすんだ褐色の古い日本家屋風の一軒家が建っていた。平屋建てのため、草と木々に隠されて、場所によってはわからなかったようだ。

かつて都市開発会社で辣腕を振るい、博学多識ながら偏屈な性格で、死を間際《まぎわ》にして奇妙な依頼を医者にしたという男の家を訪ねてきた。もしや、と思い、荒れた庭に入口を求める。見つけられず、引き返して横道に入り、一つ向こう側の通りに回ったところ、格子戸《こうしど》の入った門があり、墨で書かれた木の表札に、『曾根《そね》』と読めた。

門に備えられた古びたインターホンを押す。相手には事前に電話を入れてある。

「はい」と、電話と同じ、細くかすれた女性の声が返ってきた。

万浬はあらためて姓名と来意を告げ、自転車を止める場所を尋ねた。

「格子戸を入られて、どこにでもご自由に」

格子戸を開け、玄関脇の湿った敷地内に自転車を止める。こぼれ種だろう、あちらにハルジオンの白い花、こちらにタンポポの黄色い花と、小さな彩りが見られる。

壁一面に雨の染《し》みが縞《しま》模様に刻まれた木造家屋の玄関まで、苔《こけ》がところどころに生《む》す石が敷かれていた。石を渡って、玄関戸の前で声をかける。戸には花や鳥をアールデコ風にデザインしたアンティークなガラスがはめられている。ガラスの向こうを影がよぎり、返事らしきものが聞こえた気がして、玄関戸を横に引いた。

なかは薄暗く、暗がりに何者かが身を潜めている気配がする。

「お待ちしておりました」

と、隙間風《すきまかぜ》が木戸をふるわせるような声がして、灰色の顔が宙に浮かんだ。

暗がりに目の慣れた万浬の前で、老女の能面に似た静かな顔が丁寧に会釈《えしゃく》をする。肉が削《そ》げ落ちて、皺《しわ》になる余裕もないほど骨と皮が密着している印象の顔には、生気が感じられない。一方で総白髪の髪の量は豊かに見えた。濃いねずみ色のワンピース姿で、万浬と目を合わせずに、こちらへ、と小柄なからだを斜め後ろに引く。

古い家には、それぞれの家族の生活習慣や食習慣から来る独特のにおいがある。この家の玄関の内から廊下には、荒れた庭から流れ込むらしい、蒸れた森の匂いがした。暗い廊下を能舞台の橋掛《はしがか》りのように進み、不意に明るい光が差す場所に出る。光は、向かって左の、庭に面した広い居間から差し込み、廊下を渡り越して、北に面した台所を照らしている。草木の匂いを押し退《の》けて、干物やぬかづけらしい漬物類のにおい、また薬や消毒液のにおいが、万浬の鼻の感覚器に届いた。

老女に手ぶりで勧められ、畳敷きの居間に入る。

庭に面した、足もとまである大きい窓に目がゆく。白いレースのカーテンが引かれて、庭の情景は望めないものの、草木の鬱蒼《うっそう》とした影と、その向こうから差す初夏の光の濃淡が、カーテン越しの畳の上に複雑な斑《まだら》模様を落としていた。

向かって左手に人の気配を感じて、視線を振る。

部屋の中央やや窓寄りの壁に沿って介護用ベッドが置かれ、主人の曾根雅雄《まさお》だろう、七十四歳という年齢より、さらに十歳ほど老《ふ》けて見える男が、やせたからだの上に薄い綿毛布を一枚掛けて横になっていた。

顔が小さいわりに、額が広い。地肌がのぞくほど薄くなった白髪を後ろに撫《な》でつけ、前頭部が前に突き出ている。眉《まゆ》は白く富士の形をなし、鷲鼻《わしばな》で、幅のある唇を固く結んでいる。皺が深く刻まれたまぶたを開き、病気のせいか薬のせいか、焦点が合っていないのに強く睨《にら》みつけてくる瞳《ひとみ》からは、冷たい陶酔と繊細な狂気のあいだで、危うい平衡状態が保たれている印象を受けた。

曾根の妻の美彌《みや》だろう、表情も言葉も乏しい老女が、手の所作だけで、ベッド脇に置かれている籐製《とうせい》の上等な丸椅子《まるいす》を、万浬に勧める。

万浬は、立ったままで曾根に名乗り、今日は話を聞くだけのつもりでいたため、ふだん着で来訪したことを、あわせて断った。

曾根は、唇を結んだまま、コントローラーを操作して、ベッドの背もたれごと上半身を起こしてゆく。

彼の痛みのにおいは乾いていた。人参などの根菜《こんさい》が一度腐ったあとで、干からび、乾き切ったときのにおいに、薬剤のにおいが混じっている。

彼は、ほとんどまばたきせずに万浬を見つめて、

「きれいだね」

と、べつに誉《ほ》め言葉でもなさそうに、むしろ貶《おとし》める感じに、いがらっぽい声で言った。ささやく程度の声量だが、外の音が聞こえてこないため、充分耳に届く。

「なぜ医者などやってるのかね。それだけ見目がよければ、別の世界で贅沢《ぜいたく》に暮らせる。欲しいものもいまより多く手に入る。それがわからんバカではないんだろ？」

挑発の意図はくみ取れなかったが、妙な謙遜《けんそん》は無用に感じ、正直に答えた。

「欲しいものが、こちらの世界にあるからです」

「何だね」

「痛みです」

「患者の痛みを取り除いて、感謝されたい、ということかな」

曾根の視線の凝結がわずかにゆるんだ。嘲笑《ちょうしょう》しているのか。言いつくろってごまかすことが適当な相手ではない。

「欲しいものと申しました。痛みが欲しいんです」

「欲しいとは、だから、どうすることかね」

万浬は、あえて彼にほほえみかけ、

「すするんです。生き血をすするように。人の痛みをすすります」

曾根が色の悪い舌をのぞかせる。ゆっくりと薄皮の剝《は》がれかけた上唇をなめる。

「なるほど……すすって、どうするね」

「選別します。早々に取り除いたほうがいい無駄な痛み。人格とからみついて、取り除けば、その人らしさが失われかねないため、様子を見ていたい痛み。痛みにすでに呑《の》み込まれていて、痛みを取ると、その人の命さえ奪ってしまいかねない痛み」

「一つ目は、クリニックでは多く見かけそうな痛みだな。二つ目は、少数だろうが、症例研究としては面白そうだ。三つ目は、どういう状態かね」

「たとえば、社会生活で人々に傷つけられることへの恐れが、肉体の痛みに転化している場合です。痛みを嫌っていながら、依存もしている。痛みを盾《たて》に、世界から自分を守っている。心理的アプローチで痛みを取ってしまったら、裸で社会に向き合わねばならない恐怖に耐え切れず、自殺しかねません」

「痛みを嫌いながら、痛みを頼りにして生きている人間がいる、ということかね」

「実は程度の問題で、世界のほとんどの人間が、痛みを頼りに生きていると言えます」

「肉体的にかね、精神的にかね」

「両方です。肉体的には、痛みの限度を計りつつ、人は暮らしています。どこまでなら耐えられるか、このくらいならまだ頑張れるかなどと、生活の様ざまな場面で痛みと向き合い、その積み重ねによって、社会全体で共有するルールが生まれています。また、愛する人や動物や財産や故郷《ふるさと》などとの離別に対する心の痛み、それらが奪われかねない事態に対する不安や恐怖が、社会を構築する法律や政策に反映され、国家間の外交や約束事の基礎にもなっています」

「つまり……人は痛みに支配されている、と」

「そう思います」

「では、痛みからの解放は、世界の枠組みを本質的に壊すことにならないかね」

「ええ。なるかもしれません」

「となると、人々を痛みから解放する仕事をしているきみは、この世界の破壊者ということになる」

「なれたら、素敵ですけれど」

ほう、と曾根が声にならない吐息をつく。

万浬も小さく息をついて、

「ただし、痛みを受けた経験や、痛みを受ける恐れから、差別や殺人や紛争が生じて、多くの命が奪われている……つまり、痛みが世界を壊している一面もあります」

「まさにね。痛みからの解放は、殺戮《さつりく》の止《や》まないこの世界を救うかもしれない。さて、きみは、破壊者なのか、それとも救世の天使とやらか」

曾根は、声に笑みを含ませて言い、やせた胸をふるわせるような咳《せき》をした。

「きみにならお願いできそうだ……ずっと立たれていても、こちらの首が疲れる」

目の前の椅子に座るよう、彼が手で指し示す。

ではお言葉に甘えて、と万浬は断って、腰を下ろした。

椅子の脇のサイドテーブルの上に、美彌が骨董品《こっとうひん》かと思われる気品のある茶碗《ちゃわん》を置く。なかには濃い緑色の日本茶が入っている。

曾根が、彼女とは反対側のサイドテーブルに置かれた茶碗を口に運ぶ。これも美術品かと思われる造りをしている。曾根がテーブルに戻すとき、茶碗の口を当てる部分が小さく一点欠けているのが目に入った。

万浬は、自分に出された茶碗を手にした。全体にはどんな瑕《きず》もないが、底の部分に欠けている箇所があるのに気がついた。

曾根が、万浬の指の動きから察したらしく、

「欠けてなければ百万円ほどかな……だが欠けているのが好みに合ってね。本来美しく整ったものが、欠けたり傷ついたりしているところに、かけがえのなさを感じる」

正面に向けて、彼が小さく顎《あご》を振る。床の間があり、掛け軸が下がっている。

山水図というのか、峻険《しゅんけん》な山々の谷あいを水が流れ落ち、その周囲を数種の木が飾っている絵が、墨で味わい深く描かれている。構図は宏大《こうだい》で、細かな部分の筆致も揺

るぎなく、さぞ高価だろうと思うが、絵の端がわずかに破れている。過《あやま》ちによる破損ではなく、もともと瑕のあるものを選んで手に入れた、ということなのか。

「父親がいまで言うDVというやつでね。ふだんは母を大事にしているくせに、理由はわからないが、急に火がついたように興奮して、殴るんだよ。拳固《げんこ》で、ぐったり動かなくなるまでね。そのくせ興奮の波が引くと、人が変わったように母を介抱し、謝りつづける。たいてい次の夜は、母とわたしを連れて街に出て、母には服を、わたしには値の張るオモチャを買った。拒めば父親がまた興奮しかねないから、母は高級なネッカチーフで顔を隠して行くんだ。なんともそれがエキゾチックでね……昔のぼわんとした明かりの灯《とも》る夜の繁華街で、凡庸な美人だった母が、やけに神秘的に見えた。ときおり風でネッカチーフが持ち上げられ、目もとのあざや、唇の端の傷口がのぞける。見てはいけない秘所を垣間見《かいまみ》たようで、ぞくぞくしたよ。だからわたしは、父親がまた母を殴ってくれないかと、ひそかに願った。お父さんは間違ってる、許せないよ、などと母に言いながら、心の内で、お父さん、またお母さんを傷つけてよ、と祈っていた……。整ったものより、少し欠けていたり剝げていたりするものに美しさを感じるのは、それ以来かもしれない……と言えば、きみは信じるかね」

曾根は、抑揚のない口調で話し、瞳に冷笑の光を閃《ひらめ》かせた。

万浬が黙っていると、彼はサイドテーブルの上に置かれた錠剤を手に取り、

「鎮痛薬はいま、一日二回オキシコドンを飲んでる。モルヒネより、わたしには合ってるようで、便秘や吐き気が少ない。痛みはこれでひとまず管理できている。だがわたしの望みは、逆なんだ。痛みを取り切らずに、ある特別の痛みを探してほしい」

「……痛みを、探す？」

万浬は意味がつかめず、問い返した。

曾根が視線を台所のほうへ向ける。あわせて万浬も視線を送る。

台所のテーブルの前で、美彌が椅子に腰掛け、ひっそりとした姿勢で手を膝《ひざ》の上に置き、こちらを見ている。

「わたしがもう治らない病気になって、美彌は、羨《うらや》ましく思ったんじゃないかな」

曾根が誰にというのでもなさそうに口にする。美彌は身じろぎ一つしない。

「わたしたちは、ある年下の少年の呪《のろ》いを受けている。みずから死ぬことは許されず、死のほうから迎えにくるまでは生きなきゃいけない。がんになって、ほっとした。だらだらつづく人生をようやく終わりにできる。美彌には、悪いが先に逝《ゆ》くよ、って感じだ。とはいえ老いた男が一人で生きるよりは、女のほうがまだ生きやすいだろう。わたしの母も、父親が脳梗塞《のうこうそく》で死んだ後の二十年、いろいろと趣味を楽しみながら暮

らしていた。正直、そんな母はもうただの醜いばあさんにしか映らなかったがね……。残された側の面倒な手続きは、金を払って適当な所に頼んである。わたしの余命が告知されたとき、美彌が冷静でいたのは、いずれは自分のほうが後に残るだろうと、覚悟していたからかもしれない。だが、わたしが、病のなかである痛みを感じたとき……あの頃の痛みだ、三人で過ごしていた頃の痛みが戻ってきた……わたしがそう叫んだとき、美彌は五十年前の死者に出くわした顔をして、嘘《うそ》だと否定した。病気のせい、薬のせいで生じた、妄想、譫妄《せんもう》よ、と怒ったように言った。わたしは、美彌の嫉《しっ》妬《と》を感じた。妄想？　譫妄？　どう言われようと結構だ。わたしはもう二度と戻らないと思っていた、若い頃のあの痛みをはっきりと感じた」

美彌がふわりと重力から解放されたように立ち上がった。曾根と万浬のあいだの彼方《かなた》を見つめている。万浬は彼女の視線をたどった。窓にかかったレースのカーテン越しに、バラの群生の影が認められる。

台所へ目を戻すと、美彌はコンロの前に立っていた。薬缶《やかん》の湯が沸騰《ふっとう》している。彼女は火を止め、椅子に戻り、またひっそりとこちらを見る。

曾根の咳が聞こえる。万浬は彼へ顔を戻した。

「少年との出会いの話は、いずれしよう。長くなるのでね。きみが引き受けてくれるかどうか、判断の要点をかいつまんで話す。それだって短くはない。いいかね」

「どうぞ」

と、万浬はうなずいた。

「三週間前だ。がんはあちこちに転移して、ときに鈍い痛み、ときに鋭い痛みで、わたしをさいなむ。当時の主治医から処方されていたのはモルヒネの徐放剤《じょほうざい》だ。だが便秘と吐き気が強い。オキシコドンと、皮膚にシールのように貼るフェンタニルパッチを紹介され、先にオキシコドン、次にフェンタニルパッチを試した。どちらもまあ効いた。ところがある夜、猛烈に胸や腰が痛み、サイドテーブルにつねに用意してある速放性のレスキュー薬を飲もうとした。だが咳込んでこぼしてしまい、慌《あわ》てて引き出しのなかのオキシコドンだったか、飲み残していたモルヒネだったかを、確かめずに飲んだ。さらに痛みのあまり、貼る予定ではなかったフェンタニルパッチも引っ張り出し、胸に貼った。美彌がわたしの呻《うめ》き声に気づき、医者を呼んだ。医者は、わたしがどちらかわからない薬を飲んだ上に、パッチまで貼ったと知り、効き過ぎを心配してパッチを剝がした。その直後だよ、五十年も昔、ある少年がわたしに与えた痛み……わたしだけでなく、美彌にも同時に与えた、あの痛烈な痛みが戻ったのは……。

少年は、わたしをバラの蔓で打った。硬いトゲのあるバラの蔓を構えて、『雅雄、きみはぼくのおこぼれにあずかる卑《いや》しい奴《やつ》だ、痛みを与えてやる』と、背中を打ちすえた。血を流したわたしを慰めるのは、美彌の役割のはずだった。だが彼女は、慰めることにはまだ無器用だった。『美彌は下手だなぁ』と少年は言い、バラの蔓を投げ出して、手本を見せるようにわたしを慰めた。彼は、わたしを抱いたあと、美彌も抱いた。抱いたあと、バラで彼女を打った。血を流す彼女を慰める役割を、少年はわたしに求めた。痛みを与える行為と、それを癒《いや》すいたわりのセックスを、わたしたちは互いに役割を交代しながら、繰り返した……。

彼に会うまでのわたしはいわゆるノーマルだったし、美彌はまだ経験がなかった。なのにどうしてそんな関係を持つに至ったのかは、きみが引き受けてくれれば、あらためて語ろう。ともかく特別な悦びにひたる三人の日々は、瞬《また》く間に流れ、十九歳だった少年は、二十二歳になり、永遠にその年でとどまった。彼は突然この世界から消えた。わたしたちは呆然《ぼうぜん》とした。彼から加えられた、これまでで最悪の痛みだ。しかもその痛みは癒せない。わたしたちは後を追いたかった。だが、彼がこの世界から消える前につぶやいた言葉が頭に残っていた。それは、酒と大麻に酔った上での意味のない言葉だと思っていたが、彼が去ったあと、呪いのようにわたしたちを縛った。

その後、二人で、彼から与えられた痛みを取り戻そうと努力したよ。商売女や男《だん》娼《しょう》を雇ってもみた。すべて無駄だった。彼が消えて以降の人生は、まさに余生だった。空《むな》しく仕事に打ち込み、早く死が迎えにこないかと願いつづけて、ようやくわたしは不治の病に冒された。ほっとしたよ。だが、激しい疼痛《とうつう》が待っていた。肉体をむしばむだけの痛みなどいらない。あの美しい日々の、悦びにふるえた痛みが欲しい……そう願っていたとき、少年の振るうバラの蔓の一閃《いっせん》がよみがえった。肉に食い込むバラのトゲ、傷口に差し込まれる柔らかい舌。彼がわたしを打ち、美彌が慰め、美彌がわたしを打ち、彼が慰めた。あの頃の痺《しび》れるような痛み……それがなぜか戻った。以来、いま一度味わいたいと、薬を試そうとするのだが、医者が許可しない。どうすればあの痛みが取り戻せる？　薬の種類か、量か、組み合わせか、あるいはタイミングか……。医師を変え、希望を伝えたが、正気を疑われ、電話で何件も問い合わせたが、話を聞いてくれる者はいなかった。強い鎮痛薬の同時投与が禁じられているなら、破れとは言わない。根気よく薬を変え、量を変え、タイミングを見計らって、わたしの願う痛みを探してほしいのだ。死ぬ前に、もう一度、あの至高《しこう》の痛みを感じたい」

しゃべり疲れてか、曾根が茶碗に手を伸ばした。美彌がすでに間近に歩み寄っており、古い茶碗を新しいものに替え、無言で台所へ戻ってゆく。

万浬は、彼女の丸まった背中を見送った。老いた女が頼りなく歩いているだけで、妖しい過去の残滓《ざんし》すら見受けられない。

といって、わざわざ限られた命の時間を削って語る曾根を疑う理由もない。

「仕方なく、昔なじみの嶋尾君を頼った。できれば秘密にしておきたかった。かつての特別な経験については、話して、わかってもらえなかったら、相手との関係は終わる。嶋尾君には、美彌も世話になる可能性がある。大事にとっておきたい関係だ。だが残り時間は限られ、背に腹はかえられなかった。技術も人間も確かだが、まじめで良い人間だということが、今回はネックになる。はっきり言えば、彼は臆病《おくびょう》なのだ。自分の欲望が抑えられなくなる事態を恐れ、人生をつがなく、やりおおせようとしている。つまらない人生だが、利口だとも言える」

「だから、わたしは身を寄せたんです」

万浬は、彼の話を正しく理解していることを告げるサインとして言葉をはさんだ。

曾根が鼻から笑みを含んだ息を洩《も》らす。

「なるほど……彼はきみの私生活には立ち入らず、きみが痛みをするのも邪魔しない、ということかな。だが、臆病なだけではこの社会は生き残れない。ああ見えて、計算高い男でもある」

「それも存じてます」

「きみを雇うについては、相談を受けていたんだ。いいことだと答えたよ。彼一人では、頭打ちだ。だからきみをクリニックに迎える上での損得勘定はしっかりやったろう。結果、想定を上回る利益を上げている。クリニックのホームページに、きみの名前を、院長より目立つ場所に掲げるように提案したのはわたしだがね。痛む箇所によっては、男性医師を避けたい女性は少なくないはずだ」

「計算高いのは曾根さんでは？」

「嶋尾君は、そんなわたしを利用する術《すべ》を知っている。彼は、痛みに関するわたしの要望を聞いて、話はおおむね理解するが、自分の信条から、協力しがたいと答えた。性格を考えれば予想できたが、彼のずるさに賭《か》けるところがあった。彼は医者であると同時に、痛みの研究者だ。痛みを探す、という行為には興味があると思った。わたしは尋ねた。では誰かいないか、法律の範囲内でいい、わたしの失われた痛みを、そして瞬間的に戻った痛みを、探そうと試みてくれる人はいないか……。経験豊富な彼が、食いっぱぐれてる年寄りの医者でも紹介してくれることを期待してね」

「嘘です」

「なに」

曾根が富士の形の白い眉をひそめた。壮年期には、こうした眉の動きひとつで部下や取引相手を萎縮《いしゅく》させたのだろう。

万浬は、灰色に濁りはじめている彼の眼を冷静に見つめ返した。

「計算高いのは曾根さんでは、と申し上げたのは、嶋尾先生に声をかけたのは、はじめからわたしが目的……彼が、わたしをここに寄越すことを計算してのことではないか、という意味です」

曾根が、険しかった目もとをやわらげ、満足を示すようにうなずいた。

「痛みに関するきみの持論は、嶋尾君から聞かせてもらっていた。痛みを通じて人類や世界の有《あ》り様《よう》を考察し直そうというきみの話を、わたしが面白がると思ったんだね。実際興味を持ったよ。わたしはずっと思っていた。今世紀は、痛みの世紀になる、とね。先進国には、たいていの物質が人々にゆき渡り、便利になった。その便利さを揺るがし、社会を崩すものが、痛みだ。肉体的な痛み。愛する者や仕事や、快適な暮らしや安全や、財産、領土、記憶、そして命を失う痛み……絶えず痛みの不安に縛られている。それこそが、強者が弱者を、富裕層が貧困層を、先進国が発展途上の地域や国々を、搾取《さくしゅ》し、脅《おびや》かし、混乱させる原因にもなっている。今後は痛みからの解放というテーマに向けて、ほとんどのビジネスが集約されていくだろう。痛みから解放されたいと願う人々の欲求が、ビジネスの中心、世界の潮流となってゆくはずだ。

だが痛みというものは、無限に拡《ひろ》がる。痛みからの解放という欲求が、さらに強大な痛みを招いた結果として、遠からず世界的なカタストロフを引き起こすだろう。きみが似たことを考えていると知って驚いたが、無理に会う必要は感じなかった。若い頃に会えていたなら、一緒に悦びをともにできたかもしれないがね……。ところが、わたしに恋しい痛みが一瞬だけ戻って、考えたよ。ああ、あれを誰が探しだしてくれるだろうかとね。臆病な医者たちがみな断ったとしても、痛みに特別な関心を持っている彼女なら、痛みを探しに、わたしの内側の深いところまで潜ってくれるのじゃないだろうか……。察する通り、きみにここに来てもらうために、手順として嶋尾君に声をかけた。どうだろう、やってもらえないだろうか」

万浬は、目の端で彼の妻をとらえた。舞台上の動きを見守る能の後見《こうけん》のように、こちらの会話に注意を傾け、よそ見ひとつしない。

もしかしたら彼女は、夫の要請を、万浬が断るのを願っているのかもしれない。心の奥底で眠りについている炎が空しく燃え立つことを嫌って、病気と薬がもたらした幻覚です、と万浬が夫を説得するのを期待して、じっと座っているのかもしれない。

「痛みの感度は、本人以外には、医者にもわからない領域です。強い鎮痛薬の同時併用が許されない問題もあります。ですので、お望みの痛みを探しだせるか……むしろ探しきれない可能性のほうが高いと思っています。それでもよろしいですか」

万浬の言葉に、曾根がベッドから背中を離した。

「それでいい。きみしかもういないのだ。なぜ、引き受けてくれる気になった」

「強いて言えば……面白そうだからです」

曾根がかすかに頬をゆるめる。

「面白がれるなら、いろいろ試してくれるだろう」

「調整を重ねていくには時間が必要です。おりおり往診させていただくことになります。平日はクリニックで診察がありますので、日曜のこの時間帯でよろしいですか」

「時間も金も、そちらの都合に合わせる」

万浬の目の端で、美彌が立ち上がった。台所の脇の小部屋へ入っていく。彼女は、望みを断たれた夫が落胆する顔を見たかったのかもしれない。とすれば、いま苦痛の表情を浮かべているのは彼女ではないのか。その顔を見たい、と万浬は思った。

「ところできみは、痛みを失った人間に興味があるそうだが」

万浬は関心を曾根に戻した。

「はい。痛みを専門に診る医師として、経緯や、原因、状態など、知りたいことが多くあります。お知り合いにそうした方がいると、お聞きしました」

「その人物の父親が、かつての勤め先の部下でね。早くに亡《な》くなった。二十四年前になるか。くそが付くようなまじめな男で、誰かを悪く言うのを聞いたことがない。わたしみたいな人間が口にすると恥ずかしくなるが、善人なんだな、根っからのね。たとえば土地を売ってほしい相手のところへ、社命で営業に行く。すると商売抜きで、相手に誠意を尽くす。親戚《しんせき》みたいに何でも手伝う。相手に病人でも出れば、夜でも駆けつけ、病院へ連れていき、朝まで付き添う。結果的に信用され、土地を任され、業績も上がる。そんな性格だから、がん細胞にも自分を食わせてやったのかな。嫁さんも、輪を掛けた善人でね。泥棒に家に入られたら、追いかけて、お困りでしょう、と通帳ごと渡しかねない。うちの会社に縁故で入ってね、男性社員どもが競争で手を出そうとしてた。ちょうどいいと思い、善人とくっつけてやった。相思相愛の似た者同士で、子どもが二人でき、正月には家族連れでよく挨拶《あいさつ》に来た。なのに、奴は四十一歳で死んでしまい、七つ下の嫁さんは何も手につかなくなった。子どもが八歳と四歳だったから、葬式や生命保険や墓やら何やらそのほか諸々《もろもろ》、わたしが手助けをした。その後も子どもに手がかからなくなるまで、できる範囲で援助をした。その成長した子どもの一人が、痛みを感じなくなったらしい」

「数年前に外国で事故に遭ったことが原因だと、嶋尾先生からは」

「わたしも当人に直接聞いたわけじゃない。母親から、どうしたらいいだろうかと、電話で相談されてね。いろんな医者に当たってみたが、治療には限界があったようだ。彼女としても、治療のことより、痛みを感じない生活に、息子が適応できずにいるのを、悩んでいる様子だった。口ぶりからは、彼女のほうが状況に慣れないという印象だったがね。知り合いの医者に聞いてみると答えて、このあいだ嶋尾君に話してみた。彼も困ってね。うちは痛みを取るクリニックだから、と苦笑いしていた」

「会えますか」

「治す自信があるのかな？　しかしこの場合、治すとは何を意味するのかね？」

曾根が苦笑気味に問いかけてくる。

「実際にその方を診察させていただかなければ、はっきりとお答えできませんが、多くの医療機関を回られて、治療できなかったのですから、わたしにも、治す、ということは難しいと思います。この場合、治る、とは、痛みを感じる、というだけでは意味がなく……ある刺激に対して、適切な反応をして、自分のからだを守る、ということが大切なのだろうと思います。ただし、軽微な刺激でも痛いと叫ぶ人がいれば、ひどく叩《たた》かれてもケロリとしている方がいるので、慎重な見極めが必要です。だからこそ、痛みを失った人のお話を聞くことは有意義なのです」

曾根は、もう関心を失ったのか、疲れたのか、息づかいだけの曖昧《あいまい》な返事をして、コントローラーを操作し、ベッドの背もたれを水平に戻した。

「会いたいという人がいると、向こうへ伝えておくよ」

「ありがとうございます。では、曾根さんの病状について詳しく教えてください」

万浬は、リュックからタブレット型のコンピューターを出し、曾根がこれまで受けてきた治療や現在の状態、使用している薬などを打ち込んだ。その上で、まずは薬の量を調整しやすい貼付薬《ちょうふやく》のフェンタニルパッチを用いて、彼の望む状態にいたる薬量を探ることを提案した。

曾根が承諾して、少し眠ると言って目を閉じたので、万浬は帰り支度を整えた。

美彌がいつのまにか現れ、また先に立って玄関まで導く。

靴をはいてから、もう一度挨拶のために振り返った。美彌は上がり框《かまち》に膝をつき、頭を下げている。穏やかな老いのたたずまいの内側に、どんな狂おしい思い出を抱え、ひそかに燃やしつづけているのだろう。

老女が顔を起こした。静謐《せいひつ》な面《おもて》には、どんな表情も読み取れない。風が出たのか、庭のほうから草木のふるえる音が届いた。能楽堂で耳にした鼓《つづみ》や笛の音《ね》と重なる。

万浬が、庭からの音につい気を取られていたあいだに、老女は足の裏の白さばかりをさやかに目に残し、草木のさわぐ音の向こうに消えていた。

4

頭のなかにカラクリ時計が入っている。ある男性患者が語った。

「カラクリ時計の鳩《はと》は、六時とか十二時に現れて、クックーと鳴いて時刻を知らせるでしょ。わたしの頭のなかのカラクリ時計は、正確に朝の七時と夜の七時に、目の奥にある隠し扉がパカッと開いて、白雪姫に出てくる七人のきこりに似た人形が現れ、斧《おの》で眼球の裏側の神経をガーン、ガーンと残酷に打つんです」

万浬は、彼に対して眼窩上《がんかじょう》神経ブロックをおこない、群発頭痛の発作予防薬を処方した。

脳梗塞《のうこうそく》の手術が成功して死を免れた女性は、死んでいたほうがよかったと涙した。

「手術以来、わたしの後頭部の内側を誰かがいじり回す感覚がつづいてるんです。痛いし、すごく不快です。食事中もテレビを見てても、お風呂《ふろ》やトイレのなかでも、四六時中、誰かの指が脳の後ろのあたりを、つまんだり、かき分けたりしてるんです。手術してくれた先生に訴えたら、精神科へ行くように言われました」

彼女には、後頭神経ブロックをおこない、抗うつ薬を処方し、週二回の来診を促した。

呼吸のたび胸痛を感じるという男性は、牛蛙《うしがえる》が鳴くような息づかいで症状を話した。

「肺の細胞一つ一つが、カエルの卵みたいなゼリー状に溶けてる感じです。溶け落ちた肺胞が、肺の底に溜《た》まって、呼吸のたびにゴボゴボと泡立つように痛みが生じるんです。いまに肺全体がカエルの卵に埋め尽くされて、窒息死します」

ほかの医療機関で受けた検査で異状は見つからず、万浬が聴診器をあてても呼吸器に異常な音は聞かれなかった。星状神経節《せいじょうしんけいせつ》ブロックから治療を開始することにし、鎮痛効果も期待できる抗不安薬を処方した。

「ありえないのは承知で言うけど、寝てるあいだに股関節《こかんせつ》を外されて、骨盤の受け口に辛いトウガラシを塗られて、また骨を戻された感じ。ヒリヒリヒリヒリ、我慢できないの。股関節を外して、冷たい水でジャーッと洗い流すのが、一番の願いね」

明るい口調ながら、顔をしかめて語った女性には、股関節周辺にトリガーポイント注射をおこない、神経に作用する内服の鎮痛薬を処方した。

「恥ずかしいけど、勃《た》つと痛いんです。泌尿器科では何も異状ないって。つらいのは、グラビアやＤＶＤを見られないことです。エッチなんて高望みはしません。ただ想像するくらい、なんとかなりませんか」

この青年の痛みは心因性と診断する一方、手足の冷えがあることから血行障害も考慮して、緊張緩和と血流の安定それぞれに作用がある複数の漢方薬を処方した。

人は、頭頂からつま先に至るまで、あらゆる場所に痛みをおぼえる。感じ方や度合いは人それぞれで、検査をしても原因を見いだせないのに、耐え難い痛みがつづくというケースも少なくない。明確な診断名がつかない患者は、万浬のクリニックでは全患者の三割程度にものぼる。

ほかの医療機関を複数受診した末に来診する患者が多いため、自分の症状を理解してもらおうとする彼らの訴えは、ときに独特の表現をとることがある。

帯状疱疹《たいじょうほうしん》後の神経痛に悩む患者は、高圧電流の流れる金属の棒を、四六時中からだに押し当てられている感じなのだと語り、ストレス性の十二指腸潰瘍《かいよう》が疑われる患者は、腸の内部に巨大な回虫が棲《す》みつき、内側から肉を食い荒らされている、と訴えた。

慢性膵炎《すいえん》と思われる患者は、正体不明のボクサーがストーカーのようにつきまとい、不意に横腹に強烈なパンチをくらわしてくる、と症状を説明した。

「何年も風邪ひとつ引かないと健康を誇る人はいても、一年間、いやたったひと月でも、からだのどこにも痛みを感じなかったという人は、まずいないだろう。総じて社会は、痛みへの関心が薄過ぎる」

というのが、嶋尾の口癖だった。

生誕時以来の痛みへの慣れが関係しているのかもしれない、と万浬は考えている。

人は安全だった胎内から引っ張り出されて、臍《へそ》の緒を切られる、という凄《すさ》まじいショックを人生の始まりに体験する。以後も、転んだり、ぶつけたりと、成長の過程で絶え間なく痛みを感じざるを得ない。やがて痛みに慣れ、痛みの具合で、怪我《けが》や病気の度合いをはかれるようになる。結果として、この程度は我慢できると、自分の痛みを過小評価したり、他人の痛みに対して無頓着《むとんちゃく》になったりするのではないか。

「痛みで死んだ人はいますか。きっといるはずです。わたしがそうです」

性器周辺に刺すような痛みを感じ、複数の婦人科を受診しても異状が見つからず、精神的なストレスからくる不定愁訴《ふていしゅうそ》と診断されて、精神安定剤を処方されながら、なお痛みが取れないために来診した二十五歳の女性が、悲鳴に近い声音で訴えた。

大手の都市銀行に勤めているという彼女は、愛らしい目鼻立ちをして、ファッション雑誌を真似《まね》たらしい洒落《しゃれ》た装《よそお》いが似合っている。だが人に明かせない場所の痛みのために、男性から交際を求められても応じられず、窓口業務にも支障をきたし、表情が暗い、歩き方がおかしい、と直接忠告されたり、化粧室で陰口を叩かれたりして、ずっと自殺を考えているのだと、涙を流して打ち明けた。

「恋人はできない。もちろん子どもだって産めません。痛みがわたしの幸せをすべて奪っていくんです。最後には命も奪っていきます。痛みに殺されるんです、わたし」

かわいそうに大変だったのね……と言ってもらいたい心情は理解できる。だが彼女は、別の医療機関で肝心の痛みが取れなかったために、来院しているはずだった。

「痛みで死んだ方は、うちの患者さんにはいらっしゃいません」

万浬は平静な口調で答えた。

予想に反する言葉だったのだろう、女性が目をしばたたく。

「痛くて痛くて、自殺する人は、大勢いると思いますけど……」

「ええ。痛みに耐えつづけることがつらくなり、死を選んだ方はもちろんいらっしゃるでしょう。でも、痛みに殺されたとは、わたしは考えません」

女性はきれいに整えた眉《まゆ》をしかめた。

「あなたは、我慢しがたい痛みを抱えながら、なぜ最初からうちを受診されなかったんです」

万浬の問いに、女性が戸惑いの表情を浮かべ、それは……と口ごもる。

「責めてるわけではありません。まず痛みについて簡単にご説明します」

万浬は、デスクの上に置いてあるプラスチック製の頸椎《けいつい》の模型を手にした。模型は七個の骨を精巧に作って組み合わせたもので、実際の人間の首同様に柔軟性があり、曲げると骨と骨のあいだに隙間《すきま》ができ、内側を通っている脊髄《せきずい》が現れる。鑷子《せっし》立てから細長い鉗子《かんし》を取って、先端の挟む部分で、脊髄の一部をクリップする。

「これで、脊髄を通ってゆく痛み信号は、脳まで届かなくなります。死を思いつめるほどにあなたを苦しめていた痛みが、この瞬間に消えるのです。ご存じでしたか」

女性は、話の意図がまだよく理解できていない表情で、いえ、と首を横に振る。

「痛みのつらさに耐えられず、死に踏み出した人は、除痛に関する医療情報を得られなかったがために、痛みから逃れられない、と思い込んだだけかもしれません」

万浬は、脊髄から鉗子のクリップを外した。ゴム製の脊髄が元の太さに戻る。

「だとしたら、医療関係者や公的機関の、痛みとその治療に対する不勉強、市民に対して除痛に関する啓蒙《けいもう》を怠ってきたことにも、罪があるでしょう。痛みに苦しむ当事者、および社会全体の、痛みに対する、偏見にも似た認識不足もあります」

模型をデスクに戻し、あらためて目の前の患者を見つめる。

責めるわけではない、と口にしつつ、実際には責める物言いをして、引け目を感じた相手が、困ったり、つらそうにしたりする顔を見るのが、万浬は好きだった。

「拷問《ごうもん》はご存じですか」

「え……」

　相手の唇がゴーモン……と動くが、意味がわからなかったのか、音にはならない。

「江戸時代によく用いられたのは、三角にとがった木材を並べた上に正座させられ、太ももの上に重い石を次々載せられる、というものです。縄で縛り上げられて逆さ吊《づ》りにされたり、水中に何度も顔をつけられたり。仰向けにされた鼻や口から休みなく水を注ぎ込まれる水責めの拷問は、最近も、とある大国の軍隊が、テロ行為の容疑者の訊問《じんもん》に用いていたと公式に認めましたから、遠い昔に限った行為ではありません。日本では万葉集の頃に拷掠《ごうりょう》、拷訊《ごうじん》と呼ばれ、源氏物語の頃にはもう拷問の字が用いられています。海外でも、魔女狩りなど異端弾圧のための拷問がよく知られています。博物館や歴史資料館などに国内外で開発された拷問の道具が残されていますけど、実に想像力豊かに人に痛みを与える方法を考えてきたものだと感心します。痛さのあまりに、早く殺してくれと訴える人が少なくなかったそうですが、痛みではなかなか死ねないことの証《あかし》かもしれません。拷問の末に亡くなったケースも、心臓への過剰な負担や、脳の血管が破れた可能性など、身体的な異状が死をもたらしたと見るべきで、痛みは人を殺さない、と、わたしは思っています。……ところで」

自分の症状と直接には関係のない話を、質問をさしはさめない調子で語られ、思考も感情も停止した様子で、涙も止まっていた女性に、万浬は初めてほほえみかけた。

「神経ブロックについて、これまでお聞きになったことはありますか」

そのあと、万浬の勧める神経ブロック注射を受け、痛みが一時的にしろ感じられなくなった女性は、眉を開いて表情を輝かせ、信じられない、と何度も口にした。

痛みから解放された顔には、万浬はもう関心がない。

止血用に女性が使った『天使のペニス』を手のなかでもてあそび、跳ねるようなお辞儀の仕方で礼を言う女性に、そっけなくうなずき返して、処置室を出た。


午後の診療を三時に始めて、途切れることなく患者を診て四時半を回り、区切りのよいところで、万浬は短い休憩を取った。

職員専用の狭いキッチンに備えられた冷蔵庫から、自宅で作ったハーブティーを入れた容器を取り出し、自分専用のティーカップに注ぐ。深い呼吸を心がけて飲み切ったところで、ベテランの看護師、仲山淳子《なかやまじゅんこ》に声をかけられた。

「次の患者さんなんですけれど、診察を受け付けてもよろしいのかな、と……」

三十年余りも看護師の経験があり、つねに冷静な態度を崩さない仲山が、対応に苦慮しているらしい表情を浮かべるのを、万浬は初めて見た。

手早くカップを流しですすぎ、食器乾燥機に置いてから、尋ね返す。

「どういう意味でしょう」

「これが……患者さんの書かれた問診です」

患者の記した問診票を、脅迫状でも届いたような手つきで、彼女が差し出す。

受け取って、患者が自分の症状を記した箇所を読み、来た、と思った。

曾根家を訪問して五日が過ぎている。連絡があるのを今日か明日かと待ちわびていた。だが事情を知らない仲山たちスタッフが、ペインクリニックに対する嫌がらせか、質《たち》の悪いいたずらではないか、と受け止めたとしても仕方がない。

「この方は、予約を取って、みえたのかしら……」

問診票に記された名前を確認しつつ尋ねた。

「月曜日の午前中に電話があったそうです」

受付事務員の梶川恵美《かじかわめぐみ》から聞いたという話を、仲山が伝える。

「初診の場合だと今日のこの時間が、空いているなかでは一番早くて、ご案内したところ、それでいいとおっしゃったそうです」

「わかりました。お話を伺ってみましょう。お通ししてください」

万浬は、第一診察室へ戻り、新しい患者用の電子カルテを開いて、待機した。

壁をはさんだ受付で、仲山の指示を受けた梶川が、

「貴井《たかい》さん、貴井英慈《えいじ》さん、第一診察室へどうぞ」

と、待合室の患者に声をかけるのが、奥のカーテン越しに聞こえる。

ほどなく待合室と診療スペースの境をなすアコーディオン・カーテンが引かれる音がした。

「手前の部屋です」

新人の受付事務員、八木陽奈《やぎはるな》の声がする。スニーカーらしいあまり音の立たない靴音が近づいてきて、第一診察室のカーテンが引かれた。

問診票には二十八歳と書かれている。身長は、高くも低くもなく、現代の青年男子の平均程度だろう。白い厚手の綿シャツと、インディゴ色のジーンズ、水色のデッキシューズをはいている。筋肉質ではなく、線は細い。猫背とまではいかないが、胸を張って歩く性格ではないらしく、やや前屈《まえかが》みの姿勢で立っている。

髪は長めで、全体に軽くウェーブがかかり、柔らかな目鼻立ちで、年齢のわりに可《か》愛《わい》い印象を、ことに女性に与えそうだ。目尻《めじり》の下がった本来穏やかそうな目に、万浬の容姿に対して意外に感じたらしい色が瞬《またた》いたものの、すぐに警戒の色が強く表にあ

らわれてくる。彼女を品定めするような視線からは、陰気な傲慢《ごうまん》さが感じられた。

「どうぞ」

万浬は自分の前の椅子《いす》を勧めた。

筆圧の弱い筆致で、『貴井英慈』と問診票に書いた青年は、診察室内を丹念に見回したあと、静かに椅子に腰を下ろした。姿勢にも表情にも息づかいにも、痛みを訴えるゆがみはなく、離れているせいかどうか痛みのにおいもしなかった。

問診票には曾根のことは書かれていない。ひとまず相手の出方を探るため、

「今日はどうされました」

と、彼の表情の動きを注視しつつ尋ねた。

英慈は、細い膝《ひざ》のあいだに手を力なく下げ、万浬から、彼女の前のデスクの上へと、視線を振った。そこには彼の書いた問診票が置いてある。

読めばわかるでしょ……。

視線と姿勢で言葉を伝え得る相手に、ある種の知性を感じる。

万浬は、理解したことを伝え返すために、問診票を手に取り、あらためて来診の理由に目をやった。どこが痛むか、どのように痛むか、を記す箇所には何も書かれておらず、最後の備考欄に一言、『痛みがない』と落ち着いた字で記されている。

問診票から目を上げて、彼に向き直った。

「本当に、痛みを感じないんですか」

英慈は、だるそうに吐息を洩らし、底意《そこい》の知れない昏《くら》い目で万浬の顔をとらえた。

上半身をゆっくり起こし……何か言うかと思ったとたん、右手の平手で、自分自身の右の頰を打った。手加減のない叩き方で、肉を打つ音が診察室内に響いた。色白のせいか、頰がみるみる赤くなってゆく。なのに表情を少しも変えない。

なぜ彼が曾根の名前を出さないのか、理由がわからず、質問を重ねた。

「ここは、痛みに苦しむ人を診るクリニックですけれど、どういうご用件でしょう」

英慈は、万浬の言葉の表面上の意味と、真意、さらには彼女の人柄なり知性なりをうかがい知ろうとしてか、焦点をしぼるように瞳《ひとみ》を凝らした。

「あなたは、痛みの専門家でしょう？」

細くて濁りのない、芯《しん》に粘りけのある性格を伝える声だった。「痛みがないことに、ぼくは苦しんでます。このクリニックの診察対象になるんじゃないでしょうか」

「あなたは、苦しんでいるのですか」

あえて鈍感に相手の言葉を繰り返す。

英慈は、瞳の焦点をゆるめないまま、身を引くようにして首を起こした。

「クリニックのホームページに、様ざまな症状に悩む人に対する語りかけとは別に、『痛みかどうか判断がつかずお困りの方、自分の痛みに違和感を抱いている方もどうぞ』と書かれていました。別のクリニックのホームページを幾つかのぞいてみましたけど、こういう文言《もんごん》は見かけませんでした。これはどういう意味です？」

その文章は、万浬がクリニックに勤める際に、嶋尾の許可を得た上で、事務長の関《せき》根《ね》靖子《やすこ》に依頼して、ホームページ上に加えてもらったものだ。

人々が感ずる一般的な痛みとは異なる、ある特別の状態を不思議に思い、自分にも社会にも違和感を抱いている……そうした人物に会ってみたかった。誰にも明かせない状態に長く悩んできた者には、きっとわかるだろうと思ったし、わかる者に来診してほしかった。

「違和感を覚えてらっしゃるんですか、ご自分の状態に」

「違和感？」

相手は首を傾《かし》げた。「それ以上ですよ。机の脚に足の小指をぶつけても何ともない。食事中、舌や唇を嚙《か》んでも平気だし、コンロの火が手をあぶりそうになっていても気がつかない。受ける刺激がどれも痛みにつながらないから、困ってるんです」

「では、無痛症、ということでよろしいんですか」

「さあ……正しい診断は、あなたのお仕事でしょう」

彼が目に揶揄《やゆ》の色を浮かべる。

万浬の心にかすかな疑念が兆《きざ》した。なぜこれほど余裕があるのだろう。

「正しい診断、というものは、治療前には存在しません。診断が正しかった、と言えるのは、治療後の結論です」

「正論ですね。それで？」

「できるだけ正しい診断を下すには、患者側の協力が欠かせません。客観的な判断材料となる血液や尿の検査、レントゲンやエコーやCTなどの検査結果が得られない場合はなおさらです。診断とは、医療者と患者側が互いに協力して、双方納得の上で治療をする大前提、よい結果を得るための基礎となるものです」

英慈が小さく肩をすくめてみせた。

「インフォームドコンセントの解説文を読んだほうが早いかもしれませんね」

万浬は、彼の冷ややかなからかいを受け流して、

「以前に別の医療機関を受診されたことはおありですか」

「もちろん。どこでも最終的に言われるのは、うちではどうしようもない、ってことですよ。精神科の受診を勧められる場合もよくあります」

彼の言葉の調子に、とげとげしさが失《う》せ、踏み込んだ会話を許す柔らかさがあらわれていた。話の通じる相手として、万浬を受け入れたということだろうか。

「それで、精神科は受診されたんですか」

「精神科に偏見はありませんが、この件に関しては必要がないんです。痛みを失った原因はわかってますから。三年前、海外出張中に事件に巻き込まれたんです」

英慈は突然、ボーンッ、と声を上げ、右手の五本の指を破裂する勢いで広げた。

何を意味する動きかはわかったが、具体的にどんな状況で生じたことなのか、万浬は精神的に前のめりになっていることを伝える程度に身じろぎをして、

「お聞かせ願えますか」

彼は、言い飽きた話を、わざわざあなたのためにするのだ、という恩着せがましいため息をつき、背筋を伸ばして、姿勢を正してから話しはじめた。

「場所はあえて言いません。現地でのプロジェクトがうまく運び、じきに帰国という日でした。町なかのマーケットで、みやげものを買い、宿舎のホテルに戻る途中、母のためにと、ジュエリーの店の前で足を止めたんです。母はアクセサリーなんて日頃まったく着けない人で、ボランティアでホームレスの人への炊《た》き出しや、お年寄りの家を回って家事を手伝うことなどをしていますが、ときおり活動が評価されて、少し

は服装を整えて出なきゃいけない席が設けられることがあるのです。以前、母がそうした場に出席する前に、何か飾るものがあればと、鏡台のところでつぶやいていたのを耳にしたものだから。高価な宝石は嫌がるだろうけど、外国の職人が丹精こめて作った工芸品なら気に入るだろうと思い、ショウウインドーに精緻《せいち》な細工のネックレスやブローチが飾ってある店の前で足を止めたんです。あのまま歩きつづけていたら……ぼくはいまここにはいません」

彼が、もう一度右手の指を広げた。その指の動きをみずから不思議そうに見つめ、

「ショウウインドーの表面に、何の前ぶれもなく、炎の球体が膨れ上がるのを見た気がしました。星の誕生のCG映像を見る感じで、一気に赤い球体が広がり……次の瞬間、背後からの強烈な力を感じました。目の前の赤い球体に引き込まれる。赤い球体が破裂し、氷の破片のような鋭利なきらめきを無数にとらえたのを最後に、ぼくの意識は飛びました……。長く夢うつつの世界をさまよい、はっきり意識を取り戻したのは、病院のベッドの上でした。うつ伏せだったので、周りの状態はほとんど見られなかったけど。あとで関係者に聞くと、ぼくが立っていた場所から三十メートルくらい離れた場所で、車に仕掛けられていた爆弾が爆発したそうです。爆弾の破片や、破砕した車の破片が四方八方に飛び、それをぼくは背後からまともに受けたわけです」

口のなかが乾いたのか、彼がいったん言葉を切る。

「いわゆる、テロ、ということですか」

万浬は確認のために尋ねた。

彼が曖昧《あいまい》に首を横に振る。

「反政府組織の声明がその日のうちに出されたそうですから、政府側の見解はテロですけど、相手の言い分は、生存を賭けた抵抗運動でしょう」

三年前と言えば、確か北アフリカのある地域で爆弾テロが起き、多くの死傷者が出たなかに、日本企業の社員一名が巻き込まれて、重傷を負ったというニュースが流れたことを記憶している。では目の前の彼が、当時の被害者だったのか……。

「からだの前面は、爆風でガラスが先に散り飛ばされていたせいで、切り傷はあちこちあっても、深い傷は負っていませんでした。ただ背後から体内に入った金属片には、命を奪いかねないものが多数あって……現地の病院で緊急手術を受け、ひとまず命は取りとめました。だけど、摘出し切れない細かな破片が多く残っており、会社の手配でイギリスの病院に移され、破片を除去する手術を二度受けました。目立った破片はほとんど取れたものの、神経や血管を傷つけかねない箇所にまだ複数残っていて、しばらく様子を見ることになったんです」

彼は、右の人差し指を伸ばし、左手の甲から二の腕にかけて、トン、トン、と突き立ててみせた。次に右手の指で左手の甲をつねってみせる。

「病院で意識が戻ったときから、全身に痺《しび》れがありました。電気がジーンと低く流れているというか、麻酔が軽くかかっている感じです。手術を受ける前も、受けたあとも、その感覚はつづいていて、痛みに関しては気にしていませんでした。半年、一年と経《た》つうちに、ようやく痛みの感覚がないらしいと、ぼくも、医療者側も気がついたんです。当初は、精神的に落ち着けば少しずつ元に戻るだろうと、みんな思ってました。でも、一年半、二年と経っても戻らない。針状の器具で全身を刺してみる。感触はあるけど、痛くない。叩かれたり、つねられたり、いろいろ試されました。どれも感触はあるのに、痛みは感じない。検査が重ねられ、脊髄のすぐそばに二箇所……腰のところと、首のところに、ごく小さな鉄片が残っていて、これらが痛みの信号を脳に伝達することをさえぎっているのだろう、というのが担当医たちの診断でした」

脊髄の外側、硬膜外腔《こうまくがいくう》に針を刺して、局所麻酔薬を注入し、痛みを感じなくする治療はあり、かなり強い痛みや痺れを患者が訴えたときに、万浬もおこなうことがある。つまり、彼の体内に残された二つの微小な鉄片が、硬膜外ブロックと呼ばれる治療と似た効果をもたらしているのだろうか。

「レントゲンを、持参されてますか？　あれば拝見したいんですけれど。もしなければ、こちらで撮影してもよろしいですか」

「どうしてです？」

英慈の声は、万浬の求めに答える調子ではなかった。

「どうして、とは……」

「なぜ、痛みがない人間に関心を持ってるんです。おっしゃったんでしょう、あなたは。痛みを感じない人間に会いたいと？」

相手がようやく打ち明けたので、曾根の名前を出すことにした。

「では、曾根さんがおっしゃっていた、からだに痛みを感じなくなった人とは、あなたですね」

相手は、少しくつろいだ様子で足を組んだ。

「こちらの女医さんに会いに行ってあげてほしいと、曾根さんから、母に電話があったそうです。曾根さんには、昔からお世話になっているので、断れませんから」

「痛みを専門に診る医師として、無痛症や、痛覚脱失《だっしつ》、痛覚鈍麻《どんま》の症状を抱える人に、興味があります。痛みというものを、どう捉《とら》えればよいのか。痛みのある、なしが、人に、ひいては社会にどのような影響を及ぼすかなど、無痛に関する検証を通して、総合的な考察を深められるのではないかと考えています」

英慈は、上半身を反らし気味にして、細面《ほそおもて》の頬に皮肉な笑みをたたえた。

「きれいごとはよしましょう。論文に書くとかして利用するのか、それともテレビ局の知り合いに紹介する気ですか？　一時世間を騒がせた爆弾テロ事件の被害者が、無痛の状態で帰国していたなんて、話題になるでしょうからね。針で手を刺しても、バットで脚を叩いても、平気でいるなんて、いわゆる絵になるってやつでしょ？」

「無痛について知りたいという研究者としての欲求が一番であって、当事者の許可なく論文に書くことはありませんし、マスコミに知り合いはいません」

ふうんと、彼はまだ半信半疑であることを匂《にお》わせる吐息を返した。

「あなたは痛みがないことに苦しんでいる、だから、このクリニックの診察対象になるだろう、とおっしゃいました。では、どういった治療をお望みなのでしょう」

「海外の先端医療で無理だったんです。こんな小さなクリニックに、失礼……ともかく、医療でどうにかしてもらえるなんて思ってやしません」

「では、なぜあなたはここに？」

「だから、曾根さんですよ。これで義理は果たしました。そろそろ失礼します」

即座に去ってゆきそうな彼の態度には、妙な焦《あせ》りが匂う。言葉や行為の一つ一つが、こちらの虚をついて驚かせたり、思考力を奪ったりするパフォーマンスにも思える。

「一つ、確認させていただいてよろしいですか」

「何をです。もうあんまり時間はとれないけど」

「あなたが本当に痛みを感じないのかどうかをです」

「嘘《うそ》をついてるとでも？　曾根さんから聞いて、わざわざ来たと言ってるでしょ」

「では、曾根さんの前でも、頬を叩いてお見せになったんですか」

彼の柔らかな面差しが、傲慢な苛立《いらだ》ちにおおわれてゆく。

「勘違いしないでほしいんですけど、ここへ来たのは、あなたのためでも、曾根さんのためでもない。母が、曾根さんに妙なことを頼まれて困っていたから、ちょっとだけ物好きな医者のモルモットになってくるよ、って引き受けたんです」

「お時間は取らせません。電流を流して、痛みの度合いを計る装置がありますけど、そんな必要もありません。指先を少し針状のもので刺すだけです」

万浬は、デスクの上に置いてあるステンレス製の鑷子《せっし》立てから、先端が鋭く尖《とが》ったピンセットを取った。相手を逃がさないために、笑みを含んだ口調を意識し、

「さほど強くは刺しません。痛みを感じないのなら問題はないでしょう？　利《き》き手ではないほうの手をどうぞ」

と、ダンスに誘うように手を差しのべた。

英慈の表情に迷いがうかがえる。万浬は、椅子に座ったままキャスターを滑らせて近づき、あらためて手を差しのべた。彼が立つには、彼女を押しのけなければならない。彼は、怒りをたたえた目で万浬を睨《にら》みつけ、左手を前に突き出した。

失礼します、と断り、英慈の左手の中指を取り、爪《つめ》と指先とのあいだの柔らかい皮膚の部分に、ピンセットの先端を、血が出ない程度に押し当てた。

瞬間、彼がからだをふるわせ、無意識にだろう、手を引きかけた。なんとか自制したらしく、何も感じなかったそぶりで、手をそのまま万浬に握らせている。

「あと、もう一つの指だけ」

彼の薬指を取り、爪と指先とのあいだの部分を、ピンセットの先端で押した。

さっきより弱い力だったのに、痛みの感覚を記憶した扁桃体《へんとうたい》の働きだろう、彼は万浬の手を振り払って左手を引いた。

万浬は、椅子を後方へ滑らせて、ピンセットを戻し、相手の表情を見た。

英慈は、前屈みになって顔を伏せ、左手の薬指と中指を右手でこすっている。

彼女は、椅子から立って、職員用の出入口のカーテンを開き、廊下に置いてある中型の冷蔵庫の前に進んだ。冷却が必要な薬や、検査機関に提出する患者の血液を保存しておくためのもので、フリーザー内には大小の保冷剤を入れてある。保冷剤は、冷たさが痛みへと変わる時間で、患者の痛覚の度合いを計るときに使うこともあれば、寒暖を感じ取る感覚がおかしいと訴える患者に、検査の一つとして使うこともある。

手のひらに載るサイズの保冷剤を一つ取って、診察室へ戻り、まだ指をこすりつづけている英慈の正面に立った。

「痛みは、生命維持、健康維持のための大切なサインです。もし痛みを感じないなら、死に至りかねない危険を、シグナルとして脳に送ることができなくなります。骨折していても、折れた骨が内臓を傷つけていたとしてもわからない。心臓や胃の疾患も、重篤《じゅうとく》になるまで気づかない。熱さも冷たさも痛みとして感じないために、火傷《やけど》や凍傷を繰り返して、つねに命の危機にさらされます」

万浬は、英慈の右手を取った。恥辱のあまりか、彼は椅子に縛りつけられたように動けずにいる。彼の右手の甲を上向きにして、保冷剤を置いた。

「痛みは、人間の限界を知らせます。健康なり生命なりを維持できない、それ以上は無理だと伝えてきます。痛みを感じずにいたら、肉体がひどく損傷したり歪《ゆが》んだりして、二度と使えなくなる場合もあるでしょう。肉体的な痛み、ということに限って言えば、痛みは人を救っています。痛みによって人は守られているのです」

英慈は、しばらくは我慢していたが、ついに保冷剤を左手で払い落とした。そのまうつむいた状態で、右手の甲の赤くなった部位をしきりに撫《な》でさする。

万浬は、床に落ちた保冷剤を拾い上げ、デスクの上に戻した。

「どうして嘘をおつきになったんです」

「嘘じゃないっ」

英慈が強い調子で答えた。言葉に力はないものの、真情はこもっている。

万浬は説明を待った。英慈は、かたくなに唇を結び、話しだしそうにない。

「手の甲に塗る軟膏薬《なんこうやく》、出しておきましょうか」

万浬の言葉をどう受け止めたか、彼は顔をそむけたまま椅子から立った。診察室だけでなく、クリニックも出ていきそうな勢いのため、

「診察をお受けになったので、受付でお支払をお願いします」

冷静に声をかけた。相手がカーテンの前で立ち止まる。

診察代などどうでもよかった。彼がなぜ嘘をついたのか、目的が知りたい。また、嘘ではないと真剣に、少年っぽい健気《けなげ》さで言い返した意味は何だろう。

「あなたの症状は、カウンセリングによる心理的アプローチで改善した、ということでよろしいでしょうか。曾根さんに、お母様がお電話で相談なさったときまでは、確

かに感じ取れていなかったはずの痛みが、小さなクリニックで診察を受けたとたん、急に戻った。痛みを感じられる状態になった、と」

相手を傷つける意図を含んだ言葉を、一音一音正確に発音する。

英慈の肩から背中にかけての線が引きしぼられるように緊張する。憤懣《ふんまん》をぶつけたい衝動をおぼえながら、どうぶつければいいのかわからず、悔しがっているのか。

「これが、正しい診断だと、お認めいただけますか」

振り向いて。屈辱と痛みを感じているだろうその顔を、わたしに見せて……。

だが彼は、胸の底から長く息を吐くと、診察室を出ていった。デッキシューズの足音が、待合室から流れてくるピアノ音楽の、澄んだ音の連なりの向こうに消える。

万浬は、椅子の背もたれに身を預け、胸の内にこもりかけた熱を、ため息に乗せて外へ散らした。

5

高級住宅地として開発された地域は、街灯が多く、夜間に出歩く人の姿などほとんどないのに、住宅のあいだを走る道路が白く浮かび上がっている。

曾根家の荒れた庭も、道路に即した面が皓皓《こうこう》と照らされている。日中は周囲に存在をうるさいほど主張していた草も木も、穏やかな眠りについている気色《けしき》だった。だが、光から少し離れた辺りでは、密生した草や葉の裏側、入り組んだ枝の内側などに、濃い影が集まり、ひそかに別の生きものが息づいている気配が漂う。たとえばバラの群生の陰では、バラの精と呼ばれる霊的な存在が、トゲのある触手を振りかざし、互いの茎や葉の肉を裂き合って、喜悦の声を上げているのかもしれない……。

土曜の夜、予定より半日早い訪問は、曾根から要請があったことと、無痛の症状を抱えている人物との出会いが空振りに終わったことを、直接伝えるためだった。

美彌が前と変わらぬ灰色の顔で現れ、無言で案内に立つ。暗い電灯のもと廊下を渡り、ベッドの背もたれを起こして待っていた曾根と顔を合わせる。冷たい陶酔と繊細な狂気のあいだで平衡を保つ瞳《ひとみ》は、今夜はわずかに狂気のほうがまさって見えた。

時候の挨拶《あいさつ》など前置きの言葉は暗黙の了解で省き、皮膚を通して吸収されるフェンタニルパッチが効果を上げていない、と訴える曾根に、状況を尋ねた。

「痛みは少し残っている。だが鈍い。痛みがよどんでいて、鋭さがないのだ」

怒りが喉の奥にからまっているような乾いた咳《せき》をして、彼が答えた。

「基本的にフェンタニルでよいけれど、量を減らしたほうが、ということですか」

万浬は、朽ちた細木を思わせる曾根の左上腕に貼《は》ったパッチの状態を確かめながら尋ねた。

「痛みが多少増すのは我慢する。しかし希望する痛みと違ったときは、すぐに対応してほしい。あの痛みを味わえずに終わるのは、やりきれない。割増しは払う」

焦燥に駆られてか、彼の見開かれた瞳がふるえる。

「量の増減は考慮しますが、曾根さんが例の痛みを取り戻されたのは、薬の併用の効果があったのかもしれません。フェンタニルと併用が許されている非ステロイド性の消炎鎮痛薬や漢方薬を、あわせて使用してはどうかと考えているのですが」

人間の体内宇宙の闇《やみ》から、ただ一つの痛みを捜索するのは不可能、と言い切るのは簡単だ。しかし、痛みの秘密の一端にふれられる機会などそうあるものではない。

「わたしも単純な薬の増減だけでは難しいと思っていた。併用に支障はないのかね」

「痛みを取る目的の併用はよくおこなわれます。今後はフェンタニルを減らし、消炎鎮痛薬を用いて、様子を見つつ漢方を加えていきましょう。そのためには使用した薬と、決まった時間ごとの痛みに関する感想を、記録していただく必要があります。お一人では大変なので、奥様のご協力を求めたいのですが」

万浬は台所を振り返った。

美彌の姿はない。曾根が四十七年ぶりに感じた痛みは、かつて彼女も経験し、失われたあと、ともに長く渇望《かつぼう》しつづけていたものだという。いま、夫にだけそれが戻り、もう一度経験させるために他者が協力している。不満を感じていても不思議ではない。だからこそ、この行為に彼女を巻き込みたかった。

「わたしだけでは、だめなのかね」

曾根が言う。これ以上の面倒を嫌ってに聞こえた。

「ぜひ奥様に協力していただかないと。詳細な記録が、今後の調整には不可欠です」

万浬は断言する口調で答えた。

曾根が、仕方なさそうにベッドサイドのテーブルに置いた小型のベルを取り上げて、チリンと鳴らす。ほどなく廊下の向こうから、足音も立てずに美彌が現れた。

「野宮先生が話があるそうだ」

美彌が、夫も万浬も見ず、台所にあるテーブルの前の椅子に腰を下ろす。

万浬は、ベッドサイドの椅子に腰掛けたまま、彼女のほうにからだを向けた。

「曾根さんの痛みを捜すお手伝いを、奥様にお願いしたいのです。使用した薬剤のチェックと、一時間ごとの曾根さんの痛みに関する感想を記録してほしいのです。そのときどきの体温、部屋の温度と湿度、外の天気、食事についてもお願いします。様ざまな影響を検討して、今後に生かしたいものですから」

美彌は、黙って顔を伏せ、総白髪の頭をこちらに向けている。

彼女の不満や心の痛みを、目に見える場に晒《さら》したい。

「奥様にとっても、チャンスだと思います」

声に、犯罪への加担を求める親しみをこめた。「曾根さんが望まれている痛みを、奥様もまた、いま一度感じてみたい、と思うことがおありではないですか」

美彌の沈黙は、内なる深淵《しんえん》に万浬の言葉を吸い込んでいくおもむきがある。

「奥様にとって、曾根さんがよき先行例になりませんか」

曾根の鼻で笑う息づかいが、万浬の耳に届いた。

「わたしを実験台にして、美彌に有効なデータを残すということかね」

彼には答えず、万浬はなお美彌を見つめ、失礼を承知で語った。

「はっきり申し上げれば、奥様もがんになる可能性があります。曾根さんと同じく、かつての痛みを体験できないか、と思われたときには、曾根さんのデータが生かせるかもしれません」

老女が静かに顔を上げた。膨らみの薄いまぶたの下の、半円に限られた黒い目で、万浬を見つめる。能楽で演じられる狂女の面《おもて》に似て、うっすらほほえんでいるようにも、すすり泣いているようにも見える。

「ようございます」

ほとんど開かない唇から、意外に高い声が発せられた。「お引き受けしましょう」

「では、例の少年のことは、いつ話していただけますか」

万浬は、美彌へ、とも、曾根へ、とも取れる、二人のあいだの空間に問いかける。

「アレイのことかね」

曾根が答えた。

「アレイ?」

「少年の名前だ。漢字の亜細亜《アジア》に、夜明けを意味する黎明《れいめい》で、亜黎。小児性愛の性癖がある孤児院の院長がつけた、というのが彼の説明だ。自分を繰り返し犯した元憲兵の院長を、寝てるあいだに絞め殺し、逃亡したと笑っていたが、作り話の多い奴《やつ》だったからどこまでが本当やら。名前も自分でつけたのかもしれないし、本名かどうかもわからない。詳しい話は、痛みの捜索がもう少し進んだあたりでしょう」

その話こそが、痛みの捜索に対する真の報酬だと言いたげに、曾根が告げる。

異論はない。だが、もったいぶった言い回しが鼻につく。それはそうと……と、万浬は話を変えた。

「からだに痛みを感じられなくなったという人物が、クリニックを訪ねてきました」

「そうかね。電話で頼んでおいたからね。どうだった」

「失望しました」

あえて首を横に振る。「その男性は、確かに海外出張中に爆発に巻き込まれ、体内に爆発物の破片が残った影響で、痛みを感じなくなった、と説明されました。ですが誇張的な印象を受けたため、調べさせてほしいと申し出て、ピンセットで指先を少し突いてみたところ、彼の手はふるえ、二度目は軽く突いただけで指を引っ込めました。保冷剤を手の甲に置くと、ほどなく払い落としました。彼は痛みを失っていません。理由を問いましたが、無言で去っていきました」

「そんなことはないはずだが……」

自分が責められているかのように、曾根が声をくぐもらせる。

万浬は美彌を見た。顔を上げて、曾根を見ている。彼女にも意外なことらしい。

「相手の方に嘘をつかれた、ということでしょうか」

「あの家の母親は、嘘をつく人物ではない」

「では、母親が、子どもにだまされている、ということですか」

「子どもたちのことも、よく知っている。就職の世話もした。彼らが母親に嘘をつくことはない。訪ねてきたのは、本当に彼かね、貴井と名乗ったかね？」

「問診票を書いて、保険証も提示されました。貴井英慈さん、二十代後半のほっそりした方です」

曾根が、目を閉じ、怒りをきつく搾《しぼ》り上げるようなうめき声を発した。

『タカイ様より。ソネ様の件で、とお伝えすれば、おわかりになるとのこと』

受付事務員の梶川から渡されたメモに目を走らせる。椎間板《ついかんばん》ヘルニアに苦しむ患者の診察を終え、次の患者を診るまでの、短い時間だった。

受付で保留されている電話を、第一診察室に回して、と求める。

受話器を取り、電話を代わったことを告げた。

「野宮先生ですか。お仕事中に申し訳ありません。少しだけよろしいでしょうか」

返ってきたのは、痛みに苦しむ患者の切実な響きも、製薬会社の営業マンの慇懃《いんぎん》なおもねりもない、落ち着きのある太い声だった。

「貴井森悟《しんご》と申します。先日は弟が大変ご迷惑をおかけしました。曾根さんに強くお叱《しか》りを受けました。お聞き及びでしょうが、痛みを感じないからだになったのは、わたくしです」

曾根は、まさか弟が訪ねるとは思いもよらず、名字だけを万浬に告げていた。森悟は英慈の四つ年上で、がっしりとした体格だという。兄弟の名前は、頼まれて曾根が付けたとのことだった。

「ついては、あらためてお訪ねして、事情をご説明したいのですが」

診療中では時間が限られるため、万浬は三日後の診療後の時間を指定した。

クリニックの受付時間は六時で終了する。すべての診察を終え、スタッフが帰宅できるのは七時前後になる。平日の月水木金に、万浬は最後の患者まで責任を持って診察する。水金は、そのあとジムで汗を流す。月木は、クリニックに残って、神経ブロック注射の手技のトレーニングをするか、医学書や研究資料を読むことが多かった。

貴井森悟と約束した木曜日、嶋尾はじめスタッフが帰り、最後に残った事務長の関根が戸締まりを頼んで帰ったのち、万浬は白衣のまま三十分ほど待合室で、幻肢痛の治療に関する最新資料を読んで過ごした。

午後八時にあと二分となった。約束の時間ちょうどに来るか、少し遅れるのか、相手の性格をそこに読むつもりでいたとき、三階のフロアにエレベーターが止まるベルの音が、人けのない廊下を伝って、玄関のドア越しに聞こえた。

資料のコピーをソファの上に置き、耳を澄ます。廊下は靴音が響きやすい構造なのに、何も聞こえてこない。確認のためにソファから立つ。と同時に、磨《す》りガラスの玄関ドアがノックされた。

ガラス越しにうっすら見える手の位置が低い。ドアは自動開閉の電源を切ってある。玄関ドアの下部にある鍵穴《かぎあな》に鍵を入れて回し、手動でドアを開いた。目の前に、車椅子《くるまい》子《す》が止まっていた。

もみあげから顎《あご》にかけて伸ばされた鬚《ひげ》が一番に目につく。からまり合ったカールの多い鬚だ。口髭《くちひげ》も伸ばしているが、横に広い唇の上の毛は薄く、こちらは猫っ毛のように柔らかそうで、顎鬚とつながる辺りでようやく濃くなっている。

三十二歳という実年齢より四、五歳は上に見え、浅黒く日焼けした顔は、顎が張った方形で、髪は長くないが、伸ばしっ放しにしてある。濃い眉《まゆ》の下の目は、左右で少し大きさが違い、印象も異なる。右目はしっかり見開かれ、瞳が強い光をたたえて、活動的な知性を感じさせる。左目はややまぶたが落ち、逆に沈思的である。

半袖《はんそで》の黒い無地のTシャツを着て、胸のところが筋肉で盛り上がり、腹部に向かって締まっている。袖口から伸びる腕は太く、車輪の上に置かれた手も大きく見える。車椅子におさまった下半身は、膝《ひざ》までの長さのトレーニングパンツをはき、太ももの上に有名百貨店の手提げ袋を載せている。

両足のすねから下には白いギプスをして、足乗せに置いてある。指は外に出ているから、足首周辺を骨折したことによって必要となった処置だろう。

万浬と目を合わせた相手は、沈思的な左目の様子はさして変わらないが、見開かれた右目がいっそう輝いた。男たちが万浬を見たときの反応の一典型で、彼女の容姿が好みに適《かな》っていることへの喜びが見て取れる。

「こんばんは、野宮先生ですね。貴井森悟です」

顎鬚がむさむさと動き、電話と同じ太い声で歯切れよく話す。言葉の調子や、まっすぐ人を見る態度から、物怖《ものお》じしない性格と、対人の経験が豊富なことを想像させた。

「野宮です。お待ちしてました」

軽く会釈《えしゃく》をして、クリニック内に招じ入れるため、からだを引く。

「これはつまらないものですが、お受け取りいただけますか」

相手は玄関前にとどまり、百貨店の紙袋をこちらに差し出す。

万浬はいったん断ったが、彼も引こうとしないため、仕方なく受け取ると、ようやく彼が車椅子を進めて、玄関の内側に入ってきた。

「こんな格好ですみません。車椅子だと、正装というものがどうしても面倒で」

「お気になさらず。お怪我《けが》をされているとは、存じませんでした」

「大したことはないというか、もうほとんど治りかけているんです」

　待合室で車椅子を止める彼に、万浬は痛みのにおいを感じた。グラスファイバー製らしいギプスは、装着してしばらく経《た》つのだろう、下巻きの包帯やパッドが汗に蒸されて発する、ギプス装着者特有の臭気が鼻先をかすめる。

　彼が肉体に痛みを感じない当人なら、この両足の状態は何を意味するのか。

「骨折、されたのですか」

　と、理由も問いたい意図を口調にこめる。

　森悟は、器用に車輪を操作して、万浬のほうに向き直った。

「ラグビー部のOBと現役との試合で、無理をしました。スクラムといって、敵味方八人ずつが三列の隊形を作り、肩を組んで押し合うプレイがあるのですが、ご存じですか」

「大きな試合のときなど、ニュースで見たことはあります。でも人数や隊列までは」

「わたしは二列目のロックというポジションです。最前列の三人とともに、相手を押し崩す役割でした。我々がヒヨッコ扱いしたので、現役の連中は怒ってがむしゃらに押してきました。さすがにOBは練習不足なので、フロントローの三人は早々にあきらめるなか、本来ならわたしも怪我を避けてからだを引くのですが、つい意地になって耐えてしまったんです。味方がみんな後退を受け入れてるのに、足がねじれたようになってもこらえて、結果、相手と味方の体重を一人で受けるかたちで倒れました。そのときにもう、骨にはヒビ、腱《けん》も切れかけていたろう、というのが整形外科医の見立てです。でもわたしは差し障《さわ》りを感じなかったのでプレイをつづけ、タックルを何度か受けたあと、また走りだそうとしたとき、急に立てなくなったんです。足を見ると、足首から下が前後逆のようにねじれていました」

ひとごとのように語る彼の態度は悲愴感《ひそうかん》からあまりに遠く、怖さよりも滑稽《こっけい》さを感じる。

「そんなことになっても、痛みを感じなかった、ということですか」

彼が、思い出し笑いを浮かべて、ギプスをした両足の膝を軽く叩《たた》いた。

「周囲は大騒ぎで救急車を呼ぶし、現役連中のなかには、わたしの足を見て、戻した奴もいました。わたし自身は、まだ走れそうなのになぁ、って不思議な感じでした。いまだって歩ける気がします。でも歩けば、痛みはなくても、肉体はダメージを受けてしまう。こうした経験が度重なって、慣れてきましたが……母が参ってしまったんです。それで、お世話になってる曾根さんに相談の電話を掛けたというわけです」

万浬は、彼と目線を合わせるために、話の途中からソファに腰を下ろしていた。

「わかっていれば、こちらから伺いましたのに、申し訳ありません」

「こちらこそお忙しいのに二度手間をおかけするかたちになり、すみませんでした」

「ここまでは、どうやって」

彼が、他意の感じられない苦笑を浮かべた。

「車の後ろに車椅子をのせて、弟の運転で来ました。一緒に上がって、おわびをするように言ったんですが、気まずいらしくて……いまその辺を流してるはずです。先日の非礼はお許しください。あいつなりに、わたしを想《おも》ってのことだったのです」

「どういう意味でしょう」

「このままここで話しても、よろしいですか」

落ち着かない様子で、彼が待合室を見回した。ゆとりをもって作られた空間は、声がうつろに抜けてゆき、二人で話すには広過ぎる。

「では、診察室へ移動していただけますか。車椅子、押しましょうか」

万浬は、玄関ドアの鍵を掛けてから、車椅子の後ろに回った。

「いいえ、大丈夫です。お気遣いいただき、ありがとうございます」

菓子折を持っての訪問を含め、相手の礼儀正しく誠実な態度に、万浬は次第に落胆に近い感情の鎮静をおぼえた。

肉体に痛みを感じなくなった人物なら、性格や価値観も一変し、こちらをおののかせるような振る舞いをするのではないか……世間の常識を根底から疑わざるを得ない経験をして、独善的な、あるいは暴力的な言動をとる人物として、目の前に現れるのではないかと警戒し、また期待していた。これでは弟のほうがまだしも、無痛の苦悩を抱えた人物にふさわしかったと思えてくる。

万浬は、先に歩いて、待合室と診察サイドを隔てるアコーディオン・カーテンを開いた。森悟は、待合室内の壁やソファを見回しながら進んでくる。

「車椅子や杖《つえ》をついて歩く人への配慮が感じられるレイアウトですね。壁やソファの色も、痛みに高ぶった心を鎮《しず》める効果を考えてらっしゃるんでしょう？」

医療施設に慣れた人物の、的を射た感想に聞こえる。

「こうしたクリニックには、よくいらっしゃるんですか」

「からだの痛みを専門分野とする研究所やクリニックを、イギリスで幾つか訪ねました。連れていかれた、というほうが正しいのですが。帰国してからは、二つの病院で、破片を取り除く手術を受けました。ただし、痛みを取り除いてもらう必要はないので、国内でペインクリニックを訪れるのは初めてです」

誇張やひけらかす調子はなく、穏やかに彼は話した。

第一診察室に彼を通して、万浬はいつもの診察用の椅子に腰を下ろした。受け取った紙袋をデスクの端に置き、寒くありませんか、と軽装の相手に尋ねる。

「大丈夫です。汗かきなもので」

彼の答えによって、先天的無痛症は、無汗症《むかんしょう》でもある場合が多いことを思い出す。

「弟の非礼をあらためておわびします」

森悟が頭を下げた。「曾根さんから連絡をいただいて、曾根さんを診ておられる医師が……野宮先生のことだったわけですが……痛みを感じなくなった人間と、直接話すことを希望しているので会ってもらえないか、というお話があったとき、わたしはたまたま不在でした。電話を受けた母は、そばにいた弟に相談したのです。弟は、自分が代わりに行くと言い、わたしには話さないように、と母に口止めをしました。まさか曾根さんを困らせることになろうとは思いもよらず、母もおろおろしています」

「弟さんは、なぜあなたには話さず、自分でここへ？」

「わたしが痛みを失う原因となった事件について、弟は、あなたに話したということでしたが」

「外国でテロに巻き込まれた、というお話ですか」

「ええ。それは、わたしが弟に伝えたことで、ほぼ話の通りです」

すぐ近くで車が爆発し、激しく吹き飛ばされ、爆発物の破片を無数に受けたとしたら……体格のよい彼だからこそ生還し得たのではなかったかと、いまになって思いながら、太い両ももから筋肉の発達した上半身、顎のしっかりした方形の顔、と視線を移してゆき、彼の瞳に行き当たる。

彼も、万浬の視線の動きを追っていたらしく、寛容にほほえみかけてくる。

「よく生きていたな、とお思いですか？　わたしもそう思います。命までは奪われなかった、別の大切なものを奪われたにせよ……」

彼の左目が瞑想《めいそう》風な光を帯びて見えた。その目をギプスをした足に落とす。

「事件が日本に伝えられた時期、わたしは病院で、何も知らずにいました。テロ事件の日本人被害者ということで、多くの報道陣が実家につめかけたそうです。インターホンや電話がひっきりなしに鳴り、外務省と連絡を取り合っていた会社のアドバイスもあって、母と弟は一時ホテルへ移りました。そのあと母は福岡の親戚《しんせき》のもとへ身を寄せ、弟は東京に残りました。間が悪くと言うのか、弟はテレビ局の報道部に勤めて一年目だったんです。社外の友人からは、事情をおおやけに伝えるのが務めだと求められ……社内では、被害者の家族の本音を放送するよう圧力がかかったと言います。今回のことで誤解されたかもしれませんが、弟は元もと父親譲りの正義感の持ち主です。なぜ爆破事件が生じたのか、テロと一言で片づけられない背景を調べ、事件を連鎖させている国際政治の現状も、専門家の証言によって明らかにしようとしました。しかし上からは、新人のくせに出しゃばらず、母親と一緒にカメラの前で、被害者家族の心情を語るようにたびたび命じられ、ついには精神的に参って退社したんです」

万浬が会った英慈に、熱意あふれる報道マンの面影はなかった。退社に至るまでのいざこざが、彼の本来の性格を歪《ゆが》め、いまも懐疑的な態度をとらせるのだろうか。

「熱しやすくて冷めやすいのがメディアでしょうが、二、三カ月もすると話題にものぼらなくなったそうです。ところが、わたしが帰国して、会社の勧めもあり、あらためて痛みの伝達を阻害している可能性が高い破片の除去手術を受けたあと……手術はうまくいかなかったのですが……どこから漏れたのか、かつてのテロ事件の被害者が、特殊な障害を負って帰国していた、という話を知ったマスコミ関係者がいました。相手は、会社だけでなく家にも訪ねてきて、執拗《しつよう》に取材を申し入れてきました。口ぶりから、興味本位の面白ネタとしてしか捉《とら》えていないのがわかったので、断りつづけるうちに、大きい芸能スキャンダルがつづけて起き、先方もあきらめたんでしょう、ひとまず落ち着いたところに……曾根さんからの電話だったんです」

事件当時、万浬は大学病院に籍を置き、手術に必要な麻酔の対応に連日立ち働いていたため、詳しい報道は目にしていない。

「だから弟さんは、わたしの目的を見極めるつもりで、ここに見えたと？」

「初めから無痛を装《よそお》う気はなく、彼自身マスコミのいやな面を知ってる身として、どういう用件で兄に会いたいのか、家族として真意を問うつもりだったと言っています。ただ、あなたのことを年配の医師だと思い込んでいたところが、若くて、稀《まれ》に見る美しい方であることに動揺し……」

森悟は、いったん言葉を切って、万浬にほほえみかけ、「稀に見る、というのは、わたしの感想ですが……ともかく、自分でも無意識に無痛を装ってしまったと言うのです。あなたに疑われて、意地になった面もあると言っていました」

「事情を知らないままお会いしたいと申し出て、皆さんのお心を騒がせてしまったようですね」

「曾根さんがあいだに入られていたのだから、仕方ありません」

「それでも、先にお手紙などを差し上げるべきでした。おわびします」

万浬は率直に頭を下げた。

「ご理解いただけてよかったです。弟を許していただけますか」

「もちろんです。仲がおよろしいんですね」

「父親が早くに亡《な》くなったこともあるのかな。弟は小さい頃からだが弱かったんで、自分が守ってやらなきゃなんて気張ってたし、あと、母のことを兄弟で支えていこうって気持ちもあったんで、あまり喧嘩もせずにきたのは確かですね」

万浬は、ゆっくりとうなずくことで、ここまでの話題をいったん終わらせる意思を暗に伝え、

「あなたのおからだのことで、お尋ねしたいことがあります。手術を何度か受けて、なお取り切れなかった爆発物の破片が、痛みの伝達を遮断している可能性が高い、と弟さんからお聞きしたのですが、それが本当なら、破片はどの辺りに」

彼が、右手を後ろに回し、自分の腰の一点と、首の付け根にふれた。

「腰のこの辺りと、首のこの辺りです。外からは、さわってもわかりません」

「X線写真か、CT画像を、拝見するわけにはまいりませんか」

「すみません。今日は事情を説明するだけのつもりでしたから……」

「ぜひ拝見したいのです。ご事情が許せば、ここにもX線撮影の機材があります。あなたから痛みを失わせることになった原因を、診察させていただけませんか」

森悟が不意に両目を閉じた。

「……こちらからも、お尋ねしたいのですが」

そう言って開いた彼の目には、左右それぞれ明度の差はあるにせよ、攻撃的な光が宿っていた。

「ペインクリニックは痛みを取る側です。痛みを失った者を診ても、治療の参考にはならないでしょう。あなたの真意は、どこにあるのです」

「痛みに関しては、あらゆることが学びになります」

万浬は、丁寧に言葉を選ぶことを心がけて答えた。「先天的な無痛症の方とは違い、あなたは社会に出て、いろいろな経験をされた上で、痛みを失われました。からだの痛みを失うと、五感はどのような感じ方になるのか。生活はどのように変化するのか。痛みを失う前と後では何が違ってくるのか。学術書にも研究資料にも載っていない、生身の人間に影響を及ぼす痛みの本質を、教えていただける機会だと捉えています」

森悟は、黙って両目を万浬に、というより彼女のからだを通り越した先の宙に向けている。

万浬は、彼の状態にこれまでとは違う危うさを感じた。大脳辺縁系が注意の信号を視床下部へ発したらしく、手のひらに汗が浮いてくる。

相手が急に視線を外した。車椅子の上でまっすぐ保っていた姿勢を右側に傾ける。肘掛《ひじか》けにのせた頬杖に身を預け、あらためて彼女に視線を向ける。

姿勢の変化で、天井の蛍光灯を受ける角度が変わったせいかどうか、来たときとは逆に、右目がやや沈思的となり、左目が鋭利な輝きを返している。

「聞きたいのは、建て前でなく、本音ですよ、先生」

声は変わらないが、言葉づかいも口調も、姿勢にあわせて崩れている。「なぜ、そんなに痛みのことを知りたいのかな。無痛の人間の暮らしぶりを知って何になる。おかしいでしょ、顔もスタイルもモデルのほうが似合ってる女《ひと》が、痛み痛みって」

突然の彼の変化が何を意味しているのか判断がつかず、万浬は相手の出方を待った。

「ともかく、まずは試さなきゃ」

森悟が、姿勢を元に戻し、左手をけだるそうに彼女のほうへ伸ばす。

「……何のことです」

成行きを手探るような万浬の問いに、森悟は鬚をふるわせて笑った。

「おれの話を全部信じたの？　一度嘘をつかれたくせに、人が好過《よす》ぎでしょ」

人が好いわけではない。礼儀や常識をわきまえた相手の言動に、落胆を感じるあまり、嘘をつかれているとまでは考えなかっただけだ。

「では、試してもよろしいんですか」

「望遠鏡があっても覗かずに、月には兎《うさぎ》がいると信じるのは自由だけど」

相手の軽侮をこめた笑みを受けて、万浬はデスクの上の鑷子《せっし》立てから先端が最も尖《とが》ったピンセットを引き抜いた。椅子のキャスターを転がして彼に近づき、差し出されている左手を取ろうとする。瞬間、左手が引かれた。

「ハハッ」

彼が、楽しそうに口を開けて笑い、ほら、と左手をふたたび差し出す。

別人格かと思う相手の態度を怪しみながら、万浬は彼の左手の中指を取った。爪《つめ》はきれいに切ってあり、健康そうな色だ。彼は力を抜き、されるがままになっている。

中指の爪と指先の合間の柔らかい場所を、ピンセットの先端で押す。

通常なら、痛くなくとも、驚いて指を引こうとするものだ。我慢するつもりでも、英慈がそうだったように、どうしても手や腕の筋肉に緊張が走る。だが森悟はリラックスしたままで、ピンセットを押す力を強めても、どの筋肉にも緊張は生じない。

「別の指もよろしいですか」

万浬が了解を求めても、森悟は答えず、右手で耳穴のなかを搔《か》いている。

相手の指を、中指から薬指に代え、柔らかい肉の部分をピンセットで刺した。扁桃体の働きによって、少しの感触でも手を引こうとするはずだが、反応はない。

「……感触もないんですか」

万浬はピンセットを押す手に力をこめた。

「押してるのも、力が強まったのもわかるよ。もっと強くしてみる?」

「これ以上は、血が出ます」

皮膚を破りかねないぎりぎりのところで、彼女はピンセットを離した。

「あと、保冷剤だっけ。英慈に試したのは?」

どうでもよさそうな声音で彼が言う。

万浬は、職員専用の廊下に出て、冷蔵庫から小さなサイズの保冷剤を取り、診察室に戻った。差し出された彼の左手を、下から右手で支える。英慈よりも厚くて力強い、肉体労働者を思わせる手だ。手のひらにはマメがある。

「柔らかくて握り心地がいい手だね。このまま握っててもいいかな?」

森悟がセクハラまがいに手に力をこめる。あえて握らせたままにして、

「冷たさが痛みに変わって耐えがたく感じたら、払い落としてください」

保冷剤を彼の左手の甲にのせた。

「ひやっとする」

彼が余裕のある笑みを浮かべる。

「冷たいとか熱いとかは、感じられるということですか」

「握ってる手が、ひんやりしてるのもわかるよ。ベッドでさわられたときにも気持ちがいいだろうね」

「急にもの言いが変わられましたね、なぜですか」

「くつろいできたからじゃない？」

　相手はさらりと言い抜ける。「温かいとか、ひんやりするとかは、漠然とわかるんだけど、火傷《やけど》しそうなほど熱いとか、凍えてしまいそうなほど冷たい、という感じは、あれ以来なくなったな」

　通常ならとっくに保冷剤を払い落としてもいいのに、彼は少しも表情を変えない。空いている彼の右手が、彼女の前に差し出された。親指を除く、すべての指の腹の指紋や皺《しわ》が消え、平たく磨かれたようになっている。

「湯がかんかんに沸き立ってるヤカンの表面に、しばらく押し当ててみたんだ」

「どうしてそんなことを……」

「本当に何も感じないのか、試してみたくなっただけさ」

　彼がにべもなく答える。火傷跡の残る指を、所在なげに曲げたり伸ばしたりする。

　このままでは凍傷になりかねない。彼の左手の甲から保冷剤を取った。あとが真赤になっている。備え付けの棚からタオルを取り、彼の左手を包んでマッサージをする。

「せっかくなら、柔らかいその手で、じかにお願いしたいな」

あえて下品に振る舞っているのか、本来の姿なのか、にやけた顔でこちらをうかがう彼の、痛みを感じないことが証明された皮膚にふれてみたくなる。

万浬は、タオルを外して、彼の手の甲に直接指を置いた。

感触に変わったところはない。日によく焼け、皺の奥には泥か油が黒くしみ込んでおり、精悍《せいかん》で獣的な感じがする。

手のひらにもふれる。力を要する仕事の経験があるらしく、皮膚が厚くて、指の付け根にできているマメは固い。それぞれの指は長く、節は太く、指の先端は球体を特別に付け足したかのように膨らんでいる。

「ラグビーのほかに、野球もやられてたんですか」

「どうして」

「患者さんのなかで、野球を長くつづけられた方が似たようなマメを作っておられたので。建設業に長く携わっている方にも、似たマメが見られました」

「オッパイの揉《も》み過ぎかな。海外出張で、ずいぶん揉んだからね」

彼が、すました顔で言い、手のひらで顎鬚を音を立ててこすった。

「もう一度お聞きします。なぜ話し方を変えられたんです」

「さあ、元もと下品な人間だから……」

相手は、それまでの言動に飽きたかのように、ふっと醒《さ》めた顔に変わった。

「でも、やっぱりあなたのせいだろうな」

彼が右手を伸ばし、万浬の左手首をつかんだ。強い力で引き寄せられる。椅子のキャスターが転がり、互いの膝がつくほどに近づく。

「さっきのピンセットを」

低く命じる口調で、彼が言った。瞳《ひとみ》に狂気に駆られた凝結はなく、ゆとりのある笑みをたたえている。

万浬は、彼に左手を任せたまま、右手を伸ばし、ピンセットを取って、柄のほうを先にして差し出す。

彼が、万浬の左手を離し、右手でピンセットを受け取り、あらためて左手で彼女の左手を下から支え持つ。彼は、万浬の中指を選び出し、まっすぐに爪と指先のあいだの肉にピンセットの先端を突き当てた。

金属のきりっと冷たく澄んだ感触が、彼女の指先の神経をおののかせる。強く押されることによって、痛み物質が放出されるのを感じる。さらに肉をおおっている皮膚という膜が破られそうになり、自分で意識したわけではないのに扁桃体のしわざだろう、眉が寄り、こめかみから頬にかけてふるえ、しぜんと中指を引こうとする。

次の瞬間、ピンセットが離れ、痛みから解放された。

森悟が、採集した昆虫に針を刺す子どもと変わらない、純真な好奇心に駆られた顔で、万浬の薬指を取る。

爪のすぐ下の肉に、ピンセットの先端が押し当てられる。まだ感触を得る前から、万浬の脳は記憶した痛みの予感に反応して、ふれた程度でからだが強《こわ》ばり、痛くなる前の圧力を感じたところで、我慢し切れず、薬指を彼の手から引き抜いた。

「もしかしたら、きみもそうなのかと思ったけど……ノーマルなんだ」

森悟が、男女の秘め事をささやくような声音で言う。

「ノーマル……とは言えないと思うけど」

万浬は、刺された指の先を親指とこすり合わせた。

「確かに、ノーマルな医者とは思えない……女性としては、まだわからないけど」

彼がピンセットの柄を万浬に向けて差し出す。

彼女は受け取って、デスクの上に戻し、

「いままた話し方が変わりましたね。すべてお聞かせ願えませんか」

「すべて、とは……」

「あなたが肉体の痛みを失った経緯。そして痛みを失ったあと、肉体的に、精神的に、どんな影響を受けているのか。話し方の変化にも、それは関係しているのか……あらゆることを聞かせてほしいんです」

男の目は左右とも、鋭い光を返すでもなく、内に沈むでもなく、穏やかな理性の光を宿している。もしかしたらこの目が、痛みを失う前の彼のものなのかもしれない。

「何のために？　さっきのような建て前は聞きたくない。スイッチが入ってしまう」

「スイッチ？」

「それについても、あなたの返答次第で、お話しするかどうかを決めます」

「知りたい理由は……好奇心です。あなたに興味があるから、とても」

自分の声から、医師としての鎧《よろい》を取り除いて伝える。

「興味……どういう意味です」

「患者としてはもちろん、人間として、そして男性として、あなたのことをもっと知りたい、深く知っていきたい、という意味です」

森悟がまばたきを繰り返す。彼の脳の、側頭葉の上側にあるウェルニッケ野《や》が、万浬の声を言語として認識し、過去の記憶と関連づけて、意味を理解しようとしている。

だが、初めて彼女が発した私的な声に、どんな意味が含まれているのか判断がつかず、大脳辺縁系も混乱して、適当な言葉を返せない様子だった。

「知って、どうするんです……」

かろうじて彼が口にする。

万浬は、そろえていた膝を崩して、脚を組んだ。

「人が誰かを知りたい、と思うときには、自分自身を知りたい欲求を含んでいるものです」

「つまり……からだに痛みを感じない者を通して、自分を知りたいと？」

「察しのいい方は、好感が持てます」

「こうかん……？」

彼のウェルニッケ野は、聞き慣れない言葉を脳内の語彙《ごい》情報からすぐには選び出せないらしい。

「セックスしてみたくなった、と言えばわかるかしら？」

万浬は声の調子を変えずに告げた。

森悟の情動反応は一時停止し、その表情は意思を欠いて、間の抜けたものになった。

彼女は、椅子を後退させて、デスクの引き出しからカードを一枚取り出した。

「プライベートのアドレスと携帯番号です」

と、黒地に白で、名前はなく、英文字と数字が並ぶだけのカードを差し出す。

彼が万浬の表情をうかがいながら、右手を持ち上げ、カードを受け取った。

「次の予約は、ここに連絡して取ればいい、ってことですか……」

「月曜と木曜の夜、あと火曜と土曜なら夕方から、比較的ゆったり時間が取れます」

森悟は、ポケットからスマートフォンを出し、手早く操作した。白衣のポケットに入れてある万浬のスマートフォンが鳴る。彼は、通信を切り、小さく息をついた。

「弟の言った通り、いや、それ以上の人だな」

「弟さんはなんておっしゃったんです」

「勝手なことは言えないので、弟から直接聞いてください」

「では、ご一緒に下まで行きましょう」

「ああ、待って」

森悟が慌てて手を横に振る。「下手に軽口も叩けないな。可愛《かわい》い弟なんで、今日のところは許してやってください」

そのとき、彼の手のスマートフォンが着信を知らせた。

「ちょうど弟です。時間を決めて待ち合わせることにしたものだから。今日はこれで帰ります。なんとも刺激的な診察でした」

苦笑なのかほほえみなのか、森悟が曖昧《あいまい》な表情を浮かべ、車椅子のストッパーを外した。

万浬は、彼がエレベーターに乗り込むところまで送り、双方、挨拶《あいさつ》など交わすことなく、目を見つめ合って別れた。

6

見られている、という感覚は、脳の防衛反応だと言われる。

自分の容姿が人目を引くことは、幼稚園に入る前から気がついていた。以来ずっと、人に視線を向けられつづけて、実際に相手の存在を確認しなくとも、脳が各神経に反応を送るシグナルの具合で、自分がいま見られていることを、それも通りすがりの一瞬のものか、長く注目されているのか、彼女なりに判断できるようになっていた。

貴井森悟と会って一週間が経過していた。彼からの新たな連絡がない一方で、仕事を終えてクリニックを出たおりに、あるいはビルの裏手の駐輪場に自転車を取りに行ったときに、彼女を注視する視線を感じた。

月が変わって第一金曜日の夜、万浬は仕事を終えたあと、ジムを休み、定期的に約束してある場所へ自転車を走らせた。

ペダルをこぐのに支障がない一方で、高級ホテルのロビーにいても違和感がないような、タイトなデニムに、シャツと薄いレザージャケットを合わせ、機能性とデザインを兼ね備えたシューズを選んでいた。

クリニックに最寄りの駅より、一つ都心から遠ざかる隣駅には、準ターミナル駅と呼べる賑《にぎ》わいがある。駅を中心に半径三百メートルほどの円をなす形で商業施設が広がり、オフィスも多い。生活の便益を求めてファミリー層が多数暮らしているせいか、夜でも繁華街は明るく健全な店ばかりだった。

万浬は、高架下にある有料駐輪場に自転車を止め、駅の東方面に伸びる商店街へ向かって歩いた。石畳を用いた舗道の両側に、洒落《しゃれ》たレストランやカフェが並び、仕事を終えた若い人々が、華やいだ空間に話し声や笑い声を弾ませている。

だらしなく乱れる人々の歩調に、ときおり行く手を妨げられながら、間口の狭い十階建ての商業ビルへと進んだ。

一階がエントランス、二階三階がブティック、四階から上に飲食店が入っている。南欧レストラン、沖縄料理店、チェーンの焼肉店とつづき、七階は女性も入りやすい洋風居酒屋。九階十階の二つのフロアを占めるイタリアンレストランは人気が高く、各種のパーティーや結婚式の二次会などにも使われている。一台だけのエレベーターに、万浬はおりよく一人で乗り、八階で降りた。

廊下を進んだ左手に、オーク材を用いた重厚な扉がある。『人の望みの喜びよ』と、燻《いぶ》した銀色の飾り文字が浮かび上がったプレートが、扉の高い位置に埋め込まれている。『会員制』と、小さな木製看板も隅に掲げられ、酔客がふらりと入ることを拒む重々しさがある。廊下の奥は非常階段に通じており、人けはない。

万浬は、防犯カメラが備えられた玄関先に立ち、扉を引き開けた。

暗い店内には、店名と同じ曲名のバッハのカンタータが流れている。正面および右側は壁で閉ざされ、一メートル四方ほどの密閉された空間の左手に、劇場の切符売り場に似たブースがあった。ＬＥＤ照明がほのかに点《とも》るだけで、内側にいる人間の顔は見えない。

「当店は会員制です。会員証もしくは会員様のご紹介カードをお持ちでしょうか」

アクリル製の仕切り越しに、無機的な声がする。

「野宮です」

「あ、失礼しました……どうぞお入りください」

相手の声に感情が一瞬こぼれる。

ブース内でスイッチを押す指の動きがほの見え、正面の、壁に見えていた黒いビロードのカーテンが、人ひとり通れる程度に開かれた。

「あの、先生、アイマスクを」

目の周囲を隠す紙製のアイマスクが、ブースの窓から差し出された。マスクは手に持って装着せず、カーテンの向こう側へ抜ける。

穏やかな照明に照らされた青い絨毯《じゅうたん》と、茶系色に統一された内装に囲まれた空間が開ける。ビル自体がさほど大きくないため、店の奥行きは約七メートル、横幅は十二メートルほどだが、開放感によって実際以上に広く感じられる。

いらっしゃいませ、とカーテンを開いてくれた案内係の女性が柔らかな声をかけてくる。店の制服である紺色のパンツスーツ、白いシャツ、蝶《ちょう》ネクタイを締め、万浬が渡されたのと同じアイマスクを着けている。

入って三メートルほど先の正面に、横に長いカウンターがあり、酒瓶の並んだ棚をバックに、マダムHがほほえんでいる。真紅のドレスを着て、長い髪を豊麗にふくらませ、アクセサリーで耳や胸もとをふんだんに飾り、アイマスクがなくても同じでしょ、と自分でも笑うほど、目もとに鮮やかな色をさし、睫毛《まつげ》を派手に足している。

カウンター内には、バーテンダーTもいる。年配の男で、彼もアイマスクはしていないが、着けてでもいるように表情を変えず、目を上げて客の顔を見ることもない。

スツールに腰掛けている客は一人。くたびれた背広姿で、小太りで頭の毛が薄い。気配に気づいて、こちらを振り返る。眼鏡の上にアイマスクを着けている。

ホール係が、カクテルを四つ、ちょうどトレイに載せて運ぼうとしている姿を、万浬は目で追い、右手に広がる空間を視野に入れた。

店内のほぼ中央に立つ太い円柱を境として、絨毯の色が青から赤に変わる。七脚の円形のテーブルが余裕を持って配置され、テーブルの周囲に一人用のソファが六脚ずつ並べられている。うち五脚のテーブルが埋まり、それぞれ四人から六人の客が腰を落ち着けていた。男女ともスーツや品のよい服を身に着け、アイマスクをしている。誰もがくつろいだ姿勢で、ときに穏やかな笑い声を洩《も》らし、会話を楽しんでいる様子がうかがえる。何もいかがわしいことはしていないのに、アイマスクを着けて上品に座っていることが、かえって卑猥《ひわい》に映った。

万浬は、カウンターに歩み寄り、先客の隣のスツールに腰を下ろした。

「こんばんは、万浬先生。今夜はまた、乗馬ムチが似合いそうなお姿ですねえ」

矢須《やす》友明《ともあき》が、帽子を取るようにアイマスクをずらし、銀縁の眼鏡越しに万浬の全身を睨《ね》め回す。

「クズ矢須。店の品位を汚《けが》す顔を見せないで。万浬先生、いらっしゃい」

マダムHが、ハスキーな声で矢須を叱《しか》り、万浬におしぼりを渡す。出生時の名前は慶太《けいた》、いまは法的に女性と認められてケイコと名乗り、店では憧《あこが》れの女性哲学者の名前から、マダム・ハンナと呼ばせている。ただし通常はマダムHで通し、従業員もイニシャルで呼んでいた。

本来なら、戸田さん、リナちゃん、となるところを、バーテンダーT、ミズR、などと呼ぶのはあまりに芝居がかっている。だがアイマスクの仕掛けを含め、虚構性を前面に出すことで、訪れる客がふだんの生活では隠している内面を、遠慮なく披露し得る自由を演出しているのだという。

「ひどいよ。おれが顔を隠すのは秘密のためじゃなく、店の品位を保つためなんて」

矢須が、愚痴っぽいながらも嬉《うれ》しそうに言い、アイマスクを戻す。

マダムHにオーダーを問われ、万浬は有機栽培の葡萄《ぶどう》で作られた白ワインを頼んだ。

「で、万浬先生の顔出しは、おれと逆で、品位が保てるってんでしょ、差別だよ」

矢須が、わざとひねた口調で言い、マダムHのせせら笑いに肩をすくめる。

万浬にこの店を紹介したのは矢須だった。元警察官で、彼がとある署の生活安全課に勤めていた頃に、知り合うことになった。退職後のいまは、興信所を開き、浮気調査や各種のトラブルの処理で食っている。

「先に近況報告を済ませちゃいますけど、山形の家は、何も変わらず、でしたよ」

矢須が万浬にさらりと告げる。

万浬は、無言で聞き流し、出されたワインの清爽《せいそう》な香りの底に、彼の報告を沈めた。

カウンター内で、店の玄関先に人が立ったことを知らせるチャイムが鳴った。マダムHが、客からは見えない場所に置いてあるモニターに視線を送る。

「ジーパンにスタジャンなんて、会員でも、紹介の感じでもないし、店を間違えたのかしら。カメラに気づいた……わりと可愛いじゃない。あら、入ってくる」

思い当たる節がないではなかったが、万浬は黙っていた。エレベーターには一人で乗ったので、彼女が八階で降りたことは、一階で表示を見ていればわかっただろう。

ほどなくカウンター内のインターホンが鳴った。玄関の受付かららしく、マダムHが二言、三言のやりとりのあと、

「万浬先生のことを尋ねてるそうよ。タカイって名乗ってるみたい。お知り合い？」

「通してあげてくれる？」

万浬から見て正面の、酒瓶を並べた棚の背板が鏡になっている。

カーテンが開いて、隙間《すきま》から現れる青年の姿が映った。彼は、戸惑った様子で店内

を見回したのち、カウンターにいる万浬に気づき、緊張した面持ちで歩み寄ってくる。手には、受付で渡されたのだろうアイマスクを持っていた。

「いらっしゃいませ、どうぞこちらへ」

マダムＨが、好奇心にあふれた顔で彼に挨拶《あいさつ》し、万浬の隣の席を勧めた。

「こんばんは。矢須と申します。万浬先生のお知り合いですか。どうぞよろしく」

矢須が、万浬の脇から首を伸ばし、アイマスクをずらして挨拶する。

万浬は後ろを振り返った。肩を内側にすぼめるようにして、貴井英慈が立っている。彼女を見て何か言いかけ、適当な言葉が出ないのだろう、そのまま黙っている。

「せっかく来たのだから、座れば？」

万浬の勧めに、英慈は素直にスツールに腰掛けた。店内をあらためて見回し、テーブル席の、アイマスクをして語り合う人々の異様な雰囲気に、視線を止める。

「アイマスクをせずに、あちらを見るのは、この店のルール違反」

万浬が教えると、英慈は聞き分けよく正面に顔を戻した。

「何か飲めば？　黙っていても、間がもつと思うけど」

「……じゃあ、ビールをお願いします」

マダムＨが、オーダーを通して、彼の前におしぼりとコースターを置く。

バーテンダーTが、厳かな無表情でグラスにビールを注ぎ、英慈の前に置いた。きめの細かな泡の具合が美しい。

英慈は、言葉が出てこない状態がもどかしそうに、ビールを口に運んだ。思いがけないほど自然に泡が喉《のど》へ流れ込んできたのだろう、一気に半分近く飲み干して、大きく息をつく。

「今週の月曜の夜から、クリニックが入っているビルの外や、駐輪場で、人に見られていると、確かに感じた。物陰に一瞬見えた相手は、見覚えのある男性だった」

万浬は前を向いたまま話した。英慈の驚いている表情が、棚の背板に映っている。

「水曜の夜はジムへ自転車で移動する。その人物は移動手段を持っていなかったのか、ついてこられなかった。すると昨日、スクーターで自宅までついてきた。部屋を訪ねてくるかと思ったけど、来なかった。どうして今日はここまで入ってきたのかしら」

「相手にばれてちゃ尾行はだめだね。コツを教えてあげようか。実はわたしは……」

矢須が名刺を出そうとして、からかわないの、とマダムHにたしなめられた。彼女が矢須に席を移るように顎《あご》をしゃくり、二人はそろって万浬たちから距離を取った。

英慈が、ようやく覚悟したのか、深く息を吐いて話しはじめた。

「月曜の夜は、クリニックを訪ねて、嘘《うそ》をついたことを謝ろうと思ったんです。けど……足が前に出なかった。火曜の夜は、シフトが違うらしくて……水曜の夜、また訪ねたけど、やっぱり前に出られなかった。自転車には追いつけないから、昨日はスクーターを友だちに借りて、マンションまでついていきました。でも、変な奴《やつ》だと警戒されても困ると思って、部屋までは訪ねることができなくて……。そしたら今日は、ここへ入ったみたいで。いつ出てくるかわからないし、外でじっと待っているのもやりきれなくて、自分でもよくわからないうちに入ってきてたんです」

「それって嫉妬《しっと》？　どこかの男とデートしてるかと思うと、やりきれなかった？」

英慈が、目をしばたたき、そんなんじゃ……と言いかけて言葉につまる。

万浬は意地悪を承知で返事を待った。英慈は、困ってだろう、視線をテーブル席のほうへ向け、アイマスクの注意を思い出してか、またすぐに戻した。

「ここは、どういった店なんです？」

彼がかすれがちの声で尋ねる。

「同好の士が集まるサロンみたいなものね。グループセラピー的な要素もあるのかな……精神科のお医者さんが発案した店だそうだから。ですよね？」

万浬が、聞き耳を立てているマダムHに声をかける。彼女は離れた場所でうなずき、

「わたしの主治医、兼旦那《だんな》だったの。元患者や患者未満の方々を、自殺や自傷行為か

ら救うためには、閉鎖的な医療施設とは違う、社会に開けた……たとえばお酒や食事を楽しめる場所で、自分の嗜癖《しへき》や抑えがたい衝動を人に話し、肯定してもらうことが大事だと思ったのね。まず小さな喫茶サロンから始めたの。意外なほど多くの人に来ていただいて、五年前にこの店を開いたのよ。けど一年半前、突然死んじゃった」

「この人の腹の上でね。あ、お尻《しり》の上か」

矢須が軽い調子で言葉をはさみ、マダムHに少なくなった髪の毛をむしられた。小さな悲鳴を上げながらも、彼の口もとは嬉しそうにほころんでいる。

「どう、あの人たちの話を聞いてみる？」

万浬は、スツールを降りてアイマスクを顔に装着し、英慈にも着けるよう求めた。

「テーブルに加わっても、ただ聞くだけで構わないの。ただし、人の話をさえぎったり、批判めいたことを言ったりしないこと。肯定的な質問や感想だけが許される」

万浬は、アイマスクをした英慈を伴い、テーブル席のほうへ進んだ。

店内に流れる音楽が、バッハの無伴奏チェロ組曲に変わっている。繰り返しの多いチェロの調べに重ねて、赤い絨毯を踏んでゆく。角の窓際《まどぎわ》のテーブル席には、男性二人、女性二人の四人が窓を背に座っており、手前の二席が空いている。

どのテーブル席も基本的に参加自由、途中退席も自由だが、礼儀として、よろしいですか、と万浬は尋ね、四人それぞれのうなずきを得て、英慈を促して席に着いた。彼らの背後の窓から、明るい街の灯が望める。遠くへ目をやれば、都心の高層ビルやタワーの灯が夜霧を透かして明滅していた。

「つづけますけど……わたしは、からだの地図を作っています」

リクルートスーツを着た、二十代前半と思われるポニーテールの女性が話した。

「使うのは裁縫用のマチ針です。縫い針だと手が滑ることがあるので怖くて。アイスピックや千枚通しも、持ち手がしっかりし過ぎて不都合と言うか。つい興奮して力を入れ過ぎても、マチ針だと安心なんです。夏服の場合でも外から見えない場所を、マチ針で刺していきます。主に胴体です。首から下。腕は肘の少し上から。脚は太ももから上です。わたしは、からだをパーツごとに撮影して、コピー機で引き伸ばし、つなぎ合わせて、ほぼ等身大の全身地図を作っています。それを定規を使って、五センチ四方となる線を引き、小さく区分けします。たとえば……おヘソを中心に五センチ四方の枠ができます。その区画のなかを、さらに正確に五ミリ間隔で区切ります。すると五センチ四方の内側に、百個の区画ができます。おわかりになります？　で、全身写真の上に線を引いた区画と、実際の自分の裸とを鏡を見ながら照らし合わせて、その五ミリ四方の区画内を一つ一つ、消毒したマチ針で刺していくんです」

聞いていた三人の男女から、感嘆の吐息が洩れた。ポニーテールの女性は、アイマスクで隠されていない瞳《ひとみ》や口もとに笑みを浮かべて、話をつづけた。

「マッピングの基準は、針でプツッと皮膚を破ったところで止めることです。針には一応二ミリのところに印をつけてあり、それより深くは刺しません。突き通った、と感じたときの、痛みの感想が第一評価です。そこで五秒間、針をキープします。それ以上刺しても抜いても、回してもいけません。じっと待ち、感じられる痛みが第二評価。次に針を抜きます。たいてい血がぷっくりと浮いてきます。きれいな円形のルビーのかけらです。脱脂綿で血が止まるまで押さえます。血が止まり、刺したあとを眺めて、じんわりとこみ上げてくる感想が第三評価。それぞれを五点評価で、総合した点数を、全身写真の区画内に記していくと、わたしのからだの痛覚の評価地図ができあがるんです。いま現在、左の胸からおヘソの脇まで来ました。乳暈《にゅううん》と乳首はすごいイベント感覚でした。次のイベントはおヘソのなかになるだろうって予想してます。結果はまたお話しさせていただきますね」

　彼女が、無事に話し終えた満足感からだろう、ほうっと息をつき、テーブルのカクテルに手を伸ばす。

「しびれる話だなぁ。その全身地図って、間違いなくアートだよ」

「素敵よねぇ。地図が完成したらコピーが欲しい」

聞いていた男女が感想を伝え、話していた彼女は幸福感に身を沈めるような会釈《えしゃく》をした。

「ボノと申します。ぼくは、自分の体温で、痛みを愛に変える方法を考えたんです」

仕立てのよいスーツに、紫色のネクタイを締めた、四十代だろう男性が脚を組んで話しはじめた。

「まずフリーザーで様ざまな太さの氷の棒を作ります。凍りついた愛の棒、フローズン・ラブ・バー、頭文字FLBで、フラバとぼくは呼んでます。細長いキャップやキャンディーバーを作る道具を使い、極細の3Sサイズから、かなりの太さになる3Lサイズまで作り、全身の穴に挿入してゆくんです。体内の熱とフラバが拮抗《きっこう》するときの痛み、やがて肉体が軽い凍傷を負いながらも、ついにフラバが溶けてゆく緊張感、そして溶け切ったフラバが冷水となって、なお体内に痛みを与えるエピローグ感……この三つを、先ほどアリスさんが話してくださったように、ぼくも総合して評価しています。でも総合点がすべてではありません。たとえば恐怖感で一番と言えば、耳の穴です。鏡を見ながら、尖《とが》ったフラバを挿入するので、脳が刺されるかと思う恐怖にふるえます。耳の内側の皮膚とフラバがこすれ合うときの痛み、それより先へは進めない内側で冷たさが脳をじんじん刺激するうちに、フラバが溶けてゆく。溶けた水が鼓膜の上でたゆたう。内部の波の音が自分を満たす。ああ、あのときの〈赦《ゆる》された〉という感覚は、まさに神に赦された感じなんです」

ほかの三人は、目を閉じるなどして聞いており、うらやましそうに吐息をつく。

「予想外だったのが眼球です。むろん強く刺すわけにはいきませんから、撫《な》でる感じです。先を丸くしたフラバを眼球に押し当て、ゆっくりと撫でる。そのあと眼球に向かって軽く押すと、胸もとに突き上げてくる痛みがあります。その痛みの熱がフラバを溶かし、聖なる水となって眼球をおおい、涙となってこぼれるのです。ぼくは全裸でこれをおこなうので、聖なる涙は頬を伝い、裸の胸を冷たさでふるえさせ、下腹部まで流れてゆきます。凍りついた愛が、ぼくをさいなむ……やがてぼくの真心が相手を溶かし、深い喜びへといたるプロセスを、具体的なかたちで体験し得るんです」

次の瞬間、英慈がソファから立った。挨拶もなくカウンターのほうへ戻ってゆく。

万浬は、四人に目礼をして立ち、カウンターに肘《ひじ》をついて頭を抱え込む英慈の隣に腰を下ろした。

アイマスクで隠されていない彼の頬が青ざめ、繊細な陶磁器のように美しい。

「失礼な真似《まね》をしないで」

万浬は厳しく注意した。アイマスクを外し、カウンターに置く。

英慈は、なおアイマスクをしたまま、首をしきりに横に振る。

「あれは、本当の話なんですか……本当にあの人たち、あんなことを……」

「どちらでもいいことよ。現実に自分に対しておこなっていることなのか、頭のなかの妄想を話しているのか、いずれにせよ、そうせざるを得ないから、しているだけ」

「あんな話を人前でするなんて……狂ってるとしか言えません」

彼の常識的かつ浅薄な言葉を、マダムHが耳にしたらしい。険しく目を尖らせ、表情には笑みをたたえて近づいてくる。

「皆さん、日中は誠実に働き、社会を支えていらっしゃる、優良な納税者の方々よ」

「そんなの、信じられない……頭のおかしい変態じゃないですか」

英慈が苦しげに吐き捨てる。

マダムHは首をのけぞらせて笑った。

「万浬先生のストーカーなだけに、的を射たご意見ね。どれほど健全ぶっていても、脳の肥大によって、人間は変態として生きることを条件づけられているのよ」

「極限まで自分を痛めつけるアスリートと、基本的に同じだと、おれは思うけどね」

矢須が元の席に戻りながら言う。「オリンピックなんて究極だよ。トレーニングで死ぬほど痛めつけてきたからだを、恥ずかしげもなく衆目にさらし、評価されて悦《よろこ》んでるんだ。人間は誰しも止《や》むに止まれぬ衝動や欲望を持ってる。それが金メダルか、変態か、何に結びついたかだけの差だろう。きみだって止むに止まれず万浬先生を追いかけてるんだろう？　見た目はおれと随分違うが、ひと皮むけば同類だよ」

彼がなれなれしく英慈の肩に手を置いた。

とっさに英慈は矢須の手を振り払い、やめろ、やめろ、と口のなかでつぶやく。

これ以上刺激して、彼が大きい声でも上げれば、ほかの客に迷惑をかけかねない。

「帰りなさい。ここはあなたの場所じゃない、ということがはっきりしたのだから」

万浬は冷たく言い渡した。

「先生、そろそろ時間よ。〈鑑定〉……よろしいかしら？」

マダムHの言葉に、万浬はうなずき、打ちひしがれて顔を伏せている英慈を見た。

「尾行したり、店にわざわざ入ってきたりしたのは、謝ることとは別に、言いたいことがあったからなんじゃないの？」

「あなたは変わってる……兄にも言ったんです。関わらないほうがいいって」

英慈は、アイマスクをしている顔を起こして、万浬を正面から見つめた。青年っぽい純粋な瞳が、傷を受けながら、なお輝きを失わずにいる。

「なのに兄は、迷惑をかけたのに会わないわけにはいかないって、クリニックに出かけました。戻ってきたとき、明らかに混乱してました。でも、何があったのか尋ねても、話しません。あなたのことを調べました……高校の同級生に、あなたと同じ医大の出身者がいました。外見はもちろん、成績もよく、有名だったそうです。でも有名だったのは、ほかにも噂《うわさ》があって……」

英慈が言いよどむ。噂話なら、当時から万浬の耳にも届いていた。

「だからもう、兄とは会わないでほしい……それを言いたくて……」

万浬は手を伸ばして、彼のアイマスクを外してやった。

彼が驚いて目をしばたたく。

「お兄さんをべつに取って食べるつもりはないの」

英慈の顔がみるみる赤くなる。言い返そうと口を開いても、言葉にならない。

「痛みを感じない彼のからだを、詳しく診察させてほしいだけ。彼も自分の状態を不安に思っていて、理解してくれる人を待っているのじゃないかしら」

英慈が、傷ついた子どもに似た表情で、長い睫毛を光にふるわせる。

「兄は、昔から純情というか、善良で……大怪我《おおけが》をしてから、ときどきスイッチが切り替わるみたいに、妙に荒っぽいことを言いだすことはあるけど……もとは純粋なラガーマンが、そのまま仕事人間に移行したような男だから。とにかく、あなたとは会わないほうが……」

英慈は、そこまで言うと、スツールを降り、出口のほうへ歩きだした。何かに気づいたのか、急に戻ってきて、

「ビール代、おいくらでしょうか」

「万浬先生のお客さんだもの、結構です。ミズRが出口までご案内します」

マダムHの合図を受け、案内係の女性が英慈の後ろから肘に手を添え、出口へいざなう。彼はもう振り返ることなく、店を出ていった。

「兄貴でなく、自分と会ってほしいって告白だったわけだ。けっこう可愛《かわい》いじゃないですか、まだ汚《けが》れを知らない新人の神父さんみたいで。どうします、万浬先生」

矢須がからかう口調で言う。

べつにどうする気もない。無垢《むく》な人間を相手にしても得るものは何もない。

「万浬先生が、言い寄る連中をいちいち相手にしてたら大変よ。ささ、〈鑑定〉をお願いします」

万浬は、左手奥のスタッフルームに移動した。

ソファと事務机と椅子《いす》が置かれているだけの、クリニックの診察室と同程度の広さの部屋だ。作り付けの棚に用意されている白衣を着て、医療用手袋をはめ、アイマスクをして待つ。

スタッフルームのドアが開き、案内係のミズRと、スーツ姿の女性が入ってきた。

女性は髪をきれいにカールし、アイマスクで隠されていない部分には上品なメイクをほどこしている。二十代後半かと思われる彼女は、万浬を無視して、ソファの前で上着を取り、ブラウスを脱いだ。背中にまだらな模様が見える。女性がブラジャーのホックを外し、背中を完全にさらす。日本のアニメーションの、若者に人気がある少女キャラクターの刺青《いれずみ》が製作途中なのがわかった。輪郭だけで色はまだなく、機械彫りで線は粗い。しかも、顔と胸の輪郭線上の二箇所に絆創膏《ばんそうこう》が貼《は》られている。

「不快なのは、この絆創膏のところですね。剝《は》がしてもよろしいですか？」

ミズRが、女性に尋ね、相手がうなずくのを見て、絆創膏を剝がした。

刺青の輪郭線が、赤褐色の傷でさえぎられ、黄色い膿《うみ》が周囲に広がっている。

「アニメ専門の一流の彫り師というふれ込みだったのに、次に店を訪ねたときは閉まってて……前金だけを取って逃げたんです。消毒してもしても、よくならなくて」

女性の答えを聞いて、万浬は歩み寄り、傷口を確かめた。

化膿《かのう》は進行しているものの、いまなら内服の抗生物質と消炎鎮痛薬、化膿止めの塗り薬で対応できそうだ。

万浬のうなずきを受け、ミズRが新しい絆創膏を女性の傷に貼る。女性が服を身に着けるあいだに、万浬は必要な薬の名前を事務机の上でメモ用紙に記した。ミズRがそのメモを受け取り、女性を伴って部屋を出てゆく。

この店の従業員は、亡《な》くなった精神科医の元患者か、元医療スタッフだと聞いたことがある。ミズRは医療スタッフだったらしい。あるいは両方かもしれない。

万浬が手袋を替えて間もなく、ミズRに案内されて、三十代半ばとおぼしき女性が入ってきた。女性は、やはり万浬を無視して、皮膚が裂けてる箇所があるんですけど普通の薬じゃよくならなくて、と、ミズRの問いかけに答える。

彼女は、パンティも取って全裸になり、万浬に背中を向けた。肩甲骨《けんこうこつ》の周辺、背中の中央部、尻の上は複数、さらに太ももと、赤紫色のみみず腫《ば》れがある。数箇所で肉が裂け、血は止まっているが、かさぶたがまだ柔らかそうだ。何度か同様の傷を診た経験から、ムチで打たれたものだとわかる。傷の具合からして、素人《しろうと》にやみくもに打たれたのかもしれない。やはり抗生物質と消炎鎮痛薬でひとまず対応できるだろう。

次の女性は、上半身裸になって万浬の正面に立ったものの、アイマスクをした顔を終始伏せていた。

乳房の周辺、肩や腹部、腰にも歯形が残って、皮膚を少し嚙《か》み切られたのだろう、傷口が化膿している箇所が左の乳房と、ヘソの周囲にある。傷自体は薬で対応できそうだが、いずれパートナーに乳首まで嚙みちぎられる可能性がある。

だとしても、万浬は忠告はしない。彼女が嚙む相手と別れる意思を持たない限り無駄なことだし、忠告は〈鑑定〉に求められていない。

これは診察ではなかった。

店内で調子を崩した客が、休憩のためにスタッフルームに案内されたという体裁である。万浬はたまたまその部屋で休んでいただけで、誰が入ってきたかも知らない。メモは戯《たわむ》れに薬品名を記しただけだ。店と関係の深い、流行《はや》らない薬局の薬剤師にメモを渡せば、金額次第で都合がつく種類の薬ばかりだった。

このシステムも、店の発案者である精神科医が、客からの願いを受けて始めたものだという。

世間には、医療施設を訪ねることがためらわれる傷や病を持つ人がいる。保険証を見せたくない、個人情報を知られたくない。理由を問われたり、忠告されたりすることを望まない。匿名《とくめい》のまま、不快や不安の元となっている傷病を診てほしい。事情を呑《の》み込んだ有能な専門家に、必要な薬や治療法を提示してもらいたい。そんな想《おも》いを抱えて困っていた人々が、彼を頼ったという。

傷や病を黙って確認し、必要な薬品名をメモする行為は、いつしか〈鑑定〉と呼ばれ、それを目当てに店を訪れる客も少なくなかった。

ところが、精神科医が急性心不全で亡くなり、店側も客たちも、彼の仕事を継いでくれる医療者が必要となった。適任者は容易に見つからず、困り果てていたとき、当時の常連客で、いまは店の準スタッフ的な立場になっている矢須が、万浬を推薦した。高額の報酬以上に、クリニックにいるだけでは診ることがないだろう、特殊な痛みの実相に向き合える面白さから、月に二度の約束で引き受けたのが一年前だった。

部屋のドアがノックされ、アイマスクをした矢須が入ってきた。背広姿の大柄な男性が後ろからつづく。腫れてますか、と矢須が訊《き》く。少し、と男性が答えて、ズボンを脱ぎ、パンツも取る。自分で刺青なんて痛過ぎるでしょ、と矢須が笑い話にして雰囲気をやわらげ、相手にソファに座るよう勧める。一番敏感なところですからね、と男性が答え、みずから性器に巻いたという包帯を取ってゆく。

〈鑑定〉を求める客のなかには、ひどい痛みに耐えていることを自慢したい者、痛む場所を見せつけて興奮を得ようとする者もいる。あまりに露骨であれば、店側が以後

〈鑑定〉を断る。万浬は距離を保って確認し、男性に必要と思われる外用薬と内服薬のほか、精神安定剤もメモに書き添えた。

さらに三名の〈鑑定〉をして、万浬は白衣を脱いだ。店内に流れるグールドのゴルトベルク変奏曲に疲れを癒《いや》されつつ、カウンターへ戻る。

「ご苦労様でした。赤でよろしいかしら」

マダムHが、ヴィンテージものの稀少《きしょう》な赤ワインを用意して待っている。

「万浬先生、お客ばかりじゃなく、そろそろおれのほうもお願いしますよ」

矢須が甘えた口調で話しかけてくる。「ムチでびしびし、ヒールでぐりぐり、毛をむしってもいいし、ぶってくれてもいいし」

「言ったでしょ、痛みを悦ぶ人には興味がないの」

万浬は、スツールに腰掛け、差し出されたおしぼりで手を拭《ふ》いた。

「我慢しますよ。とことんまで我慢しますから」

「我慢じゃだめなの。どれだけ打っても踏んでも、痛がらない人に興味がある」

「そんな奴いませんよ。病気なら稀《まれ》にいるらしいけど」

「あんた、もしその病気になれたら、なる？　万浬先生に打ってもらえるよ」

マダムHの問いに、矢須は短く考えて、首を横に振った。

「痛みを感じないなら、打たれたり踏まれたりする意味がないもの。痛いから自分の存在を確認できるし、興奮するんだから。ねえ、先生？」

万浬は、グラスを口もとに上げて答えず、稀少なワインの香りと味を堪能《たんのう》した。

毎日決まった時間に眠るため、次の一杯で店を出た。上階でのパーティーの帰りらしい着飾った女性たちと、エレベーターで乗り合わせる。扉が閉まるあいだに八階の様子をのぞき見た彼女たちが、今度来てみようか、などとささやき合う。

ビルの外では、週末の解放された雰囲気を楽しむ人々が笑顔で行き交っている。物陰から見られている感覚は湧《わ》いてこない。物足りなさと、ここ一週間の渇望も手伝い、短いメールを登録してあるアドレスへ送った。

『あなたに二度と会わないように、弟さんから注意を受けました。野宮』

7

拡散する光線の中心に、金色の光輪が二つ、三つ、さらに幾つも重なって見える。

モネ・ブルーに乳白色を混ぜた色合いの空の下、都心の広い敷地を誇る公園には、家族連れをはじめ多くの人が集い、暖かい陽気に浮き立った気色《けしき》で行き交っている。

人工的に整備された園の景観を取り入れたレストランやカフェが、ぐるりと敷地を囲んで並ぶなか、池を湖と見立ててか、スイス・レマン湖畔にある古城を模した外観のカフェは、女性客を中心とした人気店の一つだった。

一週間前の土曜日、万浬は森悟からメールを受け取り、お茶でも一緒に、という誘いに対して、この店を指定した。

有機農法によるコーヒーや紅茶を出し、スイーツにも無農薬栽培の野菜や果実を用い、そのぶん料金が高いせいもあって、開店当初はさほど混雑せず、ウォーキングで公園を訪れた際に、よく利用していた。テーブル間の距離にゆとりがあり、落ち着いて過ごせたものだが、そうした経営方針では立ち行かなくなったらしく、去年、店は居抜きで買われた。銀座や青山にもカフェを持つ新オーナーは、コネのある雑誌やテレビへ売り込み、人気が出てくるにしたがって、テーブルと椅子を増やしていった。いまではテーブルとテーブルの間隔は狭く、客が手洗いに立つのにも窮屈な想いをする。それでも人気の店に入れる喜びのほうが大きいらしく、土曜の午後三時といういまも、すべてのテーブル席が埋まり、外には行列ができている。

予約の際、店の奥の窓際で、会計を兼ねた案内カウンター付近を確認できる席を指定した。連絡が早かったこともあり、一時間で席を空ける条件付きではあったが、受け入れられた。森悟との約束は三時、店には二時半に予約を入れて、万浬は時間ちょうどに席に着いた。彼が入店して、案内を受けるところから見届ける必要がある。

ビリヤードグリーンと呼ばれる、ビリヤード台表面のラシャをイメージした色のノースリーブワンピースに、パールグレーのショールを羽織り、ストッキングは黒、ハイヒールは黒に少し青みが混じったものを選んでいた。四人掛けのテーブル席の、窓際の椅子にバッグを置き、向かいに座る相手を待って、注文はまだせずにいる。

客層が以前に比べて軽薄になったぶん、古城をイメージした板張りの床や古びた煉《れん》瓦《が》の壁、時代もののシャンデリアなどが、下品な造り物に堕《お》ちた感がある。遠慮のない話し声や笑い声が店内に反響して、雑踏のただなかにいるのと変わらない。

だからこそ、通常とは違う異質な空気が流れ込んできたのが鋭敏に伝わってきたのか、万浬は窓の外に向けていた目を、店の玄関口に振り向けた。

車椅子に乗った森悟と、後ろから車椅子を押す英慈が、すでに入店して、案内カウンターへ進んでくるところだった。

森悟は、まだ両足がギプスで固められており、ファスナーを開いた白いズボンの裾《すそ》口《ぐち》でギプスのところを包んでいる。上半身は、スカイブルーの開襟《かいきん》シャツを着て、薄手のグレーのジャケットを羽織っていた。髪は後ろへ撫《な》で付け、顎鬚《あごひげ》も見栄《みば》えよく刈り込んでおり、全体に押しの強いビジネスマン風の精悍《せいかん》さがうかがえる。

一方、英慈は、ジーンズにスニーカー、カーキ色のポロシャツに同系色のウインドブレーカーというラフな格好で、前髪が目にかかって顔色が悪く見え、表情も冴《さ》えない。

兄弟は、店内の混雑ぶりに戸惑っている様子で、案内を待っている。マネージャーの名札を胸に着けた如才なげな男が、ほかの客の接待を終えて、二人に近づいた。

万浬は、彼らまでの距離を目で測った。十メートル前後か。あいだに複数の客がいるテーブルが五脚並び、隣のテーブルと間隔がつまっている。車椅子で通るには、客がいったん席を立って、椅子やテーブルを移動させない限りは難しい。

店のホームページには、車椅子や盲導犬を連れて来店する際は、事前に伝えて、席の予約をしてほしい旨《むね》が、書かれている。万浬は、店の要望も店内の様子もわかっていながら、予約を取る際に車椅子のことを告げなかった。

テストのつもりだった。森悟はどんな反応を見せるだろう。何をもって正解ということはなく、彼の出方次第で、この先どう向き合うかを決めるつもりだった。

万浬のところから距離はあるものの、森悟の目は穏やかな理性をたたえているのが見受けられる。マネージャーはたぶん満員で入れない旨を二人に告げているのだろう。

英慈が顔を上げて見渡し、万浬に気がついた。表情に待ち人を発見した明るさはなく、鬱屈《うっくつ》をいっそう抱え込んだ憂《うれ》いがあらわれる。

英慈に教えられて、森悟も万浬に気づいた。他意のない笑みを浮かべ、彼女に向かって右手を挙げる。万浬はテーブルに肘《ひじ》をついたまま、右手の指を上げて応《こた》えた。

マネージャーが振り返り、当惑顔で万浬のほうに近づいてきた。

「失礼いたします。お客様、お連れの方がいらっしゃったのですが……ご予約いただいた際に、車椅子でのご来店のことをおっしゃっていただけましたでしょうか」

マネージャーの慇懃《いんぎん》かつ、含みのある硬い声が斜め上から聞こえる。

「いいえ」

万浬は森悟を見つめたままで答えた。さあ、どうするの。

「大変申し訳ないのですが、店内はいまこのような状態でございまして……」

あなたはどうする？　店を替えようと申し出る？　それとも怒って帰るかしら？

「事前にご連絡いただいておれば、対応できたのでございますが……」

次の瞬間、森悟が深くまぶたを閉ざした。次に開いたとき、右目は瞑想《めいそう》的に暗く沈んでいる一方、左目は強い意志のほとばしりを感じさせる輝きを放っていた。

車椅子の肘掛けをつかんでからだを持ち上げたらしく、客たちの陰に隠れていた森悟の胸が現れる。英慈の驚いた顔が見え、万浬はつられて椅子から腰を上げた。

森悟はギプスをした足で床の上に立っていた。英慈が何やら訴えるが、客たちの声にかき消されて聞こえない。

万浬は、テーブルとテーブルのあいだから、前方へ堕ちるように身を投げ出した森悟の姿を目撃した。胸から腹部、ギプスで守られていない膝《ひざ》の辺りを、床で強く打つ。激しい音が店内に響き、騒がしかった店内が一瞬で静まり返った。

森悟たちに近いテーブル席にいた女性客たちが、声もなく椅子から立った。波紋の広がりに似て、周りにいた客たちも床を見て、小さな声を上げて立ち上がる。

森悟は、少しも痛がる様子はなく、両腕を使って、万浬のいる席へと進んでくる。

「シンちゃん、何をやってるんだよ、やめなよ。車椅子に戻って」

英慈が、兄に向かって手を伸ばした。

森悟は、その手を無視して、万浬のほうへ這《は》ってくる。彼の向かう先の椅子に腰掛けていた客たちは、次々と立ち、道を開けた。

「お客様、そんな、ちょっと、おやめください。お立ちになって……」

マネージャーが、森悟に近づくこともできず、離れたところから懇願する。

森悟はついに万浬の前までたどり着いた。

「やあ、お待たせ」

と、ほほえみかけてくる。

万浬は膝を折って彼の前にしゃがんだ。答案の出来は、出題者の思惑を超えている。

「この席でよかったかしら」

彼の頬に手をあてて訊いた。

「おかげでいい運動ができたよ」

「喜んでもらえてよかった」

彼女は、立って、森悟のために自分の向かい側の椅子を引いた。

彼が、椅子に手を掛け、腕の力でからだを引き上げ、椅子に腰を下ろす。

万浬も自分の席に戻った。そばに立っている英慈を見上げ、

「こんにちは。お元気？」

英慈は、唇を険しく結び、万浬と森悟を交互に睨《にら》みつけている。

「車椅子を置かせてもらって、おまえも座れよ。置く場所くらいはあるんでしょ？」

森悟は、言葉を失って立ちつくしているマネージャーに声をかけた。

相手は動揺と不満を隠せないながら、英慈を案内カウンターのほうへ案内して、立っている客たちへ頭を下げてゆく。客たちも気持ちを静めてそれぞれの席に着き、森

悟のことを気にする様子はありながらも、自分たちの会話に戻っていった。

　森悟の左右それぞれの目には、ともに理性的な光が戻っていた。万浬をしばらく見つめたあと、窓の外に視線を送り、

「なかなかいい景色ですね」

と言う。皮肉ではないらしく、声にとげとげしさはない。

「床に倒れたとき、痛みは……やはり？」

万浬の問いかけに、森悟はうなずいた。

「痛みはないけれど、骨折が治りかけてる途中ですからね、油断すると治療が長引くだけなので、いまはタックルを受けたときの要領で手をつきました」

「つまり計算して、ということですか？　注目を浴びたかったのかしら？」

「あなたの注目をね。あなたはわざと車椅子では入りにくい店を選んだ……そう気づいたとき、自分を抑え切れなくなっていました」

「スイッチが入る……と、前におっしゃってましたけど」

「べつにカチッと音が鳴るわけではないですよ」

　森悟が、人のよさそうな笑みを浮かべ、「気持ちが突然高ぶって、キレるとか言うでしょ、あれに似た感じかな。ふだん自分を押さえ込んでいる重たい蓋《ふた》が弾《はじ》け飛んで、

思うがまま振る舞いたくなる。怖さも恥ずかしさも、そのときは消え失《う》せてしまう。十代前半から運動部で鍛えられて、モラルや決まり事を守るのは好きなほうなのに……大怪我をしたあとからのことなので、医者たちに相談しました。彼らの見立てではどこも同じで、PTSDの一種だろうと」

「シンちゃん」

テーブル脇《わき》に立った英慈が、怒った顔で、森悟の話をさえぎった。

「いい加減にしろよ。どうしてあんな馬鹿《ばか》げたことをするんだよ」

「まあいいから、座れ。おれのこっちに座れよ」

森悟が自分の隣の椅子をぽんぽんと叩《たた》いた。「野宮先生に謝らなきゃ。診察してもらった日以来だろ。それもあって今日はついてこさせたんだ」

森悟の表情に企《たくら》みを含んでいる翳《かげ》りはない。

万浬は、彼に向けて、英慈から注意を受けた旨のメールを送った。どうして英慈は、黙って万浬に会い、兄と会わないように、などと求めたのか……。彼が直接弟を問いただすことで、それぞれの関係に新しい展開が生じるのを期待していたのだが、森悟はひとまず自分の胸にしまいこんで、万浬を誘い、英慈に同行を求めたらしい。

「……先日は、失礼しました」

英慈は、〈人の望みの喜びよ〉の店内での出来事を明かされるのを恐れてか、表情を殺して、浅く頭を下げる。

「じゃあ、外で、待ってるから」

万浬から目をそらして、胸苦しそうな声で言い置き、店の外へと向かった。入れ違いにマネージャーが歩み寄ってくる。

「私どもの不手際《ふてぎわ》で、ご迷惑をおかけしました。お怪我はございませんでしょうか」

「いや、服が汚れたくらいかな。ワックスがよくかかってるね」

森悟が皮肉をこめて答える。相手は、言い返しかけた言葉を呑み込んで、メニューを差し出した。万浬は有機栽培のハーブティーを、森悟はダージリンティーを頼んだ。

「この席は一時間で空ける約束なの。あと二十分余りかしら」

万浬は、マネージャーの後ろ姿を見送って、森悟に説明した。

「この店にわたしを招いて、何を期待していたんです」

森悟が、厚い胸の前で腕を組んで尋ねる。

「この場で生じる出来事に応じて、判断しようと思っていました」

「で、どう判断されているんですか」

「期待以上でした」

万浬は、彼の衣服の肘や膝の辺りの黒ずみに目をやって、「あなたから痛みを奪った爆弾の目的は、何だったのかしら」

「え……」

「愛する人々の命が奪われた悲痛に対する復讐《ふくしゅう》だったのか……奪われた土地や文化を取り戻す戦いの、再開や継続を知らせるためのものだったのか……自由や生活権を奪われつづけている辛酸《しんさん》を、世界に向けて訴えるためだったのか……。何にせよ、他者に対して痛みを与えるためであって、痛みを奪うつもりはなかったでしょう？」

「ええ、確かにそうでしょうね」

「でも、あなたが痛みを奪われていなければ、わたしたちは会うことはなかった」

「ええ、それを考えると、人生は不思議ですね」

「せっかくお会いできたのだから、英慈さんの忠告を聞くことはできません。あなたはどう思われて、ここへ？」

森悟は、自分の内面を検証してみるかのように目をすぼめ、

「弟がどうしてあなたに、わたしと会わないようになどと言ったのか、わかりませんが、あなたからのメールで迷いが吹っ切れました。あなたにどう向き合えばいいのか、ずっと肚《はら》が決まらずにいたのですが、何が起きるか、踏み込んで確かめようとね。あ

れこれ迷うのをやめて、あなたにまっすぐ向き合ってみる気になったんです」

「英慈さんに、忠告した理由を尋ねないんですか」

「もういいでしょう、こうして会ってるわけだし」

追及しないのは、もちろん英慈への思いやりだろう。ただ、兄弟間での感情の衝突によって、弟の別の顔や、自分の心の底を覗《のぞ》くことになるのを恐れたのかもしれない。

「英慈さんは、勤めていたテレビ局をやめて、いまは何をしてらっしゃるんです？」

「局にいた当時のツテで、下請けの映像会社で、編集を手伝ってるようです。与えられたテーマに沿って、古いニュース映像から、戦争やオリンピックなどの印象的な場面をつないだり、社会で流行《はや》った歌やファッションなんかをまとめたりして、局や制作会社に納める仕事らしいです」

「森悟さんは？」

「怪我をする前と同じ会社にいます。出張中に起きた事件の被害者ですし、しばらく仕事ができなかったからと言って、会社としても簡単にクビは切れないでしょう。いまは、出張のない危機管理室という部署に移って、海外で安全に仕事を遂行するためのプランを作成したり、海外出張の決まった社員に経験をレクチャーしたりしています」

注文の品がテーブルに運ばれてきた。お茶のポットが熱くなっているので、お気をつけください、とウェイターが言い置いていく。

「飲んだり食べたりするものが熱いのも、やはり平気なのですか？」

森悟は、熱湯で茶葉を蒸らしているポットの胴部を両手でしっかり抱えてみせ、

「あとで気づくんです。唇の薄皮が剝《は》がれたり、口のなかの上顎の皮がペロリとめくれていたり」

「頭痛や腹痛はどうですか？　もう手は置いてください」

万浬の言葉を受けて、森悟がポットから手を離した。

「片《へん》頭痛持ちだったのに、ぴたりとなくなりました。よかったのは、そのくらいかな。今回は足の骨だけで済んだけど、もしも肋骨《ろっこつ》を折って内臓を傷つけていたとしたら、命を失っていたでしょう。向こうで退院するとき、医者からしつこく注意は受けていたんです。無痛の状態だと、病気や怪我が知らぬ間に進行して、手遅れになるケースがあるから、朝晩、体温を計ること。足先から頭まで全身にふれるチェックをおこたらないこと。手足の関節、指、眼球や舌、すべてがきちんと動いているか、鏡の前で確認すること。背中や腰に内出血のあとがないか、ほかの人に見てもらうこと。だから、母親か弟にいちいち頼まなきゃいけない。そして、こまめに病院で検査を受ける

こと。正直、鬱陶しいですよ。痛みがあることで、どれだけ人間が健康を保てている
ことかと、日常生活のあらゆる局面で思い知らされてます。こういう外食も実は不安
なんです。わかりますか」
森悟がいたずらっぽい笑みを浮かべた。
万浬は意味を悟った。適当な具合に蒸されただろうお茶をカップに移しながら、
「もしこのお茶がからだに合わなかった場合、わたしは腹痛を感じてトイレに行ける。
でも、あなたは何も感じないので座りつづけ、でも腸は働くから、この場で……」
「痛みがないなんて幸せだと、いろんな人に言われましたけどね」
森悟は、軽い苦笑を浮かべ、ポットからお茶をカップに移しはじめた。
「セックスはどうです？」
万浬はこれまでと変わらない口調で尋ねた。
森悟の注ぐダージリンティーがカップをそれ、わずかにソーサーにこぼれる。
隣のテーブルの客が、ちょうど話の途切れ目で声が届いたのか、こちらに視線を送
ってくるのが視界の隅に入り、万浬は顔を振り向けた。三十歳前後の女性の二人連れ
は、すぐに目をそらした。
「セックスに変化はありましたか。感触とか、感じ方に」

万浬は、女性たちの横顔を見つめたまま言葉を継いだ。

女性の一人が、どうにか話題を見つけたらしく連れに話しかけ、相手も作り笑顔で答える。万浬は、彼女たちから森悟に視線を移した。

彼は驚いてはいるが、まっすぐ彼女を見つめ返している。

「クリニックに移動しましょう。この時間はもう誰もいないので」

「なぜクリニックへ？」

「診察したいんです。あなたのセックスを」

万浬は、森悟の瞳《ひとみ》の奥を見据えて告げた。

彼は、視線を外し、火傷《やけど》するほどではないにしろ、まだ熱いダージリンティーを一息に飲み干した。喉《のど》や胸が苦しい様子も見せず、万浬をあらためて見つめ返す。

「英慈は、どうしよう……」

「クリニックまで送ってもらって、帰ってもらえばどうでしょう。あなたが帰る際は、クリニックと提携しているタクシー会社から、車椅子を載せられる車を呼びます」

万浬も、カップを口もとに運び、ひと口飲んだ。みぞおちの辺りが熱くなる。

マネージャーを呼び、会計を頼んだ。彼が客たちに頭を下げて事情を話すと、客たちも理解して、進んで椅子から立った。森悟は、ウェイターが運んできた車椅子に自力で移り、万浬を先に行かせて、人々が立って開けた道を通って、玄関へ向かった。

二人が店を出たとたんに、芝生の輝きが目にまばゆかった庭が翳った。雨を内側に重くはらんでいるらしい黒雲が、太陽にかかっている。

英慈は、店の庭に置かれたベンチに腰掛け、瞑想するように、背筋を伸ばして目を閉じている。確かに、純粋な信仰心を持つ聖職者の見習いに見えなくもない。

森悟が声をかけ、彼は目を開いて、二人に気づいた。バツが悪そうに、こちらに歩み寄り、車椅子の後ろに回って、店の門の外へと押してゆく。

万浬は、仲がよさそうに見える兄弟の後ろを、距離を置かずについて歩いた。

雑貨店や飲食店に人が集まる表通りを横に折れ、裏通りをしばらく進むうち、白い花の群生が目に飛び込んできた。

ビルの谷間に設けられたコインパーキングの隅に、ドクダミが繁茂している。

英慈は、森悟の乗る車椅子をパーキング内に進め、白い花を車輪の下に踏みしだき、紺色のワゴン車の横につけた。

森悟が、中央席のスライドドアを開き、腕の力で車内のシートにからだを上げる。

英慈は、車椅子をたたみ、後輪にドクダミの花を一輪はさんだまま車の後部に載せ、運転席に着いた。

万浬は、彼らからの誘いを待たず、自分の判断で助手席に乗った。

「この車は、ご自宅のものですか」

万浬は、運転席と後部席の両者を視野に入れて訊《たず》ねた。

「レンタルです。会社が費用を出してくれてます」

森悟が答える。「足の怪我の、元もとの原因を理解してくれましてね。ちなみに、会社には弟が送ってくれてます」

「どこへ行けばいいの？」

英慈が、万浬を意識的に避けてだろう、助手席の反対側から森悟に訊ねた。

「彼女の勤めてるクリニックへやってくれ」

森悟が答え、「道はわかるか？」

英慈は無言でうなずいた。万浬を送り届けるだけだと思ったのか、素直に車を出す。

森悟が、そうだ、思い出した……と、とりつくろった調子でつぶやいた。

「さっきまでの話に、関連することとなんですけど」

と、万浬とこのあとおこなう予定でいる〈診察〉に対する後ろめたさからか、カフェでしていた話の続きであるかのような……少なくとも英慈にはそう思わせたいらしい前置きをして、話しはじめる。

「からだに痛みを感じなくなったことが、真実かどうか、病院や研究機関では精密な機器を用いた科学的な検査が幾つもおこなわれたんですが、一方で、最先端の技術や知識を有する機関とはとうてい思えない、滑稽《こっけい》で非科学的な検査もかなりの数受けたんです。まるでテレビのヴァラエティ番組のようでしたよ。ほら、お笑い芸人がだまされて無茶なことを体験させられるやつ、見たことありませんか。たとえば……」

クリップで鼻柱をはさまれ、彼が痛みを訴えないので、力の強い大型のクリップに替えられたり、はさんだまま手で引っ張られたりしたという。

人が入れないくらい熱い温度の湯、あるいは、氷を加えた冷水をはった浴槽に、水着一つで入るようにも求められた。

診察やカウンセリングを受けている最中の彼に対して、医師や看護師がいきなり頬を平手打ちしたり、頭部を叩いたりしたこともあった。事前に予測できない不意討ちで、痛みを本当に感じないかどうかを試したらしい。

「ほかにもいろいろやられましたよ。それこそ拷問《ごうもん》に近いことも。その一つに、眠らせない、という試みがありました。痛みは感じなくても、苛立《いらだ》ちや不快感がつのり、血圧上昇や頻脈などの肉体的な変調をきたして、ストップがかかりました。つまり、ストレスは感じるわけです。不快や不安を感じる脳の機能には問題がない。笑ったり泣いたりの感情面も同様です」

「痛覚と、熱い冷たいの温度覚は、別の感覚ですけど、外側脊髄視床路《がいそくせきずいししょうろ》と呼ばれる、同じ道を通って脳に伝わりますから、そうした検査もおこなわれたんでしょうね」

「ええ、でもかなり原始的でしょ。これらの体験は、英慈や友人たちにも冗談まじりに話してきたんですが……覚えてるだろ？」

森悟は、最後のところで運転席へ語りかけた。

英慈が、黙ってワイパーのスイッチを入れる。雨が降ってきていた。小雨ではあるものの、フロントガラスに水滴が溜《た》まってくると、一、二度払う必要がある。

「ここからは、英慈にも初めて話すことなんですが」

森悟が、弟の返事がないことなど気にする様子もなく言葉を継ぐ。「痛みに関する検査、ことに一見ばかげた検査を受けてるときに、ふと思ったことがあるんです。人にわざわざ話すことでもないから、それきりになっていたんですが、このあいだ野宮先生と話していて、思い出したんです」

「いまは、医者と患者の関係ではないので、万浬で結構です。わたしも、お二人を下のお名前で呼ばせていただくことにしますから」

「でしたら、万浬さん、と呼びますけど……人が誰かを知りたいと思うときには、自分自身を知りたい欲求を含んでいる、というようなことを言われましたよね」

「ええ。そう思ってます」

「あの当時、似た考えが頭をよぎりました。わたしのからだを調べている人々は、実は自分たち自身を知ろうとしているんじゃないか……わたしの肉体の無痛を知るプロセスを通して、彼らは自分に痛みがあることの意味を確認し直そうとしているのかもしれない、と思ったんです。彼らは、わたしが痛みを感じないと、最初は驚き、不審がり、やがて焦《あせ》り、呆《あき》れ、奇妙な顔をします。一時的には羨《うらや》ましがる人もいましたが、次第に怒りに似た表情に変わり、なかにはわたしを異物を見る目で睨みつけてくる人もいました。わたしは、宇宙に裸で放り出されたような、そら恐ろしい荒《すさ》んだ心持ちになりました。痛みを失ったことで、世界とのつながりまで失うというか……人間同士の共感性から切り離される恐怖を感じたんです。一方で、こちらが孤独に沈むぶん、痛みを感じられる彼らは、大げさかもしれないけど、人類としての連帯感を互いに再確認し合っているとさえ見えました」

　車が大通りに出た。行き交う車の数が増えてくる。

「テレビのお笑い番組が象徴的ですけど、人の痛みは、笑いを誘うんですよね。人が痛がっている姿を見て、笑うなんて、下世話です。でも下世話なぶん、人間の真実が現れている気がする。研究者たちの様子から、人は人の痛がる姿を見て、安心するんだなぁ、と思いました。お笑い芸人が痛みにアタフタする姿を見て、視聴者が笑うのは、痛い目にあっているのはわたしではない、という安全な場所にいられる安心感のほか、痛みを感じずにすんだ者同士での連帯感をおぼえるからかもしれない。悲鳴を上げてる芸人には、親近感を抱き、その芸人は人気者になっていく。痛みは、人を連帯させたり、親近感を抱かせる要素を持ってると思いますね。痛みが、人と人をつなぐんですよ。寄付とかボランティア活動も、人々が経験している痛みに対する同情や連帯意識から生じてるわけでしょ。だからもし、人が痛みを感じなくなったら、個体としての人間は、健康や生命の維持に困難が生じ……人間の集合体である社会や世界は、同情や連帯感を失って、滅亡の危機に陥るかもしれない」

森悟は、自説をひとまず語り終え、深々と息をついた。

土曜日の午後で、仕事関係の車が少ないせいか、道路は空《す》いている。二十分ほどで、万浬の勤めるクリニックが入っているビルの前に到着した。

太陽をおおっていた黒雲はいつか流れ去って、明るい陽射《ひざ》しが戻り、少し前にワイパーが拭《ぬぐ》ったきり、フロントガラスに新しい水滴は見られなかった。

万浬は、英慈に礼を言って、車を降りた。

彼は、彼女を見ることを恐れるように、前を向いたままでうなずいた。彼女がドアを閉めたら、すぐに発車しそうに見える。

「車椅子を下ろしてくれ」

森悟が後部席から告げた。戸惑う弟に、彼は重ねて求めた。

「車を降りるから、車椅子を頼むよ」

「……どうして」

英慈が兄を振り返る。

「いいから」

とだけ森悟は答えて、自分でスライドドアを開いた。

英慈が、渋々ながら路上に車椅子を下ろし、車体を座れる形に広げる。後輪にはさまれていたドクダミの花が、まだ濡《ぬ》れている道路に落ちた。

万浬のほかは、二人とも花には気づかない。

森悟が、サンキュと口のなかで礼を言って、腕の力でシートから車椅子に移る。

どういうつもりかと問いたげに、英慈が兄の前に回り込んだ。

「いまから、万浬さんの診察を受ける。おまえは、このまま帰っていいから」

森悟は、英慈の顔を見ずに、なにげない口調で言った。

「……じゃあ待ってるよ。上の待合室でもいいし、外で車を流しててもいい」

英慈が、不審そうに答えて、ビルの玄関口で待つ万浬のほうへ視線を向けた。

「どのくらいかかるかわからないし、車椅子に対応しているタクシーを呼べるそうだから問題はない。今日はもういいよ、ありがとう」

森悟は、感情を抑えた平板な調子で言い、肘掛けに置いた右手を軽く上げた。

兄の様子がいつもと違うのを、英慈は察しているに違いない。だがその意味するところまでは理解できないせいか、あらためて万浬に視線を向けた。

彼女は、冷ややかな笑みを返し、突き放す口調で言った。

「あなたも、痛みを失ったら、診せてちょうだい」

英慈の表情が瞬時に強《こわ》ばる。抗議も問いも発することができず、ふるえる瞳をむなしく彼女に向けたままでいる。

突き放した側の優しさとして、彼女が先にビルのなかに入ったほうが、彼も車に戻りやすいだろう。けれど、それではつまらない。まだ明確なかたちにはなっていない嫉妬《しっと》や憎しみに、純真な心が次第にゆがんでゆくときの表情が見られなくなる。

万浬は、同じ場所に立ったままで、英慈を見つめつづけた。

英慈は、自分の乱れる感情が無防備に表れている顔を、万浬が研究対象のように見つめていることに気づいたらしく、頬を紅潮させ、いきなり背中を向けた。ここまで運ばれてきた白い花を踏みつけて、運転席に逃げ込む。

8

万浬は、もう彼を見る必要を感じず、ビルに入った。背後に荒々しく出ていく車の音を聞きながら、あとにつづく森悟のためにエレベーターの扉を開けて待った。

狭いエレベーター内は、互いに黙って過ごした。

殺風景な廊下を、万浬がヒールの音を響かせて先に渡り、クリニックの玄関ドアの鍵《かぎ》を開ける。本来は自動で開く強化ガラス製のスライドドアを横に引く。

待合室に入り、電灯をつける。森悟がつづいて入ったところで、ドアの上部に備えられているブレーカーボックス内の、ドアの自動開閉のスイッチを入れる。通電してドアが閉まったあと、また自動開閉のスイッチを切り、ドアに鍵を掛けた。

午前中で嶋尾が診察を終えて、たぶん事務長の関根が最後の戸締まりをしてから、まだ三時間程度しか経《た》っていないはずだが、室内はひどく蒸し暑い。

万浬は、肩からショールを取って、森悟を振り返った。

「今日のお誘いを受けたとき、体内の検査画像を拝見したい旨、メールを差し上げました」

「わかってます、持ってきましたよ」

森悟が、車椅子《くるまいす》の背もたれにあるポケットからブリーフケースを取った。

「ディスクにコピーしてもらったものです」

ブリーフケースからDVDを出し、万浬に差し出す。

「いま拝見してもよろしいですか」

返事を待たずに診察室へと通じる廊下を進み、第一診察室のカーテンを開けて、電灯をつけた。エアコンのスイッチを入れ、デスクの上にバッグとショールを置き、いつもの椅子に腰掛けて、パソコンを起動させる。ほどなく森悟が入ってきた。

「ディスクに入っているのは、どういったものですか」

パソコンにディスクをセットし、画像が再生されるのを待ちながら訊《き》く。

森悟は、彼女のすぐそばまで車椅子を進めて、パソコンの画面を見た。

「X線撮影と、全身を輪切りに撮影したCTスキャンの画像が入ってます」

「検査を受けたのは、その二つですか」

「いや、MRIも、MRAも、機能的MRIというのも受けたし、PETとかNIRSとか、言葉の意味さえよくわからないものも受けました。でもひとまずこの二つで疑問にはお答えできるだろうと思います」

「ありがとうございます」

ほどなく画面にX線撮影の画像が映し出された。

初めは頭部、次は頸骨《けいこつ》を中心にしたもの。背骨、肋骨、腰骨と、次第に下りてゆく。

「ほとんどの破片は手術で取ってもらえましたけど、取り切れなかった微小な破片が、数箇所残っているのがわかりますか。画像上のノイズと区別しづらいけど」

森悟が指差す先に、小さな斑点《はんてん》が二つ三つ確かに見られる。ただそれが爆発物の破片であるのか、画像上のムラや傷の類《たぐい》であるのかは、簡単には判断がつかない。

「あ、ここで止めて」

森悟の指示にしたがい、万浬はDVDの再生を一時的に止めた。

画面には、背中を屈曲した状態で、腰の辺りを撮影した画像が映し出されている。

「ここをズームして。脊椎《せきつい》に刺さったトゲ状の、小さな影が見えてこないかな？」

彼の指差す場所に焦点を合わせて、画像を拡大してゆく。

最大限に拡大したところで、バラのトゲに似た小さな影が、脊椎に刺さり、脊髄に向けてくさびを打ち込むような状態で存在しているのが確認できた。

硬膜外麻酔《こうまくがい》の針を、硬膜外腔《くう》に刺したときの画像を思わせる。ただし影の先端は、先が割けて広がっており、抜くのが容易ではない構造をしていることも見て取れる。

「これが、からだの無痛に関与していると見られる破片の一つです。首のところに戻ってみて」

森悟に促されて、頸椎《けいつい》を中心に撮影している画像まで戻り、彼の指摘する一枚を拡大する。

顎が胸につくくらい首を前方に傾けたところを、撮影したものだ。湾曲した頸椎の一部に接するかたちで、薄い板状の影が確認できる。

「これが鉄だということはわかってます。先端がかなり薄くて、実際にどのように神経にふれ、どのような影響を与えているのか、正確には判断できないそうです」

「生命維持や運動機能に、こうした異物が及ぼす影響についての診断は？」

「定期的に画像診断を受けましたが、二つの鉄片の位置は安定しているそうです。もうからだの一部として受け入れられているのかもしれない、との見立てです」

「激しい運動はどうです？　ラグビーは、タックルを受けたり、ぶつかり合ったり、強い衝撃を受けますよね。異物への影響を考えると、危険なのでは？」

森悟が、急所を突かれたとでも言いたげに、明るく顔をしかめてみせた。

「実は、激しい運動は控えるように言われてました」

「じゃあどうして。骨折だけではすまない事態も考えられたでしょ?」

「といって、このままでどうなると言うんです。いっそ強いショックを与えたほうが、破片が取りやすい位置に出てくるかもしれない。もちろん危険は承知でしたが……例のスイッチが入って、いいさ、やってやれ、と飛び込んでいたんです」

CTスキャンによる画像も確かめる。足のかかと側から頭に向かって、輪切りにされた彼のからだの断面画像が、五秒程度の間隔で次々と映し出されてゆく。

「腰の部分で止めてください。ここです。さっきのX線撮影の箇所と対応してます」

画面上には、脊椎を中心に腰および腹部の画像が映し出されている。拡大してゆくと、脊椎の背中側の一点に、やはりトゲ状の影が認められる。脊髄を包む硬膜の外側、すなわち硬膜外腔に達して、先端がイソギンチャクのように割けている。これが実際にどういった作用をからだに起こすかまではわからない。

首の部分を輪切りにするかたちで撮影された画像を拡大してみる。やはりX線撮影の画像と対応する箇所で、頸椎にふれている異物の影を確認できた。

「ほかの検査画像においても、現段階ではこの二つの画像から下された診断を補強する以上の、新しい見解は導き出されませんでした」

森悟の言葉を受けて、万浬はなおしばらく画像を確認したのち、再生を止めた。

「おからだに残る異物の状態はわかりました。二つのうち一方、あるいは双方が影響し合い、無痛の状態になっているのではないかという診断に同意します」

「あとは実際にからだを切り開いて検証するしかないそうです。ちなみに、死後の解剖の権利は、わたしの鼻をクリップでつまんだ研究者が持ってます」

森悟が口もとをゆるめて言う。

「コピーさせていただいてもよろしいですか」

「どうぞ」

彼の了解を得て、画像をパソコン内に取り込んだ。

医学的判断の話が一段落し、互いのあいだに沈黙が落ちる。森悟が、やや緊張した面持ちで、さて、と車椅子の肘掛けを軽く打った。

「これから、どうしますか」

「先に申し上げた、わたしなりの診察に移らせてください」

万浬は、落ち着いて答え、コピーを終えたＤＶＤを彼に返した。

「……本気ですか」

「そのために、ここまで来ていただいたんです」

森悟が、半信半疑の表情で、そばにある狭い処置用のベッドに視線をやる。

「でも、ここで……？」

「いえ、広くスペースを取った処置室が奥にあります」

万浬は、椅子から立ち、バッグを手に、彼の脇《わき》を通って廊下に出た。

壁に備え付けのスイッチを入れる。二、三度点滅したのち、天井の電灯がつき、奥へと向かうベージュ色の廊下が照らし出された。後ろからの視線も計算に入れて、腰が締まって見えるラインの服を選んでいた。下着は着けていない。

第二診察室につづいてX線室の前を通り、突き当たりを右に曲がる。壁のスイッチを入れ、天井の電灯をつける。診察室にあるのと同じ狭い処置用のベッドが四台並び、その奥に、倍近い幅があるベッドが二台並んでいた。

「膝《ひざ》の痛みや腰痛《ようつう》などへのトリガーポイント注射は、診察室でおこないます。もっと複雑な痛みを抱えている患者さんに、星状神経節《せいじょうしんけいせつ》ブロックなど神経ブロック注射をおこなう場所が、こちらの処置室のベッドで……その奥が、硬膜外ブロックの注射をした患者さんに休んでいただくリカバリー用のベッドです。運動機能への影響も考慮して、二時間から、高齢の方は用心のために四時間程度休んでいただくこともあります。

そのまま眠ってしまわれる方が少なくないので、ベッドが大きめになっています」

ここも蒸し暑い。ブラインドを下ろした窓があるが、開けずに、エアコンをつける。

リカバリーベッドの脇に、患者の荷物を置いておくワゴンが用意されている。万浬は、ワゴンにバッグを置いて、車椅子の森悟を振り向いた。

「こちらのリカバリーベッドを使いましょう」

森悟は、自分の当惑を表情で返し、

「それは、どういう意味……」

「あなたのセックスを診せていただくために、という意味です」

彼が、目をそらして、視線を周囲に巡らせる。

「手を洗いたいんだけど」

万浬は、処置室の奥にあるバリアフリー対応の化粧室を教えた。

二台のリカバリーベッドのキャスターのロックを外し、双方を近づけて隙間《すきま》を埋め、ふたたびキャスターのロックを掛けた。リネンを収めたロッカーからシーツを二枚取り、それぞれベッドの上に広げて、端をマットの下におり込んで整える。

用意を終えたところへ、森悟が戻ってきた。

「……で、どうすればいいんだろうか」

「わたしも手を洗ってきます。ベッドに移って、服を脱いでおいていただけますか」

「つまり……診察を、受けるみたいに？」

森悟が固い笑みを浮かべる。

「ええ。全身の診察です」

万浬は、化粧室に進んで、ビデを使い、デオドラントペーパーでからだを拭《ふ》いた。

処置室に戻ると、森悟はベッドに移って、ギプスをした両足を前に投げ出す姿勢で座っていた。ジャケットは車椅子の上に置き、開襟《かいきん》シャツのボタンはすべて外している。シャツの下は何も身につけておらず、ベルトは外して、ズボンはまだはいたままだった。

「明る過ぎないかな……」

照れ隠しもあるのか、彼がまぶしそうに処置室内を見回す。

天井の電灯が辺りを隈《くま》なく照らし、ベッドの周辺に置かれたエコー装置や、救急蘇《そ》生《せい》セットを備えたワゴンなどが、室内の無機的な印象を強めている。

「神経ブロックの注射をするときには、十分な明るさが必要なものだから。でもこちらのベッドには、長い時間休んでいただくための設備も用意されてます」

万浬は、壁側にたたんであるアコーディオン・カーテンを引き出し、処置用ベッドの並ぶ区画と、リカバリー用のベッドを置いてある区画を仕切った。リカバリーベッドを置いてあるコーナーの天井には電灯がなく、壁に備え付けの間接照明を灯して、ほかの電灯をすべて消す。二台を合わせて幅がいっそう広くなったベッドが、暖色系の柔らかい明かりの下に、シティホテルの一室を思わせるおもむきで浮かび上がる。

万浬は、ベッドの上にいる森悟の前に進んで、つま先を軸にからだを回し、彼にヒップのラインを見せて、ゆっくりとベッドに腰を下ろした。

「ファスナーを、下ろしてください」

髪をかき上げ、多くの男たちから肌の白さを称讃《しょうさん》されてきたうなじを見せる。

森悟の指が、彼女の肌に添って滑り下りてゆき、ワンピースの布地に隠れたファスナーを探り当てる。ブラジャーのホックがあるところまでファスナーが下ろされ、

「どこまで」

と、彼がかすれた声で訊く。

「あなたの望むところまで」

黒いレース地のガーターベルトがあらわれるまでファスナーが下ろされたところで、万浬はベッドから立ち上がり、ノースリーブのワンピースから腕を抜いた。ウエストで留まっている部分を外し、足もとまですとんとワンピースを落とす。黒のブラジャ

ーと、ガーターベルトとストッキングだけの姿となり、裸のヒップを森悟に向けて、まっすぐ立つ。

彼の視線を十分に感じたのち、脱げ落ちたワンピースから片足ずつ抜き、しゃがまずに身を曲げ、股《また》のあいだに閉ざされていた秘所が、森悟に向くのを意識しながら拾い上げる。ワンピースはたたんで、ワゴンの上に置き、彼のほうに向き直る。

森悟は、困惑と興奮の入り混じった表情で、彼女の顔をうかがい見た。

「では、診察を始めます」

万浬は、彼から視線を外さずに、右膝を上げてベッドに乗り、次に右手、左手、左膝と乗って、四つん這いの状態で森悟の隣に進んだ。

右の人差し指と中指の先で、左頬にふれ、柔らかい口髭《くちひげ》から乾燥気味の唇をなぞり、短く刈り整えられた顎鬚《あごひげ》にふれ、太い首から裸の胸へと下ろしていく。

「先日も確認しましたけど、感触はあるわけですね、全身すべてに」

「ええ、ありますよ……」

森悟が医師の診察に対する口調で答える。

万浬は彼の左の乳首にふれた。指の腹で、乳首を縁取るかたちで撫《な》でてゆく。

「くすぐったさは、どうなんです。失っていませんか？」

「くすぐったいは、くすぐったい。でも……以前とは少し違ってます」

森悟は、じっとしていることに耐え切れなくなったのか、右手を伸ばし、万浬の胸もとまで流れる髪を撫で下ろした。

「少し違うとは、どんな風に」

「くすぐったさが上《うわ》っ面《つら》というか、軽くなったというのか……身をよじるほどの感じはなくなりました。我慢できるというより、我慢するほどでもない、という感覚で」

「こちらもですか」

万浬は、彼の右の乳首を同様に指先で撫で、少しいじる感覚で指の動きを早くした。

「同じだけど……あなたにそうされていると、刺激がある。さわってもいいかな。目の前に、裸のあなたがいて、何もせずにいるのはつらい」

彼の手が、万浬の髪から胸のほうへと移ってくる。

「もう少し待ってください」

彼女は、率直な眼差しと口調で彼の手の動きを止めた。「納得のゆくまで、あなたのからだの状態を確認したいのです。もうしばらくわたしにゆだねてくれませんか」

そのあとの約束のつもりで、彼と唇を重ねた。軽くふれただけで離れたとき、彼の左目が狂おしい印象の光を放ち、右の瞳は半ば物思いに沈んでいた。

「とことん調べればいいよ。もっと脱ごうか」

彼が、愉快そうに言って、からだから剝《は》ぎ取る勢いでシャツを脱ぎ、車椅子の上に投げた。腰を浮かして、ズボンを尻《しり》から抜く。

「足のほうは頼めるかな」

「ええ」

万浬は、彼の足もとに回り、ギプスに引っかからないよう気をつけてズボンを脱がせた。下着一つになった彼が、ベッドに仰向けに倒れ、両手を組んで頭の下にやる。

「さあ、お好きなように」

「ものわかりのいい患者さんには、助けられます」

万浬は、彼のからだをまたいで腰の両側に膝をつき、首の両側に手をついて、彼を見下ろした。背中から流れ落ちた髪が、彼の鼻先から唇の上で揺れる。

「病院や研究施設で、無痛となった状態でのセックスについて、調べられました?」

「いや。正直、調べてほしい想《おも》いと、踏み入らないでほしい想いが半々で、自分からは言い出せなかった。興味はあったろうに、誰も口にする勇気はなかったみたいだ」

「くすぐったさについては、お聞きしました。性的な快感はどうなんです」

「試してみて」

万浬は、身を屈《かが》めて、髪の毛で彼の頬を撫で、さらに下がって、彼の右の乳首に唇をつけた。指でしたのと同じことを、舌の先でおこなう。

「感じるよ、きみの舌の感触を。柔らかさ、湿り気。気持ちいいよ、確かに……けど、くすぐったさと似た感じで、微妙に深みがない」

唇の上下で彼の乳首をはさみ、軽く吸いながら、舌で愛撫《あいぶ》する。

「いいんだ、本当に。でも……薄いという気がする。いわば、水面《みなも》を漂うばかりで、底のほうまで沈んでいかない感覚かな」

乳首を軽く噛《か》んでみた。反応はない。もう少し強く噛む。

「噛んでるね……それはわかるんだ。でも、痛みはない」

左の乳首も、同じように唇ではさみ、吸い、舌で愛撫し、歯を立てて噛む。

「痛くないし、快感は深くまで達しない。けど抱きたい、きみが欲しい」

「肉体的な快感が薄いのに、わたしが欲しいという欲望は……女を自分のモノにするという、所有欲や征服欲と結びついた精神的な悦《よろこ》び……あるいは、他者の性器内に射精するという、本能的な達成感や解放感を求める想いから発しているのでしょうか」

「この状態で、そんなことまで考える余裕はないよ。これまで会ったなかでも飛び切り美しい、でも飛び切り変わっている女《ひと》が、裸でおれをまたいで、乳首を吸ってる……興奮しないほうがおかしいだろ」

「目を閉じてください。わたしを見ずに、からだの感覚に集中してほしいの」

万浬は、腰を下ろしてゆき、自分の裸の股間《こかん》を彼の下着の盛り上がりに重ねた。彼のからだにわずかにふれる程度の間合いを保ち、ゆっくりとからだを前に動かし、彼の盛り上がった肉の形を捉《とら》えて、盛り上がりの切れ目を感じ取ったところで、また後ろへからだを戻してゆく。

「……拷問だなぁ」

目を閉じたまま、森悟が苦笑気味につぶやく。

万浬は、もう少し互いの肉が押し合う程度に腰を下ろし、彼のしかめる眉《まゆ》、舌先で唇をなめる様子を見つめながら、からだを前後に動かしつづけた。

「痛みを失ったあと、自分でなさったことはあるんでしょ?」

「マスターベーションのこと? もちろんあるよ」

「痛みを失う以前と、違いはあります?」

「うん……順に話すと、性欲が戻るのに時間がかかったかな。傷が回復するにしたがって、若いナースにはしぜんと目が行った。胸のふくらみや丸みを帯びたヒップに細い脚……抱きたいって感じじゃなく、よくできた彫刻を眺めてるみたいだった。爆発のショックからなかなか抜け出せなくて、いきなり吹き飛ばされる夢を、毎晩のように見ては跳ね起きてた。歩ける状態になってからも、不安でしょうがない。後ろで物音がするだけで、からだがふるえだす。あるとき病院の職員が花瓶を床に落として、ガラスの割れる音が響いたときは、気を失ったらしくて、丸一日記憶が飛んでた」

「PTSDですね？」

「という診断だった。……つづけてくれないかな？」

万浬が答えを聞くために動きを止めたことに対して、森悟が要求した。

「さっきみたいにしてくれていると、なぜかな、安心して、あの当時の話ができる」

彼女は、また彼とからだをふれ合わせ、前に、後ろにと動いた。

「しばらくは生きている実感が乏しかったけど……次第に落ち着いて、周囲の物音もさほど気にならなくなるにつれて、仕事に戻れるのか、通常の暮らしを送れるのか、という生活上の不安が生じてきた。そして同程度の重さをもって、セックスはできるのか、という心配にも囚《とら》われた。医者たちに生活面の問題は口にできても、セックスのことはなかなか相談できない。事あるごとに検査だテストだと調べられていたから、セックスの心配なんて口にしたら、どんな実験をされるか、考えるだけで心がくじけた。いま、きみがしてくれているようなことを、若いナースがしてくれるって言うんなら、避けはしなかったろうけどね……あ、少し待ってくれ」

万浬は、動きを止め、腰を浮かした。

森悟が、何かをこらえる表情で息を止める。しばらくして収まったのか、大きく息を吐き出すと、からだの緊張をゆるめ、はにかんだ笑みを浮かべた。

「いきそうになる感じは、それなりにわかるから」

「以前とは違いますか」

「内側の興奮と、肉体的な感覚に差があるというのかな……自分では、まだ十分じゃない、と思うのに、肉体的には勝手にいってしまうときがある。何度かマスターベーションをつづけるうちに、いまの状態における感じはつかめてきたけど」

「怪我《けが》のあと初めてマスターベーションをしたのは、いつ頃ですか」

「イギリスの病院にいた頃。吹き飛ばされて、一年と少し経ってたかな。ナースの胸や腰にもやもやする気持ちは戻ってたけど、勃《た》つまでは至らなかった。ある日、隣のベッドの、交通事故で首と両腕にギプスをした男のところに、パンティが見えそうなミニスカートに、ノーブラだと明らかにわかるTシャツ姿の女の子が、金色の巻毛を弾ませながら見舞いに来た。おばかなハイスクールの生徒がふらっと遊びにきた感じで、男は妹だと言った。ところが女の子は、男の頰にキスをしながら、彼の股間に手をやり、上からこすった。男がおれを見て、いたずらが見つかった子どものように笑った。実は彼が呼んだコールガールだった。友だちだ、と男がおれを紹介したら、女の子はベッド脇に来て、ハーイと頰にキスをした。金髪の陰に隠れて、彼女はおれの耳の穴に舌を入れた。香水の甘酸《あまず》っぱい薫りが鼻先をくすぐった。でも勃ちはしなかった。彼女は男のところに戻ると、ベッドの周囲にカーテンを閉め切った……。ああ、またからだを合わせてくれないか。話しやすい」

「動きましょうか？」

「いや。じっと合わせているだけで……もう少し経ってから、始めてほしい」

森悟の要望を受け、万浬は彼とからだをふれ合わせた。そのままの状態で話を聞く。

「その子としたいと思ったわけじゃない。男は大学の講師をしててね、数日後、学生たちが見舞いに来た。なかに、ぎすぎすしたインテリっぽい印象の女の子がいた。胸は薄く、尻はペタンとして、性的な匂《にお》いはまったくしない。もっときれいでグラマーな、男のお気に入りのクラスメイトに誘われて、仕方なく来たって感じだった。彼女が、たまたま日本文化に興味を持ってて、おれが日本人だと知り、文楽を知ってるかと話しかけてきた。近松とか『心中天網島《しんじゅうてんのあみじま》』なんて名前を出したけど、おれにそんな教養はない。でも暇つぶしになると思って、文楽も歌舞伎《かぶき》も好きだと嘘《うそ》をついた。すると彼女は、おれのベッドの端に座り、人形が心中する場面には、人間以上のエロスを感じる、と熱っぽく語りはじめた。二人がついに重なって果てるところは、エクスタシーの極致だと、官能的な表情で目を閉じた。小刀で女の人形が刺されるところを演じてみせた彼女の薄い胸や、目の前で左右に動かされる細い腰を見つめ、おれはいつか勃起《ぼっき》していた。彼女の裸の胸をねぶり回し、腰の内側の肉を刺し貫きたい、と思った。彼女たちが帰ってすぐ、トイレに入り、女子学生を相手に想像を膨らませた。怪我をして初めてだったから、セックス以前に、まずマスターベーションができることに感激した。けど……次第に違和感をおぼえた。何か違う。久しぶりだからか、と思う。そのまま刺激を与えつづけた」

万浬は、右手を下へ伸ばして、彼の下着のなかに指を入れた。硬く張りつめたからだの尖端《せんたん》を柔らかく握って、互いの胸をすり合わせ、前後に手を動かしてゆく。

「いいね……すごくいいよ」

目を閉じた彼がささやく。言葉とは裏腹に、口もとに冷めた笑みを浮かべた。

「あのときも、ある程度の気持ちよさはあった。けど、妙にするりとして、深みがない。欲情の盛り上がりを支える厚みがないというのかな……それでも薄いなりに快感はつのり、もしかしたら、と思いながら、まだだろう、という感じがまさって……」

彼が、両手を頭の下から取り、万浬の肩を押さえる。彼女は手の動きを止めた。「止めずに、つづけたとき、いきなり射精した。それはいい。セックスができる証拠だ。でも、こうだったか……長くつまっていた筒が貫通した心地よい感覚はある。溜《た》まっていたものを出し切って、からっぽになる解放感。けど、それがさらっとして、あっけない。一瞬にしろ頭のなかに火花が散る感じ……白い闇《やみ》が脳内に広がって、思考や理性を一時的に浸食する恍惚感《こうこつかん》はない。終わったあとの空漠感や虚《むな》しさも、自瀆《じとく》と呼ばれる罪悪感もなかった。怪我の影響か、後遺症か……以後たびたび試したけど、違和感は消えることなく、いまも変化はない」

万浬は、腰を浮かせて、彼の筋肉質の厚い胸から、締まった腹へと滑り下りてゆき、ギプスに注意して、彼から下着を取った。全身のエネルギーをその一点に集中したかのような彼のからだの尖端を、あらためて見つめ、手のひらで包む。

「実際に女性とも、試したのでしょう?」

「日本に戻ってからね」

「恋人と？　いたんでしょ、そういう人は」

「向こうで入院しているときに別れたよ。勤めのある子だったから簡単には会えないし、からだの状態が普通じゃなくなったから、こっちから切り出した。帰国する前に、結婚したって話が耳に入ってきてた。だから、したのはプロの女たちと」

「どうでした」

「マスターベーションに比べたら、肉体との接触があるぶん快感は増える。柔らかい肉を揉《も》んだり、つかんだり、口に含んだりするのは、それだけで楽しいものがあると、あらためて発見したよ。フェラチオ、インサート……それぞれに違う感触に包まれるのもいい。なのにやはり、こんなものだったか、という違和感をおぼえて終わった。慣れの問題だろうと、数を重ねても、以前との差が鮮明になるばかりだった」

万浬は、右手に握った彼のからだの尖端を、ゆっくり上下に動かしはじめた。彼はされるがままで話しつづける。

「妙な言い方だけど、我慢しなきゃいけない何かを感じない。これは、きみと話していて、思いついたことだけど……何かとは、痛みかもしれない。快感を裏打ちする痛みが欠けている、とでも言うのかな。つまり、快感というのは、痛みが裏合わせに潜んでいるからこそ増していくのであって、痛みを踏み台とすることで、高みへ昇る悦楽に弾みがつき、果てたあとには、虚しさへの墜落があるのかもしれない……」

万浬は、森悟の両足のあいだに膝をつき、彼のからだの尖端を唇で受け入れた。

彼がかすかに全身をふるわせる。万浬の動きに合わせて、しぜんとそうなるのだろう彼の腰が上下しはじめるので、彼女のほうで調整し、最も敏感と言われる部分に舌先で刺激を与えた。彼のうめく声が洩《も》れる。万浬は唇をいったん離した。

「感触と快感に関しては、いまも分裂している感覚ですか」

「うん。きみの唇も、舌も、口のなかの湿ったぬくもりも感じられる。気持ちいいよ。けれどやはり薄いというのかな……ただ」

森悟が身を起こし、彼女の髪を優しく撫でる。

「きみがしてくれていると思うと、嬉《うれ》しい」

「それは視覚からくる悦びですよね。男社会のセックス文化に照らした言葉にすれば、どんなオンナにしゃぶらせているか、という精神的な悦びでしょう？　視覚、精神面をいったん忘れて、純粋に肉体としての快感はいかがです」

「難しいな。男の場合、視覚の悦びを除いたら、快感は半減するかもしれない。ＡＶやグラビアがあふれてるのは、男の性的興奮の基本が、視覚と妄想にあるからだろう……とはいえ、いまのおれは、生身のきみを強く望んでる」

彼が万浬のブラジャーの肩紐《かたひも》に手をかけた。肩紐が外れ、後ろのホックと乳房のふくらみだけで、ブラジャーはかろうじて胸の上に留まっている。

「もう少し待って」

厚い胸に指を置いて、制する。その指を滑らせ、彼のからだの尖端にふれた。

「歯を立ててみても、いいですか。一番敏感なところに」

「……代わりに、きみがするところを見てても？」

万浬は、笑みを含んだ吐息で答え、彼のからだの尖端をふたたび唇に受け入れる。しばらく舌で愛撫したのち、通常の男性なら、固いものがわずかに当たっただけでも飛び上がるほど痛みを訴える場所に、歯を立ててみた。

だが森悟は、平静なまま、彼女の頭を撫でつづけている。

万浬は、歯を立てる以上の、嚙む、という感覚になるまで力を加えた。

「わかるよ、嚙んでいるのは……でも、感触だけだ」

さらに力をこめる。硬く張りつめた彼の肉が沈むのがわかる。

切れてしまいかねない寸前で力をゆるめ、彼から離れた。

彼女の歯形が、充血した肉の上に残っている。赤紫色の歯列のあとを見つめるうち、欲情が下腹部から巻き上がる勢いで立ちのぼり、万浬はみずからブラジャーのホックを外した。

乳房が解放されてふるえ、あわせて欲望も解放のときを得て身がうずく。彼の肩に手を置き、腰の両側に膝をついて、おおいかぶさってゆく。

彼が後ろに倒れてゆきながら、

「もう、診察は終わりなのかい」

と、左手でからだを支え、右手を彼女の頰にやって、ささやいた。

仰向けになった彼に、乳房を押しつけるかたちで身を重ね、

「唇を嚙ませて。舌も嚙ませて」

互いの唇を押しつけ合って広げ、ともに舌を出して、からませ合う。

舌の表と裏を味わい尽くしたのち、万浬は上下の唇で、森悟の下唇だけをはさみ、強く吸い、歯を当て、少し嚙んだ。

彼が笑みを含んだ吐息を洩らす。唇を離すと、彼は舌を出して、蛇のようにふるわせてみせる。彼の舌を上下の歯ではさむ。頭を押さえつけられた蛇同然に動かなくなった舌を、血が出ない程度に嚙んだ。

彼は動じず、舌を引こうともしない。もう少し嚙む。彼の状態は変わらない。

相手のことを知りたい。その欲望がいっそうつのり、彼の舌を離して、身を起こし、ストッキングをつないでいるガーターボストンを外そうとした。

「待って、おれにやらせてほしい」

森悟が身を起こした。万浬を両腕に抱き、押し倒したいのに、足の状態がままなら

ないことがもどかしそうで、ギプスに構わず、足で立とうとする。

「無理をしては、だめ」

万浬は止めた。

「折れていても、痛くはないんだ」

「だからこそ用心して。ここでまた傷つけたら長引くだけよ」

万浬は、半身を起こした彼に身を寄せ、膝立ちの姿勢をとった。

彼の顔の前で乳房が揺れる。彼が右の乳首を唇に含んだ。柔らかい口髭と、やや硬い顎鬚との、それぞれ微妙に異なるくすぐったさを、皮膚の感覚受容器がとらえて、「発火」と学術的に呼ばれる活動電位が、体内に生じた感覚をおぼえる。

長くじらしたせいもあって、彼の手や舌の使い方はやや性急で荒い。それでも舌先の愛撫によって、まさに「発火」にふさわしい熱を帯びた悦びが、腰の辺りから背筋をせり上がってくる。

吐息にしぜんと声が混じる。意識しなくても腰が動いて、ヘアが彼の腹部と密着する。

森悟が唇を離して、彼女のレース地のガーターベルトを興味深そうに見つめる。

「こういうのを着けてる相手は初めてだ」

黒いガーターベルトのせいで、いっそう白く輝いて見える彼女の太ももを、彼が両手で丹念に慈《いつく》しんだあと、ベルトとストッキングをつなぐボストンを外しはじめた。

「きみは、ふだんからこれなのか」

「ええ」

「パンティストッキングは？」

「おなかのところに跡が残るし、セックスのときに不都合だから」

「パンティもはかない？」

ボストンがすべて外され、ゆるんだストッキングが膝裏のあたりでたわんだ。

万浬は、彼の太ももの上に裸のヒップを下ろした。

「たいていは、はいてる。今日はラインの出る服だったから」

森悟が、彼女の左膝の裏に右手をやって、膝を立たせ、たわんでいたストッキングをつま先に向かって脱がせた。

「パンティをはいてたら、ベルトが引っかかって、トイレのときに困らない？」

万浬は、男たちのよくする誤解に笑みを洩らした。

「ベルトはパンティの下に通すの、脱ぎ着ができるように」

「なるほど……」

彼の手が、彼女の右脚のストッキングも脱がせる。彼女のからだにはガーターベルトだけが残されている。

万浬は、わかりにくいベルトのホックをみずから外した。

「パンティをはいてなければ……スカートのままセックスができるってこと？」

「ええ」

「経験がある？」

「何度も」

森悟が、彼女の腰からガーターベルトを取って、ワゴンの上に投げた。互いに抱きしめ合い、唇を重ねる。万浬は、彼の厚みのある腰を抱き、まだ歯形が残る彼のからだの尖端を優しく撫でた。

興奮に乱れる息の下で、彼がさらなる欲求にそそのかされたらしく、

「きみは痛みを感じるよね」

「ええ」

「もう一度確かめさせてくれ」

と、彼女の胸に顔を埋《うず》めて、むさぼるように匂いを求めたあと、左の乳首を舌で愛撫し、唇の上下ではさんだ。

右手の指が彼女の股間に伸び、ヘアをかき分け、敏感な部分をとらえる。彼の中指の先端が、すでに十分過ぎるほど相手を受け入れる用意ができている万浬の内側に入ってくる。

快感が粘膜の表面から、横へと広がり、次に縦へと伝わって、からだの奥へしみ入ってゆく。自分の吐く息に、また声が混じるのが、耳に届く。

そのとき、左の乳首に軽い痛みが走った。さらに森悟がはっきりと歯を立て、万浬は痛みに息をつめた。

下腹部の敏感な箇所に入っていた指が、彼女を強く彼のほうへ引き寄せる。爪《つめ》を立てていないので鋭くはなかったが、喉《のど》の奥で悲鳴を上げ、腰を引いた。

彼の歯と、指がいったん離れた。

「きみは痛みに敏感なんだね」

森悟が上気した顔で、熱い吐息をつく。

「弱いくらいだと思う」

嚙まれた乳首に手を当てた。痛み自体はすぐに消えたものの、痛みを「感じた」という余韻が残っている。

「痛みがいい、という女もいるよ。マゾというほどではなくても、多少の痛みは、快感に結びつく刺激として受け止めている女性は少なくないだろ？」

「どうかしら。データがあるわけではないでしょ」

「してる最中に、ぐっとお尻をつかんだり、高まったとき痛いくらいに抱きしめたりすると、悦びの声が大きくなる相手がほとんどだったけど……演技だったってこと？」

森悟が、彼女の膝から太ももにかけて謝罪のように撫でさする。万浬は、からだを密着させて、息を整え、

「痛みを与えられることが、愛されている、という肯定的なサインに転化して、肉体の快感に結びついた人はいたと思うけど」

「痛みによって、人は愛情を感じることがある、ということ？」

「人による、ということ。わたしは痛みを愛情とは錯覚しない」

「本当にそうか。肉体に与えられた痛みを、愛情とは受け取らないのか」

森悟が、いきなり荒っぽく唇を重ね、舌で万浬の唇を開き、歯のあいだからねじ込んできた。右手で彼女の左の乳房を、左手でヒップをわしづかみにする。

わざと痛みを与えようとする彼の力に、反撥《はんぱつ》をおぼえ、口のなかで暴れる彼の舌の先端を歯ではさみ、あえて血が出るであろうくらいに噛んだ。だが、彼はなお舌を引

かず、彼女が嚙むにまかせている。

万理の口のなかに血の味が広がった。

動悸《どうき》に合わせて上下している相手の胸を静かに押す。素直に乳房とヒップを解放した。目の前の下唇に、赤いしずくがついて暗く光っている。

万理は舌を出してみせた。血がついているだろう。彼が理解して舌を出す。先端部分が少し切れ、血がにじみ広がりつつある。

彼女は、死者の首を捧《ささ》げ持つように、両手で彼の頭をつかまえ、彼の舌先をなめた。血の味が強まる。自分の舌を、彼の血で染め上げるつもりでからみつかせる。

舌を離したとき、彼が反対に彼女の頭を両手でとらえた。

「激しく求めるがゆえに、痛みを招いたとしても、愛情としては伝わらない？」

「ええ。相手がそのつもりでも、わたしは痛みを愛情とは感じない」

「どうすれば、愛情を感じる？」

「感じる必要がある？　いま求めているのは、形あるものなのよ」

唇を開いて、彼の血に染まっているだろう舌をのぞかせた。

森悟が彼女の胸に顔を押しつけてくる。彼女の乳首が赤く染まってゆく。

彼の肩に置いた手にわずかに力をこめた。

「コンドームをつけてくれます？」

森悟が、虚をつかれた様子で顔を上げた。

「悪いけど、持ってきてないんだ」

万浬は、彼の肩を支えにして膝を上げ、ベッド脇のワゴンに手を伸ばした。バッグから小さなプラスチックケースを出す。個装されたコンドームが三個入っている。

森悟が、軽い驚きを笑みで表わし、

「いつも持ち歩いてるの？」

万浬は、それには答えず、コンドームの袋を一つ手にして、彼に向き直った。

「仰向けに寝て」

森悟は、眉をしかめて彼女を見つめ、真意をはかるようにゆっくりと横になった。

「そのあいだ、これで舌の先を押さえて、血を止めて」

ティッシュを二枚取り、たたんで、彼に渡した。

「きみは、よく男につけてやるの？」

「ほとんどいつも」

「……サービスがいいんだな」

ティッシュを舌に当てたため、彼の声がくぐもる。

「サービスのつもりはないの。根拠もなく、相手を信用しないだけ」

森悟が、ティッシュで傷口を押さえたまま、どういう意味かと首をひねる。

「自分の身は自分で守るべきでしょ。こちらの健康や人生を本気で考えてるわけじゃない相手に、大事な手続きを任せることはできない、ということ」

万浬は、指先で彼の首から胸を撫で、腹部の筋肉の窪《くぼ》みをなぞって、からだの尖端にふれた。からだを屈めて、指先で彼の胸を撫でつつ、左の乳首から腹部へ舌を滑らせる。彼のからだの尖端を唇で受け入れ、根もとまで深く愛撫する。

森悟の生命の激しい流れが、彼女の唇に伝わってくる。身を起こしてコンドームを取り出し、丁寧に装着してゆく。

「舌を見せて」

森悟がティッシュを外して、舌を出す。切れた舌先に、新しい血はにじみ出てこない。

万浬は、血のついたティッシュを受け取り、ベッド脇のごみ箱に捨てた。

彼のほうに向き直り、膝を開いて彼をまたぎ、筋肉の発達した太ももの上にヒップを下ろす。猛々《たけだけ》しく突き上げている彼のからだの尖端が、彼女のヘアとふれ合う。

唇を重ねて舌をからめ合い、右手を下に伸ばして彼のからだの尖端を握りしめる。

彼もまた、右手の指で彼女のひときわ敏感な場所にふれる。

「……本当に、きみみたいな人は初めてだ」

彼のからだの尖端がときおり痙攣《けいれん》する。彼の指で開かれた彼女の場所も収縮の間合いが速くなり、さらに強い刺激を受け入れる準備ができている。

「わたしも、からだの痛みを失った人とするのは、初めて」

腰をいったん上げて、彼のからだの尖端に向け、静かに下ろしてゆく。彼のほうはただ待つことにしたらしく、息を抑え気味にして、万浬を見つめている。

薄く閉じた唇のあいだから息を細く吐きつつ、締めていた内側の力をゆるめて、彼をゆっくりと迎えた。互いのからだがふれ合い、先端でつながる。

さらに力をゆるめて腰を沈め、相手のからだを、まだ浅い内側の肉襞《にくひだ》に感じた。

意識してのことではなく、大脳辺縁系の働きが作用してだろう、彼女の秘めた内側の組織が、彼の侵入に合わせて開き、すぐに密着して包み込む。肉の襞ひとつひとつが微細な舌になって、舐《な》めるように相手の固いからだに沿って滑り下りてゆく。

空気にふれずに閉じていた場所が、相手の侵入にしたがって開かれてゆき、自分以外の体温のあるからだを包み込んでゆくことに悦びがこみ上げる。

彼の腰の上にヒップを落としきり、内側の奥にまで彼のからだが行き当たったのを感じた瞬間、下腹部から胸もとへ、喉へ、さらに頭の天辺へと突き上げてくる圧力に息がつまった。

脳内で快楽物質が分泌《ぶんぴつ》され、快感の波が頭上の中空ではじけて飛沫《しぶき》を上げる。その波紋が、頭部から胸もとへ、さらに下腹部へと戻り、かつ広がってゆくのを感じる。

森悟が大きく息をつく。彼女も息をつき、最初の快感の波紋が消えるまでの余韻を味わった。

波紋がまだ揺らいでいるなか、日頃の性習慣にせかされたのか、快楽ホルモンよりもアドレナリンがなお優位なためにからだが反応するのか、森悟が腰を突き上げてきた。最初の波が激しく押し戻され、胸がつまるような心地よさが奔《はし》った。

だが……彼はそのまま荒く動きはじめた。せっかくの愉悦《ゆえつ》が、臆病《おくびょう》な小鳥のように翼をふるわせて飛び去り、肉の摩擦のむなしさだけが残される。

万浬は、慌《あわ》てず手のひらで彼の胸を押して、動きをいったん止めるよう促した。

「待って。そんなに速くしても、感じない」

「痛い？」

「そうではなく、わたしはダッチワイフでも、マスターベーションのための道具でもない。速く動けば動くほど、ただの運動としか感じられずに、悦びは遠ざかる」

森悟とつながったまま、彼の胸を優しく指先でなだめ、「攻撃的なセックスにひれ伏し、すがりつく、という男性諸氏の典型的な妄想に適《かな》った女を求めているなら、わたしはその相手ではない。ここで終わりましょう」

「いや、待って……」

彼がかすれた声で反論しかける。

万浬は、彼の心臓の上に、右の人差し指をとんと置いた。

「でも、血の通う肉体と肉体が交わり合うことに、悦びを見いだしたい気持ちがあるのなら……わたしと、その悦びを共有したい想いがあるのなら」

「……どうすればいい」

「相手のからだを尊重して、表面だけでなく、内側の襞や皺《しわ》も丁寧に確かめながら、ふれ合っていかなければ……」

彼の胸に手を置いたまま、ごくゆるやかに、それこそミリ単位の動きを意識して腰を浮かしてゆき、相手のからだの形を敏感にとらえ、離れないでいられるぎりぎりの位置で止めた。しばらくそのまま待ち、森悟がじれて眉をしかめた頃、またミリ単位を意識してゆるやかに、相手の形と質量をはかるつもりで、腰を下ろしていく。

森悟のからだをすべて包み込んだとき、ふたたび下腹部から全身をさかのぼって打ち寄せる快楽ホルモンの波が、中空で飛沫を上げ、また逆にからだを奔って下腹部へと戻ってゆく。

広がる波紋を無闇に散らさず、相手を内側で抱きしめるつもりで筋肉を締め、互いの肉体の末端での抱擁を堪能《たんのう》する。

森悟は慎重さを保って動くことは控えているが、血の奔流のせいだろう、痙攣的に万浬の内側でからだをふるわせる。ふるえ方が突発的なため、そのつど不意をつかれて小さな衝撃が身を貫き、淡い快感が全身にゆき渡る。

内なる抱擁をしばらく楽しんだあと、身を支えているヒップの筋肉をゆるめ、すでに密着しているお互いの肉と肉を押し合うようにして、より深く相手を受け入れた。

根もとまで突き刺さっていた刃物を、もう一段ぐいと体内に押し込んだ感覚で、脊《せき》髄《ずい》に沿って強いしびれが突き上げる。

声が自然と上がった。こらえず、自分を解放して口を開き、喉の奥から声が出てゆくにまかせる。おのれを論理的に制御する大脳皮質の縛りを、声を発するという古い脳の運動によって解き放つことで、快楽は強烈に増してゆく。

森悟もまた声の混じった吐息をつく。無痛の状態になって以降は深みを欠いているというが、それでも彼なりに、前戯にまさる快感を得られているらしい。

古美術品を慎重に撫で、包み、その造形の繊細さや豊かさをはかるように、万浬は内側の肉で、相手のからだの形と質量とを、全神経を集中して確かめてゆく。

腰を上げ、離れる間際《まぎわ》でしばらくとどまり、またゆるやかに腰を落とし、根もとに至ったところで、内側で彼を抱きしめる。抱きしめたまま、さらに肉と肉を溶け合わせて、もっと奥の場所へ、もっと奥へと届かせる……。

繰り返すうちに、喜悦のかたまりは大きく成長してゆき、全身を貫く流れは大河となって、肉体の深奥《しんおう》にある生命の原初にさかのぼる海へと流れ込む。

単調なようでいて、けっして単純ではない、複雑精妙な感触のよろこびを、楽しむ、というより、慈しむ。

外部の時間ではなく、二人のあいだだけに存在し、成立する時間では、初回にしては、もう十分に互いの性を味わえたと満足しうる頃、森悟のからだが反り、万浬のヒップに手を回して、力をこめた。

彼はまだ新たな動きを自分のものにはできていないため、どうしても興奮が高まると強く、速く動いてしまう。以前の快楽とは違うにせよ、射精する感覚は取り戻しているというから、理性ではどうにも抑えられない本能的な動きなのだろう。

万浬は、もうあえて制さずに、彼の動きを受け止めることにした。同時に、彼女のほうでもより高みを目指して、リズムを合わせて動く。

彼がついにうめきながら半身を起こし、万浬を抱き寄せ、彼女のヒップに爪を立てた。痛みが走る。だが、さほどひどくもないので許し……いわば、相手が死を迎える間際の、この世になんとかつかまっていたいと切望する生命の力として、その痛みを受け入れる。

脳の下垂体《かすいたい》が一気に快楽ホルモンを放出し、生命の原初の海から湧《わ》き上がった波が宙にあふれ、快感のしずく一滴一滴がきらめきながら身の内に舞い広がる。やがて、しずく自体の持っている光で、まぶたの裏の世界が乳白色に輝いてゆく。

森悟が静かに後ろに倒れ込んでゆく。引かれて、彼女もそのままおおいかぶさってゆく。胸を合わせ、頬を合わせて、じっとしている。交感神経の活性化で、互いのからだに汗がにじみ、胸が温かく濡《ぬ》れてくる。

砂の上に波が白い泡だけを残すのに似て、手足の指先まで広がった快感が静かに引いていく。波は完全には引き切らず、少し寄せて、波打ち際を潤《うるお》す。白い泡はぷつぷつと音を立てて弾《はじ》けては、砂地の底へしみ入ってゆく。

興奮が次第に鎮《しず》まっていく引き潮の心地よさに浸るうち、まぶたの裏の世界に広がっていた乳白色が溶け、明るい闇に変わった。

まぶたを開き、からだを起こす。森悟は、深い息づかいで胸を上下させ、熱にうかされているような焦点を失った瞳《ひとみ》をこちらに向けていた。

乱れたシーツに手を置き、腰を上げて彼を置き去りにする。彼が手を伸ばしてくるが、素早く膝を上げて彼から離れ、太ももを締める。

ワゴンの下段に置かれたティッシュの箱を取り、相手のそばに置いて、自分も使い、手早く衣服を抱えて、化粧室へ進んだ。

鏡に裸の自分を映す。

オキシトシンやエストロゲンの分泌によるのだろう、目は涙の膜が表面をおおって妖《あや》しく光り、頬が紅色に染まって、唇は鮮やかな色にふくらんでいる。乳房はこころもち張りつめて、腹部から股間、さらに脚へかけての白い肌が、血が盛んに行き交う色を底にたたえ、なまめかしく照り映えている。

からだのあらゆる場所に指先でひとつひとつふれながら、身を清め、衣服を整えてから処置室へ戻った。

森悟もすでに服を着終わっていた。瞳は穏やかな光に静まっている。

「服を着るとき、無理をしませんでした？」

万浬は、ズボンの裾《すそ》からのぞくギプスに視線をやった。

「ああ……このくらいは大丈夫」

まだ戸惑っているのだろう、森悟が彼女を直視せずに答える。何かしら話したい想いは表情からうかがえるものの、どう言ってよいのか、考えがまとまらないようだ。

「コンドームはどうされました?」

「ここのごみ箱に捨てたけど、問題ない?」

「持ち帰って、とは言えないですものね」

万浬はほほえみかけ、森悟もかすかに笑みを浮かべて、ようやく彼女の目を見た。

「これで、診察は、終わりなのかな」

「今日のところは終わりです。でも、まだ知りたいことが多く残っているので、また診せていただきたいと思っています」

固かった彼の表情がやわらぐ。

「もちろん。また会いたいと思ってた……ただ」

「何か、差し障《さわ》りが?」

「診られるだけでなく、今度は診せてももらいたい。きみのことがもっと知りたい」

彼は、照れ隠しなのか咳払《せきばら》いをして、「いま、正直、セックスの悦びが、以前のものに近づいたような……からだの痛みを失って以降の、軽くて表面的だった感じ方に、少し深さと厚みが戻った気がした。それが、きみという、ほかとは明らかに違っている女性との、視覚的な悦びや精神的な満足から来ているのか……あるいは、きみの独特の仕方に、影響を受けたのか……その点をもっと確かなものとして感じたい。痛みを取り戻す、一つのヒントになるかもしれないし」

「痛みを、取り戻したいんですか」

万浬は、意外にも、また当然にも思いながら訊いた。

森悟は、短く考え、あいまいな表情でうなずいた。

「いろいろな面で不都合があるけど、セックスに関しては、とくにね」

「次の診察では、痛みが失われたときの事件に関して詳しく聞かせてください」

万浬は、タクシー会社に電話を掛け、車椅子対応の車両を頼んだ。

森悟が車椅子に移って、待合室で待機するあいだに、リカバリー用のベッドを戻し、周辺を元通りに整える。

ほどなくタクシーの運転手から、ビルの玄関先に到着した旨《むね》の連絡があった。

「さようなら」

クリニックの玄関ドアを開けて、森悟に告げた。

「連絡する」

彼は、わずかに手を上げて、振り返ることなく去った。

万浬は、戸締まりを確認したのち、車を呼び、部屋に戻った。シャワーを浴び、作り置いた料理を温めて食してから、朝まで一度も起きることなく熟睡した。

9

レースのカーテンを通して、西日が幅広のシングルベッドの裾《すそ》まで達している。

光に照らされた森悟の足の、左右の違いを、万浬はあらためて興味深く見下ろした。

ギプスに包まれた彼の右足は、太い薪《まき》がどんとベッドの上に載っている感じで、白い光を無機的に照り返している。

対照的に、おとといギプスが取れたという左足は、筋肉が落ちて皮が少したるみ、陽射《ひざ》しによって、青白い肌の色がより際立《きわだ》って映る。

一方で、長い裸足《はだし》の指や、血管が浮いた足の甲、指の背やすねに生えた毛などが、生々しいほど肉体の存在感を示して、ギプスには感じられない命の温もりが、光のなかで息づいている。

万浬は、彼とつながった状態で前屈《まえかが》みとなり、彼の左足のすねから足首へと両手で撫《な》で下ろした。二週間前のクリニックのリカバリーベッドではふれられなかった場所の感触が、新鮮に感じられる。

左足首をつかみ、手前に引き寄せる。さらに身を屈めて、親指の先に唇をつけた。

「……何をしてるの」

彼女のからだの下から、森悟が訊《き》く。

「感触はあるのね、ここも」

「もちろんあるさ。ギプスが取れて二日だから、まだ慣れないけど」

「試してはいないのでしょ？」

「何のこと……」

「こんなことをあなたに試す人は、ほかにはいないのでしょ」

垂れ掛かる自分の髪を耳の後ろにかき上げて、彼の左足の親指を唇に受け入れた。下の歯を固い爪に、上の歯を柔らかい指の腹に当てて、顎《あご》に力を入れる。

森悟が、彼女の裸のヒップを撫でさすりながら苦笑の声音を返す。だが痛みは訴えない。

万浬は、彼の足の指を一本一本替えてゆき、小指も唇に含んで、強く嚙《か》んだ。

やはり彼が痛みを告げることはなかった。離れずにからだを回して、ベッドの頭側に向き直る。厚い胸に手を当て、髭《ひげ》を短く刈りそろえた顔を見下ろした。

手を伸ばせば届くサイドテーブルに置いておいたワイングラスを手に取り、フランス産の白ワインで口のなかを癒《いや》す。森悟が、手ぶりで自分も飲みたいと訴える。

万浬は、ワインを口に含み、グラスをサイドテーブルに戻してから、森悟と唇を重ね、彼の口のなかにワインを移した。

そのまま舌を差し入れ、彼の歯茎を上、つづいて下となめ、彼とつながっている腰を一段と深く押し下げる。森悟が軽くうめき、万浬も息に声を乗せた。

ずっと彼女の動きに身をまかせていた森悟が、こらえ切れなくなってか、上半身を起こし、向かい合わせに座る姿勢を取った。太い腕を彼女の背中に回して抱きしめ、いったん腰を少し引いて距離を作ったあと、ヒップに手を回し、力強く引き寄せる。みずからの腰の筋肉をみなぎらせ、彼女を深く求めてゆく。

抱き合う時間が長くなるにつれ、万浬のからだの内側は、彼の形になじみ、ある種の安堵感《あんどかん》が生じていたところだったので、彼の行為の思いがけなさに息がつまり、また、息を止めつづけていることにも耐えられないほど愉楽の波が胸から喉《のど》へと迫《せ》り上がり、唇を大きく開いて存分に声を上げた。

神経細胞の興奮が過剰になり、眼裏《まなうら》に無数の小さな光が閃《ひらめ》く。

宙に浮き上がりそうな不安定さをおぼえて、彼の頭を抱き寄せ、しがみつく。

仰向けに倒れ込む森悟を追って、万浬は彼の上にからだを重ね、麻痺《まひ》を伴う波に侵された五体の感覚が、現実の感触を取り戻すまでの時間を楽しんだ。

交感神経の働きで噴き出した汗が、合わさった胸のあいだに薄い膜を作り、互いの胸が不規則に上下するたび、かすかに水の音が聞こえる気がする。

二人を激しく呑《の》み込んだ波が、乾いた浜に二人を打ち上げて去ったあと、小さな潮だまりをそれぞれの胸の窪《くぼ》みに残したかのようだ。

息も動悸《どうき》も落ち着き、森悟のからだが鎮まってゆくのを内側に感じたところで、万浬は彼から離れた。彼も満足しきったのか、両手をシーツの上に広げたままでいる。

ぬるめのシャワーで交感神経の働きを抑えてゆき、脳への血流が増すよう、水圧を上げたシャワーを肩や腰に当て、マッサージ効果で副交感神経の働きを促した。

温まったからだにバスローブをまとい、部屋に戻る。森悟は、デュベと呼ばれる羽毛のベッドカバーを腰の辺りに掛けただけで、目を閉じていた。

ベッドの前を通り過ぎ、北欧風の洒落《しゃれ》たソファセットの前へ歩いてゆく。シティホテルの、デラックスタイプのツインルームを、森悟は用意していた。

テーブルに置かれたワインクーラーが、西日を受けて、側面に水滴をびっしりと付けている。溶けかかった氷のなかからワインボトルを引き抜き、サイドテーブルの上の、自分のグラスにワインを注《つ》ぎ、喉を潤《うるお》す。森悟のグラスにもワインを注ぎ足し、ボトルをサイドテーブルに置いて、空いているドア側のベッドに腰を下ろした。

「さっきの話を、つづけてくれます？」

森悟を見つめて語りかけた。彼が返事をしないので、同じ言葉を繰り返す。

「え、何……」

森悟が、くぐもった声を発して目を開く。軽くまどろんでいたらしい。

「飲みます、ワイン？」

「ありがとう、もうちょっとあとにするよ」

「先ほどの話のつづきを、聞かせてほしいんです。あなたが怪我《けが》を負うまでの経緯」

森悟が軽く目をこする。

「……それなら、もう話し終わったよ」

「本当には、終わっていません」

万浬は声の調子を変えずに語りかける。「それは、あなた自身がご存じのはずです」

二時間ほど前のことだ。

都心のシティホテルの指定された部屋を、万浬は約束の時間に訪れた。

ドアの向こうには、先にチェックインしていた森悟が、車椅子《くるまいす》ではなく、松葉杖《まつばづえ》に身を預けて立っていた。

ルームサービスでワインを頼み、そのあいだにシャワーで汗を流した。ワインときみを心置きなく楽しむために、と森悟もシャワーを浴びに立った。足は大丈夫なの、と尋ねると、慣れているから、とほほえんだ。

ワインで喉を潤しながら、互いにバスローブ姿のままソファでくつろいだ。万浬は、先日約束した、爆発に遭遇するまでの経緯を聞かせてほしいと求めた。彼は、心積りをしていた顔でうなずき、ノートパソコンをテーブルの上に出した。

液晶の画面に、透明度の高い海が映し出された。日本ではもう見られない青の色が絵具よりも濃い空が、その海の上に広がっている。

撮影しているカメラが引かれ、白い砂浜の上に、肌の黒い十歳前後の子どもたちが五、六人、海を背に立ち、白い歯を見せて笑っている姿が現れた。短パンにTシャツ姿の彼らは、画面の外に飛び出し、一人の青年を画面の中央に引っ張り入れてくる。カーキ色の作業着姿で、黄色いヘルメットをかぶり、日焼けした顔に照れ笑いを浮かべている青年は……森悟だった。いまより十歳くらい若い。有名なプラント企業のロゴタイプが、作業着の左胸と、ヘルメットの正面に入っている。

自社のＰＲ映像を、八年前に作り直すときに駆り出されたのだと、森悟は語った。世界で生じている出来事の背景など、何も考えずに仕事をしていた頃だという。

画面上では、子どもたちの数が増え、作業着を着た別の日本人たちを連れてくる。都合百人近い子どもたちが、作業着姿の男たち二十人ほどを囲んで、カメラに向かって手を振る姿の上に、『世界に笑顔を広げる会社です』というメッセージと、海外でプラント建設をおこなう企業の正式社名が映し出された。

この会社を選んだのは父親の影響もあった、と森悟は打ち明けた。

彼の父親は、関東近辺を対象エリアとした都市開発の会社に勤めていた。亡《な》くなったのは、森悟が八歳のときだったというから、父子《おやこ》のあいだにはよい思い出ばかりが残る頃だろう。

高校からラグビーにのめり込み、大学も、学科試験の成績より、ラグビーでの実績が重視されて入学した。就職に際しては、ラグビー部のＯＢにいまの会社の重役がいて、入社試験を受けることを勧められた。加えて、父親の死後も森悟たちのことを気遣ってくれていた曾根が、仕事柄、同社の役員と顔見知りだった。

資源を有する発展途上国に、石油や天然ガスなどの大型プラントを建設し、周辺のインフラなども整備して、相手国を豊かに、その国民を幸せにしていく、という理念に引かれた。父親の仕事と重なるところもあると思い、入社を決めた。

ノートパソコンの画面には、地平線まで赤土が広がるだけだった土地に、工事車両が次々と入り、土を掘り、削り、持ち上げ、運んで、開発が進められていく様子が、時間を短縮した編集で映し出される。杭《くい》が土地に打ち込まれ、土台が固められて、その上に鉄骨が組み上げられてゆく。プラント工場の形が次第に現れてくる。

体格がよく健康に恵まれた森悟は、入社後すぐに南米や東南アジア、中東、北アフリカなど、決して安全とも便利とも言えない地域に次々と派遣された。肉体的にはきつかったが、人とふれあうことは楽しかったという。

派遣先で求められる仕事は、当地の要人や有力者を頻繁に訪問して、企業化計画を練るとともに、住民とも腹を割って話せる間柄になることだった。彼の会社は、日本では大企業と呼ばれていても、世界の名だたるグローバル企業とは、金銭的な面で張り合っても太刀打ちできない。地元に密着したこまやかな情報やコネクションこそが、生き残りの生命線となる。彼が開拓した人脈からの情報が生きて、一つのプラントが契約に結びつき、さらにもう一つ会社に利益をもたらす仕事が得られた。

その成果が評価されて、とある国に新しく建設されることが決まったプラントの、現場管理の責任者に抜擢《ばってき》された。

統括のプロジェクト・リーダーをはじめ、上席の責任者はほかに何人かいる。彼の会社が幹事会社となって、複数の専門業種の会社が加わる大型プロジェクトのため、設計部門や輸送部門、資材および機材調達部門、人事管理部門、経理部門など、幾つもの部門それぞれで管理監督の責任者が置かれるなか、一番体力的にきつい前線に充《あ》てられただけだと、彼は謙遜《けんそん》する口調で説明をつづけた。

プロジェクトの成功に向け、彼は懸命に仕事に打ち込んだ。紆余《うよ》曲折はあったが、計画は軌道に乗って、工場の建設が始まり、もう誰が現場にいてもさほど変わらない、という状態に進んだところで、転任を言い渡された。新規の契約のために、さらに条件の厳しい場所へ派遣されることになったという。そして日本へ帰る直前に、家族へのみやげものを買おうと訪れたマーケットで、爆発に巻き込まれた……。

これが、怪我を負うまでの、おおまかな経緯だよ。

森悟は、そう言って話を締めくくると、ワインを飲み干し、万浬の肩を抱き寄せた。喉の渇きが癒えた代わりに、からだの内側が火照《ほて》ってきた二人は、唇を重ね、互いのからだをまさぐり合った。右足にギプスの残る彼にまだ無理な動きはさせられず、前回同様、万浬がリードして、特別な時間を過ごしたあとの、いまだった。

「話が終わってないって、どういう意味？」

森悟が不服そうに上半身を起こした。声に苛立《いらだ》ちがまじっている。

万浬は、ベッドに腰掛けた状態で脚を組んだ。バスローブの裾が開き、太ももがあらわになる。ちょうど涼しく、そのままにして彼の問いに答える。

「肝心な部分が抜け落ちている気がします。あなたは、テロの被害者ですよね」

森悟がわざとらしく肩を大きくすくめた。

「テロかどうかは、立場で変わるよ。聖戦と謳《うた》っている者もいるからね」

「でも、あなたが爆発の巻き添えを食ったのは間違いない、ですよね？　なのに、あなたは犯人を決して悪く言いません。少なくとも、わたしは一度も聞いていない」

「それがおかしい？」

「普通なら何かしら非難めいた言葉を口にするでしょう。時間が経過してますから、ののしることまではないとしても、なぜ、あのとき、あの場所で、と……恨み言なり、愚痴に似た言葉なりが、つい口をついて出るものではないですか」

「それは、きみの勝手な見解だろ」

森悟の言葉に力が入った。「それに、きみのいないところで口にしているかもしれない」

「被害に遭ったことを、あなたは受け入れている……そんな雰囲気を感じるんです」

万浬は、彼の表情を注視して、「犯人をかばっているのでしょうか？」

とロにしてみた。森悟の表情に変化はない。

「あるいは、あの爆発を……自分に対する罰のように感じている？」

森悟のこめかみがかすかにふるえた。なにげなさを装《よそお》い、顔を窓のほうにそらす。

「現地の責任者となってからのことを、もう少し詳しく話してください。診察の一環だと思って」

「しんさつ……？」

とっさに意味がわからなかったのか、彼が口のなかでつぶやく。

「からだに痛みを感じられなくなったあなたを、診察させてくださる約束でしょう」

森悟の頰から顎にかけて強ばってゆくのが感じられる。干渉をさえぎる意志をあらわしてか、肩が高くなった。怒鳴るか、部屋を出ていこうとするか……と思ったとたん、肩が下がり、うなだれて、ため息をついた。

「自分に対する、罰……そう受け止めてるところは、確かに、ある」

「ワインは？」

「……いただくよ」

万浬は、ベッドから立って、ワインを注いでおいたグラスを、彼の前に運んだ。

森悟が受け取り、彼女を見ずに半分ほど飲む。熱いものにふれた手のひらを冷やすかのように、グラスを両手に持ったまま、また息をつく。

「誰かに話したいとは、ずっと思ってた。話せる相手がいなかっただけで。だけど、あんなこと、誰に聞かせられるだろう……きみにも、話すつもりはなかった。けど、そうか、診察なら、話せるかもしれない」

「聞きます」

万浬は、彼がワインを飲み干すのを待ち、空になったグラスを受け取って、サイドテーブルに置き、腰掛けていたベッドに戻った。

森悟は、みずからカウンセリングを受ける患者のようにベッドに仰向けになり、目を閉じた。背中や腰の位置を調整してリラックスした姿勢をとり、腹の上で両手を組んで、静かに語りはじめる。

「現地へは、契約に至る半年前から、現場管理のサブリーダーとして入っていた。海外企業の提案と、我々の提案とが天秤《てんびん》に掛けられている状態で、両社それぞれのやり方でサービスを競っていた。ほどなくリーダーが過度のストレスから体調を崩して、実質的にはおれが責任者となった。政府の要人や軍の幹部に協力金を渡したり、彼らの家族の旅行や就職の便宜をはかったりするのは、通常業務だった。民間の有力者とも会って、同様の便宜をはかり、幾つもに分かれた部族的グループに対しては、働き手を振り分けて、雇用を約束した。ライバルは、ネットによる費用の交渉がほとんどだったらしいから、うちは直接会って、ターゲットの細かいニーズを叶《かな》えることに焦点を絞った。ことに、キーパーソンの奥さんや子どものニーズをこまめに拾うことに専心した。それが功を奏したのかどうかはわからないけど、十中八九相手方の勝利と言われていたのに、念願の契約が結ばれた。

本社はもちろん大喜びだった。でも現場に喜んでいる暇はない。おれが現場管理のリーダーに昇格のかたちで抜擢された。工事設計、機器設計、機器製作と進められるあいだに、現場の調査や測量、地盤整備、輸送や搬送ルートの確保、インフラ整備と、やることは山ほどあった。パートナー企業から選ばれた複数のチームスタッフに担当分野を分けて、こちらの指示のもとで動いてもらった。建設が本当に始まるまでは、何が起きるか予断を許さない。次から次と問題が生じて、当初の計画から工事が三カ月遅れても、おれは本社ほど焦《あせ》らず、地道に手を打ちつづけ……ついに二年後、本格的に建設が始まったときは、さすがに感慨ひとしおだった」

万浬は、自分のベッドに足を上げ、ヘッドボードに背中を預けた。

乾燥した赤土が延々と広がる大地に、次第に小さな町を思わせる工場群が造り上げられていく様子を思い浮かべてみる。そのまんなかで、カーキ色の作業服を着て、黄色いヘルメットをかぶった森悟が、精悍《せいかん》な表情で、人々に指示を出している。

「工事は、大小様ざまなトラブルを起こしながらも、おおむね計画通りに進んだ。このまま同じ量の資材や機材が運ばれ、同じ質の労働が提供されれば、間違いなく完成する、というところまでこぎつけた。この先の現場管理の仕事は、べつにおれでなくてもいい……と本社の上層部は考えたらしい。開発計画の滞っている別地域への派遣の辞令が下った。後任が到着次第、引き継ぎをおこない、いったん帰国して、すぐにまた派遣、という話だった。長く携わったプロジェクトだから、本音を言えば、完成した工場に機器を据え付け、操業開始というところまで見届けたかった。だが社命では仕方がない。昇進も約束されたしね。友人同然の間柄になっていた政府の要人や、民間の有力者たちに、別れの挨拶《あいさつ》へ行った。だったらフェアウェルパーティー、送別会を開こう、と、誰が言いだしたのか。おれのためのパーティーが、プラント建設の成功を祝する、日本でいう上棟式《じょうとうしき》を兼ねて、開かれることになった……」

森悟は、そこで話を切り、なかなか次を話しだそうとしなかった。さらにつづけるには、もう一段高くか深くか、ともかく秘密を明かす覚悟が必要であるらしい。

「社員の誰に対しても、そうした送別会というものは開かれるんですか」

誘い水のようなものになればと思い、万浬は訊《たず》ねた。

森悟は、目を閉じたまま首を小さく横に振った。

「いや。契約成立のときの集まりや、プラント完成後のパーティーで、プロジェクト・リーダーか、社長や会長クラスが、招待されるケースがあるくらいかな」

「好かれていたんですね」

「どうかな……ただ、人としての付き合いを大事に考えていたところはあった。接待だからと、うわべの親しさを演じるのではなく、相手をラグビーのチームメイトみたいに思って、一緒に面白いことをしよう、プロジェクトを楽しもう、と、いろいろな提案をした。相手の家族とよく食事をして、自分のネットワークを惜しまずに紹介した。現地の学校を回ることもよくした。多くの子たちに学習の機会を提供したくて、教育施設を整備したり、学用品を配ったり。そのために、会社を説得して、予算を別枠でつけてもらった。日本の社員に呼びかけて、不要になった衣料品や学用品や絵本を送ってもらい、現地の学校へ届けることもした。けど、それが結果として……」

彼が急に目を開いた。いたたまれない様子で身を起こす。サイドテーブルにワイングラスを見つけ、手に取るが、さっき飲み干して空だった。

万浬が立って、ボトルに残っていたワインを、彼のグラスに注いだ。森悟がワインを口に運び、息をつく。サイドテーブルにグラスを戻し、また静かに仰向けになる。

「フェアウェルパーティーの一週間ほど前だった。朝、現地の住居《すまい》だったホテルを出て、建設中の現場へ向かう車に乗るとき、道路をはさんだ向こう側の歩道に、子どもたちの姿があるのに気づいた。小学校高学年くらいの子どもが三人、明らかにおれを見つめて、目をそらさない。不審に思いながらも、その日は現地雇用のドライバーの運転する車で、現場へ向かった。夕方帰ったとき、子どもの姿はなかった。次の朝、同じ場所に三人の子どもがいた。こちらに何か合図をするでもない。話そうとするそぶりもない。何だろうと思い、道を渡って近づこうとした。とたんに、子どもたちは逃げるように歩きだした。仕方なく車に戻り、現場に向かった。

翌日、また子どもたちは同じ場所にいて、おれを見つめている。どうにも気になって、道路を渡った。彼らは歩き去る。意地になって追いかけた。声をかけても、彼らは止まらない。マーケットのある賑《にぎ》わった通りを横切り、路地に入る。角を曲がったところで、一人が待っていた。彼は、おれの後ろ、つまり、誰かが尾行していないかを気にしている。口笛が聞こえた。前方の路地で、二人の少年が手招いている。目の前の少年の目に、だまして金品を得ようというような、やましい翳《かげ》はなかった。二人の少年のほうへ向かった。角を曲がる。また一人が待っていた。彼が尾行がないことを確認する。前方で、口笛が吹かれる。そこまで進むと、待っていた少年は、そばの建物のドアを指差した。ドアが開く。不安はあったが、思い切って入った。ドアが閉まり、闇《やみ》に包まれる。人の気配がする。懐中電灯の光が、おれに向けられた。光はすぐにそれて、大学生くらいの青年三人と女の子が一人、光のなかをよぎって、電灯は消えた。来ていただいてありがとうございます、と、女の子のものらしい、きれいな英語が聞こえた」

ホテルの上空に、ヘリコプターが飛んできたらしい。窓が薄いわけではなく、かなりの低空を飛行しているのだろう、回転翼《ローター》の回転音が室内にまで響いてきた。

ヘリコプターはそのまま遠ざかってゆく。だが森悟は、まるでいま、誘い込まれた当時のビルのなかにいて、監視用のヘリを警戒するかのように、ひそめた声で話を再開した。

「あなたに見てほしいものがあります、と、女の子の声が告げた。光が点《つ》いて、地図が浮かび上がった。案内したいのですが、あなたを連れて歩くと目立ちます、だから一人で行ってもらいたいのです、と、彼女の声には懸命な訴えがこもっていた。だますつもりはありません、と、青年の声がした。光が地図をそれ、懐中電灯の持ち主である青年の顔を照らした。信じてもらおうと、身をさらした切実さが伝わってきた。話だけでも聞こう、と答えると、光は地図に戻った。彼らは丁寧に、ホテルから、ある場所への行き方を教えた。車で行く必要がある。繰り返し質問して、なんとか理解できた。いまからがいいのか、と訊くと、明日でもよい、あなたが帰国する前に見てもらいたいのです、と、女の子の声が告げた。注意してほしいことがあります、と、今度は青年が言った。もし尾行の気配を感じたら、相手の姿が見えなくても、きっと途中で引き返してください。あなたが学校を回り、施設を改善したり、学用品や衣料品を配ったりしてくれたことに感謝しています、だから、信じられると思いました、と言葉はつづいた。もう行ってください、と、ドアが光で照らされた。おれは素直に外へ出た。どちらへ進めばいいか迷ったとき、口笛が聞こえた。その方向の路地の奥に、案内役の少年の姿があった。そこまで行く。また口笛。路地の先に少年の影。そこまで行く。と、もう案内はなくても戻れる道だった。

ホテルでは、ドライバーとフロントが心配していた。問題ないと答え、その日は現場へ出かけた。誰かが何かを言ってこないか、様子を見たかったし、自分の意志も固めたかった。夜までに肚《はら》を決めて、ドライバーに明日は休むと伝えた。車はホテルの駐車場に置いてあるし、国際免許もある。それまでも休みの日には近場をドライブすることがあった。外国人の入れない施設もあったが、通常のドライブで問題になったことはない。翌朝、気分転換に少し走ってくる、とフロントに告げて、車を出した」

　そのとき、ワインクーラー内の氷が溶けたらしく、平衡を保っていた形が崩れる音がした。森悟が敏感に反応して口を閉ざす。

　若者たちに教わった場所へ出発しようとしたときも、過剰なほど敏感に、周囲の音や動きに反応したのではないか……たとえば、背後でクラクションの音が聞こえた、といったことに対して、いま口を閉ざしたのと同様に、車を一時的に停めたのではなかったか、と万浬は想像する。

　だが、クラクションは別の車へのものだとわかり、みずからに落ち着くように言い聞かせて、あらためて車のアクセルを踏み込む……。

「走りだしてほどなく、あの若者たちの賢さを理解したよ。道の伝え方が、実にクレバーだった。目印にしてほしい、と伝えた要所要所のポイントが的確で、曲がる箇所も間違えようのない教え方をしていた。市街地を外れ、指示された脇道《わきみち》へ入ってゆく。いつしか舗装がなくなった。進行方向に向かって道路の左側は、赤土の何もない荒野が広がり、右側は、ところどころ木の生えた草地と、貧しい畑が点在している。すれ違う車はなく、同じ方向に走る車もない。この先に何があるのか不安がつのったが、我慢して走りつづけるうち、いきなり前方に、小屋が幾つも建て込んだ集落が見えてきた。スピードを落とし、広くスペースが取られた集落の入口の前で、車を止めた。地面に下り立つと、泥状にぬかるんだ土に、靴がずぶりと沈んだ。

　プラントの計画を進める過程で、政府サイドが我々を案内して、多くの地域や施設を見学させてくれた。個人的にも許可を得て、学校や教育機関を見て回った。けれど自分の前にいま存在しているのは、これまで目にすることのなかった最下層の人々の暮らしだった。スラムに似ているけれど、この集落が違うのは、長屋に似た同じ造りの家屋が整然と列を成して建っていることだった。計画的に隔離され、居住を強制されている、いわば収容所を思わせる雰囲気があった。周辺に流れている空気は、ものうく、身の危険を感じなかったことから、思い切って集落内に入ってみた。

　敷地全体は、田舎《いなか》の小学校の校庭くらいだろう。五戸の小屋がひと連なりになった長屋が、縦に六列。それが一つのブロックを成し、広い通路をはさんで、同じく五戸六列が並んで建っている。単純計算で六十戸の小屋がある。一戸に五人程度住んでいるとして、三百人、あるいはそれ以上……ただ実際に戸外に出ていた人は、ばらばらに三、四十人。水場は二つ。蛇口が五つずつあっても、一つしか出ないのか、それぞれ一つの蛇口の前にバケツを持った女や子どもが並んでいる。

トイレは、工事現場などで見られる仮設のものが、二箇所に五つずつ。けど溜まったものを交換する作業がストップしているらしく、汚物が外にあふれて、使用不能の状態に見えた。それまでいろんな国や地域を回り、複数のスラムやゴミ山のそばで暮らす人たちを見てきた。屋根があるだけ、この集落はましなほうかもしれなかったが、ほかと明らかに違うのは……住民に生きる気力、生き延びようとする欲求が、人々の姿からも、全体を支配している空気からも、感じられなかったことだ。ほかの地域では、おれが暮らしのなかに踏み込んだら、住民たちは好奇心を顔一面に浮かべて集まってきた。大人が警戒して遠巻きにしていても、子どもたちはきっとおれを取り囲み、金やモノをねだってきたものだ。

ここに暮らす人々は、警戒するというより、おびえていた。子どもたちも近づいてこない。とにかく関わりを避けたいという様子だった。悪臭がひどく、長居する気になれず、車に戻ろうとしたとき、上半身裸で裸足、ズボンだけを身に着けた五歳くらいの、いや、栄養が足りてないだろうから本当は七、八歳だったかもしれないが、男の子がおれに歩み寄り、手を差し出した。封筒を持っていた。受け取ると、男の子は集落の奥へ駆け去った。封筒の表には何も書かれていない。裏側に、わざと字体を崩したらしい英語で、『すぐ立ち去ってください』とあった。車を出し、ホテルまでスピードをゆるめずに走りつづけた。ゆるめると、あの場所に、あの悪臭とぬかるみに、からめとられる恐怖を感じていた。ホテルに戻って、靴と服をクリーニングに出し、シャワーを入念に浴びた。様子を心配するボーイに、大丈夫だと答えて、ビールを持ってこさせた。ひと息ついたところで、ベッドに腰を落ち着け、封筒を開けた。薄い便せんに、印字された英文が並んでいた」

彼が言葉を切った。姿勢を変えず、表情も苦しそうではない。いまあらためて、頭のなかで手紙を読み返しているかのようだ。

「なんて、書かれていました？」

彼をこちらの世界に呼び戻すつもりで、万浬は尋ねた。

「手紙には……まず、来てくれたことへの感謝が書かれていた。そして、おれが見た集落、いや、収容所と言ったほうが正しいだろう場所は、住民が自分の意志で選んだわけではない。人々は、以前は別の土地で、清潔かつ文化度の高い暮らしを送っていた、とあった。そして、どうして人々があの場所で暮らさざるをえなくなったのか、経緯を知ってほしいとつづいていた」

森悟は、閉じたまぶたの裏に書かれている文字を読むように話した。

初読で強い印象を受け、脳内に焼きついたのか。あるいは、長い入院生活中に何度も思い返すうちに、深く刻みつけられたのかもしれない。

「この件は、プランニング部門の専任事項だったし、インフラ整備を扱う部署の担当だったから、建設現場担当のおれは何も知らなかった。のちに聞かされたところでは……プラント工場と、輸出入を扱う港とをつなぐ、大型道路とパイプラインを建設するラインの上に、二つの村があったということだ。村を回避すると、山なみにぶつかり、トンネルを掘るか、ずっと遠回りにラインを設けなければならない。建設費は予算を大幅に上回り、工期も予定の倍以上になる。プロジェクトを進める側にとって最善の方法が、二つの村に立ち退《の》いてもらうことだった。全体会合で伝えられたのは、政府が求める高条件での立ち退きを、村が受け入れ、円満に移転を終えたという報告だった。だから手紙を読むまで、ついいましがた目にした集落が、移転を求められた二つの村の姿だとは思いもよらなかった。

　手紙によれば、政府は確かに当初、村の代替地を用意し、住民への補償金と、インフラ工事が始まった際には優先的に村民を雇用することを約束したらしい。しかし、実際は村民の大半が移転に反対だった。住み慣れた先祖伝来の土地を立ち退きたくなかったし、政府を信じられなかったからだ。業《ごう》を煮やした政府は、移転の期限を一方的に示した。過ぎると、警察に加えて軍隊も出動して、強制的な移住が断行された。

座り込みや、バリケードを作るなど、あくまで抵抗する村民は、反政府分子として拘束された。住民には死亡者も出た。大学教授や弁護士、また市民運動家や学生など、人権に関心の高いグループが、村を支援するために立ち上がろうとした。だが、反愛国的な行動だと事前に弾圧を受け、秘密裡《ひみつり》に人権派の主要なメンバーが拘束された。拘束後は、当人だけでなく家族や上司にも様ざまな圧力がかかり、二つの村のために将来を棒に振る危険を冒す者はいなくなった。

そうして、現実に用意された代替地が、おれが目にした場所だった。移転反対派が国費を無駄遣いさせたという理由で、補償金はいまも支払われていない。同じ理由で、雇用の約束も破られている。上下水道や電気などのインフラは整備されてないので、民間業者が定期的に簡易トイレの交換をするはずが、交換時期はいつも遅れがちで、ここしばらくは姿も現わさない。仕事を奪われた住民は暮らしが立たず、政府から食糧が配給されている。だが量は少なく、文句を言うとストップされる。人々は分断され、孤立し、苦しい生活を強いられている。彼らは、あなたの企業が推進してきた事業の被害者なのです……そう書かれていた」

彼が、まぶたを開き、上半身を起こす。喉《のど》が渇いたのか、サイドテーブルに手を伸ばし、グラスが空なのを思い出してだろう、手を宙で止めた。

「冷蔵庫から何か出しましょうか」

万浬はベッドを下りた。キャビネットに備え付けの冷蔵庫内には、缶ビールとハーフボトルのワイン、ミネラルウォーターやジュースが置かれている。ひとまずミネラルウォーターを新しいグラスに注ぎ、森悟に手渡した。

彼は、礼を言って喉を潤《うるお》し、話をつづけた。

「最後に、この手紙は燃やしてほしい、と書かれたのち……追伸として、今回の目的は、事実を知ってもらうことで、状況の改善を願うものではない、と書き添えてあった。これまでの経緯から、この件であなた方が政府に働きかければ、むしろ逆効果になりかねない。自分たちが望むのは、被害の拡大を防ぐことであって、新たな地域で事業展開をするおりには、こうした事態が生じるであろうことを予想して、心配りをしてほしい。仕事を通じて地域貢献ができると考えているかもしれないが、地元の住民にはより重い苦難が降りかかる可能性があることを心に留めてほしい。これは、あなたという人間を信じてお願いすることであり、またこれがいまの自分たちにできる、精一杯の世界への貢献なのだ、と締めくくられていた。

発展途上国での事業が、綺麗事《きれいごと》だけですまないのは、いろいろな経験を重ねて、理解していた。最終的には、当事国の住民の利益になり、生活向上に役立つと信じていたからこそ、清濁あわせ呑んで力を尽くしてきた。手紙はショックだった。だけど何ができる？ プラントが順調に運転をはじめ、この国が豊かになり、いつかはあの集落の人々にも富がこぼれて、あの場所から抜け出せることを願うほかに……」

彼が残りのミネラルウォーターを飲み干す。

「お手紙はそのあと？ 燃やしたんですか？」

「いや……その点は、彼らも不手際《ふてぎわ》だった」

彼が弱々しく苦笑する。「こっちは煙草《たばこ》を吸わないから、ライターがない。あっても、ホテルの部屋で燃やしたら、火災報知機が反応する可能性があったろう」

「じゃあ、どうしたんです？」

「破いて、トイレで流したよ。『被害者』と書かれた部分が、最後まで水に浮かんでいたのを思い出す……。キャビネットにウイスキーとか、置いてなかったかな」

万浬は、彼の手から空のグラスを受け取り、キャビネットの前に立った。高級なウイスキーとバーボンのミニボトルが置いてある。

「話がまだ終わりではない、ということですか」

両方のミニボトルを取り上げ、彼に見せる。

「なぜ」

と、森悟は問いつつ、ウイスキーを指差した。

「いまのお話なら、ちょっとした懺悔《ざんげ》として、ホテルのラウンジででも聞いていられます。アルコールで、理性をある程度麻痺《まひ》させないと、話せないことがあるのかと思ったものだから」

ウイスキーの栓を開け、グラスにボトルの半分を注ぐ。

森悟が、参ったと言いたげに、首を左右に振った。

「きみは、占い師か、巫女《みこ》さんのほうが向いていそうだ……」

「いまさら神の女にはなれないでしょう」

万浬は、彼に歩み寄って、グラスを渡した。

彼が、琥珀色《こはくいろ》の液体に口をつけ、顔をしかめて熱い息を吐いた。


「それから何事もなく、数日が過ぎた。パーティーの日、ホテルに迎えの車が来た」

グラスに視線を落として、狭い世界で波立つ液体の様子を見つめながら、彼が話を再開した。

万浬は、静かに自分のベッドに戻った。

「車の後部席は、窓の外が見えない造りで、運転席とのあいだにも仕切りがあり、フロントガラス越しに行き先が確かめられないようになっていた。どこへ行くのか、運転手に尋ねると、仕切り板に空いている小さな穴から、おまかせください、と低い声が返ってきた。不安なので腕時計を見ていた。二十六分経過したところで車が止まり、ドアが開いた。目の前は、一流ホテルを思わせる豪奢《ごうしゃ》な玄関だった。大きな庇《ひさし》の下に入っていて、建物全体を見渡すことはできない。周りを確かめようとしたら、両側からボーイに似た服装の男たちに挟まれた。招待というより、連行に近いかたちで赤い絨毯《じゅうたん》の敷かれた広いロビーを抜けて、大広間に入った。舞踏会でも開けそうな天井の高い部屋で、親しくなった政治家や軍の幹部、民間の有力者、現地企業の役員たち、着飾った女性たちなど、大勢の人々に拍手で迎えられた。気持ちが舞い上がり、ドレス姿の美しい二人のコンパニオンに導かれるまま、次々と人に会っては挨拶を交わし、シャンパンを飲み、舌に鮮やかな風味を残す料理を口に運んだ……いや、運ばれた。二人の女性のどちらかが、タイミングを見計らって、おれに口を開けるように求め、相手の大きな瞳《ひとみ》や艶《つや》やかな唇に見とれるうち、何かが舌の上に置かれていた。

人々はみな上機嫌だった。プラントの建設が順調だったからだろう。きみのおかげだ、この国の恩人だ、きみが去ると寂しくなる、と言われ、いっそこの国の人間になれ、と誘う人もいた。やがてスピーチを求められ、大広間の前方に設けられた壇上にのぼった。ありきたりな感謝の言葉を並べて、拍手を受け、早々に下りようとしたとき……とくに親しくなった民間の有力者の一人が、皆に拍手をやめさせ、シンゴ、とおれに呼びかけた。きみはもう我々の親友だ、今後この国の発展のためになる厳しい忠告も、この際聞かせてくれ、と言った。期待する大勢の視線を意識したとき、ふっと、あの収容所にも似た貧しい集落のことを思い出した。あの集落について話そう、という誘惑に駆られた。会場の有力者たちに対し、例の集落の環境改善を求めれば、住民を助けることになるばかりか、この国の真のパートナーとしての自分を印象づけられる気がした。でも……ぎりぎりで、集落のことを知らせた若者たちと、手紙の内容を思い出した。だから、残念なのはこの国にまだ寿司《すし》バーがないことで、次に訪れる日までに作っておいてほしい、と、つまらない冗談に逃げた」

彼が、グラスのウイスキーを飲み干し、明るいなあ、とつぶやく。

「暗くしましょうか」

万浬は、サイドテーブル上のコンソールで、カーテンを閉じるスイッチを押した。レースのカーテンをおおって厚手の遮光カーテンが閉まり、外光をさえぎる。

室内が闇に沈んだ。彼女は、間接照明を小さく灯《とも》し、ミニボトルに残っていたウイスキーを彼のグラスにすべて注いだ。

「そう……こんな感じだった」

森悟が、薄ぼんやりと浮かび上がった室内を見回す。「パーティーは、明かりを落とした別室での、顔馴染《なじ》みばかりの親密な集まりに移った。大広間では控えられていた強い酒が提供され、独特の香りがする煙草も回ってきた。麻薬の成分が入っていたのかもしれない。気持ちがハイになるのを自覚し、それがいやではなかった。そんななか、スピーチをおれに求めた男が、隣に座り、きみを甥《おい》っ子同然に思ってる、だから伯父さんに打ち明けろ、何か悩みを抱えているんじゃないか、と話しかけてきた。さすがにもう黙っていられなくなった。困っている人たちのためだという想《おも》いが、背中を押した。彼だけに聞こえるよう声をひそめ、あの集落のことを話した。一人でドライブしていて、道に迷い、たまたま出くわした、ということにしてね。プラントの犠牲になった人たちらしいので、骨を折ってくれませんか、と頼んだ。これはまだ誰にも話していない、ということも付け加えた。

彼は心から驚いた様子だった。その件はとっくに良い方向へ進み、二つの村の住民は、以前より幸せな環境で暮らしていると、政府筋からは聞いていたという。必ず善処する、政府に働きかけるのはもちろん、個人的にも援助を約束する、と、彼はおれの肩を強く抱いた。ずっと重荷に感じていた問題から解放され、心身ともにリラックスして、さらに勧められるままに酒を飲み、麻薬系の煙草を吸った。周囲から一人去り、二人去りして、パーティーは終わりだと気づき、ふらふらと立ち上がった。自称おれの伯父さんが、きみは泊まっていきたまえ、と小柄な召使を呼んだ。上等のゲストをもてなす丁重さで、別の部屋に案内された。

柔らかい間接照明とキャンドルの炎で浮かび上がっていたのは、おとぎ話の宮殿風に飾り付けられた客間だった。くるぶしまで埋まりそうな緑色の絨毯が敷きつめられた部屋の中央に、キングサイズのベッドが置かれていた。ビロードのカーテンで壁全体がおおわれ、窓の存在もわからない。部屋の隅には、ガラスで仕切られた洗面所とバスタブとトイレが備わっている。テーブルが五つ、ベッドの周囲に置かれ、水や酒などの飲み物、サンドイッチや果物などの軽食、グラスや皿などの食器類、数種類の煙草とその吸引器具、男女の性器をかたどった性具の類《たぐい》が、それぞれのテーブルの上に置かれていた。この部屋だけで、人間の欲望がひと通り満たされる印象だった。

背中からベッドに倒れ込み、気持ちよく伸びをした。すると、ベッドの両側から細くしなやかな指が伸びてきた。パーティー会場で世話をしてくれた二人の女が、薄絹を一枚身にまとっているだけの裸に近い状態で、身を寄せてきた。彼女たちは実に巧みに、おれを撫《な》で、ほぐし、舐《な》め、導き、包んで、責め立て、また責めさせて、幾度も楽しませてくれた。終わっても、彼女たちは離れず、おれの手を引き、風呂《ふろ》に入れてくれた。きれいになると、またベッドで両側からサービスを尽くす。セックスが可能でなくても、いたわりたい、という心づかいで、寄り添い、ふれてくる。おれがどんなふうに扱おうと、彼女たちは拒まない。ほほえむか、熱い吐息を洩《も》らすか、英語で褒め言葉をささやくかして、おれを抱きしめる。男が妄想する性的な夢を、すべて叶えてくれるに等しい仕掛けだった。長年苦労したのだから、このくらいは許されるだろうと、肉に溺《おぼ》れ、酒をあおり、怪しい煙草を吸い、眠りに落ちた」

彼が、グラスのウイスキーを飲み干し、仰向けに倒れ込む。グラスが手から離れ、床の絨毯の上に転がった。

「目覚めたとき……裸にバスローブを着て、ベッドの上にいた。キャンドルの炎は消え、暗い間接照明が室内を目に優しく照らしている。部屋には時計がなく、腕時計は服と一緒にどこかに持ち去られている。窓がないから、朝か夜かもわからない。二人の女の姿を求め、周りを見た。ベッドの端に、肌の浅黒い女の子が、裸で膝《ひざ》を抱えて座っていた。彫りの深い、エキゾチックな顔立ちで、黒い髪が背中のあたりまで伸びていた。十二か、十三歳くらいだろう。男を接待することに慣れているようには見えず、貧しい地域で暮らす、無垢《むく》な少女が、金で買われて、命じられるままに裸になり、この部屋に入れられた、といった状況がぼんやりと想像できた。ロリータの趣味はないし、存分に楽しんだあとだから、こんな子どもをどうこうしようという気にはならなかった。彼女を安心させるため、この国の言葉で、次に英語で話しかけた。どちらも通じない。帰っていいよ、と手ぶりで示しても、わからない。部屋には電話も呼び鈴もない。立って、ドアを開けようとした。鍵《かぎ》が掛かっている。ノックをした。返事はない。しばらく強く叩《たた》いた。厚い扉の向こうに聞こえた様子はない。カーテンを開けてみた。窓はあっても木戸が閉まり、外側から錠が下ろされている。客なのに、閉じ込められている事態に困惑した。ただ切迫感は薄い。水も食事も用意され、トイレもある。二人の女性と少女が入れ替わったのは、出入りする人物がいる証拠だ。きっといまは真夜中で、外のスタッフは休んでいるのだろう、と解釈した。

ともかく女の子にそんな気はないことを伝え、朝まで待とうと思った。喉が渇いてないか、腹が減ってないか、身ぶりで彼女に訊《き》く。意味はわかるらしく、彼女は首を横に振った。名前を訊く。年を訊く。どちらも答えず、困った顔で、おれを見る。あどけない表情が愛らしい。裸で、ベッドの上に男と二人でいるのに、おびえていない。性的なことを何も知らないのかもしれなかった。便意を催したので、彼女に反対方向を向かせ、トイレを済ませる。腹が減る。テーブルの上のものを食べる。それで、することがなくなる。しぜんと彼女に目がゆく。胸はふくらみかけ、腰はくびれていないが、皮膚が張りつめ、ふれてみたくなる輝きがある。彼女が不意にトイレに立った。言われているのか、ビデを使う音が聞こえた。彼女が戻ってきて、テーブルに水を飲みにいく。後ろ姿を見つめる。細い足首からふくらはぎ、速く走るのに適していそうな太ももから締まった尻《しり》へと、からだの線が一切の無駄なくつづいている。モデル風の造られた美しさではなく、生き物としての自然な美がある。伸びやかに成長する途上の、奔放に弾《はじ》けそうな手足の動きは、一挙手一投足でさえ新鮮で、目を離すことができない。飲み損ねた水を唇から喉へ、さらに胸へと垂らして、そばに戻ってくる。両手をからだの脇に垂らし、ふくらみかけた胸を隠さない。少しぽっこりと出ている下腹から曲線を描いて至る股間《こかん》の、生えはじめたばかりのヘアも隠さない。そうして、手が届く場所に、膝を抱えて座り、おれのすることを待っている。

そんなつもりはない……けれど、純真な瞳に見られつづけ、ふれることの許された肉体を目の前にさらされつづけて、少しだけ反応を試してみたい気持ちが湧《わ》いた。彼女が拒めば、すぐにやめるつもりで、最も問題のなさそうな黒い髪に指を置いた。水に濡《ぬ》れているように冷たくて、重たい髪だった。彼女は逃げなかった。指をゆっくり下ろしてゆき、ぷっくりふくらんだ頰にふれた。赤ん坊を思わせる、ふくふくと柔らかい頬だ。その流れで、肩に手をやった。柔らかく沈むかと思うと、強く弾む肌で、そのまま弾き返される感じで腕へと指が滑る。腕から胸までは、ほんのわずかな距離だ。性的な欲望など、自分のなかに認めていなかった。人間のからだの不思議に対する科学的な興味と、芸術に向ける美的な関心のつもりで、ふくらみかけた胸の端に指を当てた。そんな幼い胸にふれたことは、一度もなかった。表面の柔らかさの底に、固さがあり、成長の萌芽《ほうが》が指先に伝わる。

中学生の頃、どれほど憧《あこが》れても遠かった、美少女の胸にふれている幻想と重なった。あの少女の胸もきっとこんなふうだったろう……恋焦《こ》がれ、夢想しつづけた胸に、いまふれている喜びに我を忘れ、目の前の幼い円みを指でなぞった。彼女は身じろぎもしない。指は、低い丘の頂にほころぶ花の蕾《つぼみ》に引き寄せられた。淡い桃色の蕾にふれた瞬間、彼女がかすかにからだをふるわせた。恐れに近い感情から、指を離した。だが、彼女はその場から動かない。拒否ではなく、ただ驚いただけ、と言いたげに、おれを哀《かな》しそうに見つめている。そして……抱えていた膝から手を放した。相手がもし胸の蕾にふれれば、あるいは脚のあいだの花びらにふれれば、こうするように、と事前に言われていたことを、純粋に遂行するだけのような素直さで、細い膝を開いた。ゆっくり、ゆっくり、おれに向けて開き、迎えるために仰向けになった……」

彼が口を閉ざした。かすかな光も嫌ってか、腕を上げて目のところをおおう。闇の底でいま彼は、そのときの少女と向き合っているのだろうか。

万浬は、部屋を訪れているかもしれない少女の霊が逃げ出すのを恐れ、わずかな衣《きぬ》擦《ず》れの音や、息づかいにも気をつけて、彼が話しだすのを待った。

「あとは……言うまでもない」

森悟が吐息とともに口を開いた。「ふだんの自分ではなかった、という言い訳はあるけど、あれがおれという人間の真の姿だと、のちに理解した。あの部屋の造り、あした状況は、心の底に潜む欲望を剝《む》き出しにする仕掛けとして用意されたものだった。先にあてがわれた二人の女は、自制心をゆるめさせる前戯のようなものだろう。少女は、初めてだった。いわゆる無垢なものを提供することが、彼らの文化においては最上の歓待のしるしなのに違いない。そんな文化的価値観など、おれは好まない。むしろ嫌悪《けんお》していた。なのに現実はどうだ。それが人間てものさ、と見透かされている気がした。終わったあと、彼女に対してこみ上げてきたのは、罪悪感と……笑われるだろうけど、いとおしさだった。むろんそれも欲望だよ。所有物だと思う愛着だ。彼女を風呂に入れてベッドに戻し、この子はおれのものだと証明したい想いで、もう一度抱いた。彼女から離れられず、終わっても髪を撫でつづけた。日本に連れ帰ってもいいとさえ思っていた。実際それを口にしようとしたとき……彼女の両目から涙が流れた。意味なんてわからない。ただ、その涙に、感情の堰《せき》が破れるほど感動し、おれは彼女の涙に、目に、頬に、唇を押しつけた。彼女がいま痛みを感じているなら、すべてを賭《か》けて、受け止めたい、癒《いや》したい、と願った。

すると、彼女の涙にまるで睡眠薬でも混じっていたかのように、耐え難いほどの眠気に襲われた。心の底に深く、かつ長く潜めていた欲望のすべてを、一度に経験して、精神が潰《つぶ》れそうになっていた。だから、この眠気を有り難く感じ、彼女を抱きしめたまま、彼女にすがりつくようにして、気を失う勢いで眠りに落ちた。

周囲のまばゆさを不快に感じ、目を覚ましたとき、カーテンは開かれ、開け放された窓から、日の光に青々と芝生の輝く庭園が望めた。室内に少女の姿はなく、おれは上質なパジャマを着せられていた。見たことのない背の高い召使が現れ、別室に導かれた。こぢんまりとした明るい部屋で、召使に給仕され、パジャマのまま朝食をとった。少女のことを尋ねたかった。無駄だとはわかっていても、尋ねずにいられなかった。女の子はどこにいますか、一緒にいた女の子がどこにいるか知りませんか……。返事はなかった。何度か尋ねたが、相手は表情を変えずに無視しつづけた。間を置いて、いまが何日か、尋ねてみた。相手は短く答えた。パーティーの日から、なか二日が過ぎ、四日目の朝だった。会社が気になった。召使が察したらしい。会社から五日間の休暇が認められているという、上司の言葉が伝えられた。食後はもうあの部屋には戻らず、別の小さな部屋に案内された。自分の服がきれいにプレスして用意され、腕時計がその上に置かれていた。着替えが終わるとすぐに、車の用意ができたと、召使が呼びに来た。玄関を出る前に、アイマスクを渡された。車に乗れば、外してよいと言われた。車に乗せられ、ドアが閉まる寸前……せめて、あの子が幸せになるように取り計らってほしい、きみのボスに伝えてくれ、と頼んだ。無言のままドアが閉められ、車が動きだした。三十分近く走って、宿舎のホテルに戻った」

森悟が目の上から腕を外す。裸のままでいたため冷えたのか、寒いな、とつぶやく。

万浬は、彼に近づき、からだの上にデュベを掛けてやった。

「ホテルには上司のメッセージが残されていた。後任が休暇明けに到着する。二週間で引き継ぎを終え、帰国せよとのことだった。部屋でじっと待つことに苛立《いらだ》ちと焦燥をおぼえ、どこでもいい、人のいるところを歩きたくなった。ホテルを出て、一番繁華な通りへ向かった。自分の身に起きたことが夢か現実か、また、夢であったほうがよいのか現実であってほしいのかも、よくわからない。両側に店が並ぶマーケットを、空気が抜けたエアマットの上を歩くような、頼りない足取りで進んでいた。

不意に、前から肩をぶつけられた。すみません、と振り返った相手は、例の集落のことを伝えた青年だった。彼が一瞬こちらに視線を残し、前を向いて歩き去る。慌《あわ》てて追いかけた。彼が路地に入る。それを追って路地へ。さらに角を曲がったところで、青年は靴紐《くつひも》を結ぶふりをして、しゃがんでいた。彼は顔を上げず、なぜ話したんです、と英語で言った。なぜ、あの場所のことを話したんです、次の仕事場で生かしてほしいだけだと、手紙に書いたでしょう。おれは、頭がまだよく働かずに……何のことかと逆に訊いた。彼がしゃがんだまま顔を上げ、おれを見た。刺す、というにふさわしい視線だった。あの場所が消されました、と、彼は冷やかな口調で話した。逮捕を免れた子どもが逃げてきて、話してくれました。テロリストをかくまっているとの情報があったと警察は宣告し、捜索とは名ばかりの、小屋の解体と撤去を始めました。刃向かった住民は連行され、おとなしく従った大半の住民は、さらに遠い場所に移されてゆく様子だったそうです……。

おれは困惑して、そのことと、おれと何の関係があるのか、と再度尋ねた。青年は言った。警察は最初に、ここを訪れた日本人を誰が連れてきたのか、ここを誰が教えたのか、と、住民全員を取り調べたそうです。つまり、あなたがあの集落のことを政府筋の人間に話した、だから撤去されることになったのは明らかです。あなたを信じた自分たちを責めるしかない。でもどうして話したんですか。あなたには、人の痛みというものがわからないんですか……。

靴紐を直して立ち上がる彼に、警察の行動はいつだったのか尋ねた。彼が答えた日は、パーティーがおこなわれた翌々日の朝だった。だから、おれが少女を犯していたときかもしれない……。青年が去ろうとした。待ってくれ、と呼び止めた。きみは大丈夫なのか、逮捕されないのか。彼は背中を向けたまま、わかりません、と答えた。でも、あなたに一言、言わずにはいられず、ホテルを見張っていたんです、これで逃げます、運次第です……そう答えて、走りだし、角を曲がって、見えなくなった。

ホテルに戻ったおれは、パーティーの席で集落のことを打ち明けた男に、電話を掛けた。秘書までは届く。けどその先にはつながらない。何度掛けても同じだった。執《しつ》拗《よう》に掛けつづけた。それしか、することを考えつかなかった。翌朝、部屋のドアがノックされ、上司と部下が入ってきた。明日の夜の飛行機の便が取れたから、ヨーロッパ経由で帰国するように、本社から指示が来たという。急のことだから、部下がそばについて世話をする、と上司が話した。つまり、見張り役だ。終わりだと意識した。もう何もできない。何をする気力も湧かない。それ以上考えることを、脳が拒否した。帰り支度を進め、家族と恋人へのみやげだけでも買って帰ろう、と街へ出た。財布を忘れたのに気づき、一緒にいた部下に、ホテルに取りに戻ってもらった。そして、一人で店のショウウインドーをのぞいて回っていたとき……爆発が起きた。

意識を取り戻したのは、病院のベッドの上でだった。何が起きたかわかるのは、しばらくあとだった。不自由な状態に苦しむのも、まだあとのことになる。ともかく、見知らぬ医者と看護師に囲まれたベッドの上にうつぶせていて、英語でのやり取りを聞きながら、何も求められない、誰からも責められない、とわかって、安堵《あんど》した。助かった心持ちでいた。そして……痛みを失っていた」

光の射《さ》さない水底に潜って、沈澱《ちんでん》した汚泥《おでい》をまさぐるのに似た潜水をつづけ、呼吸の止まる寸前、ようやく上がってきたばかりのように、森悟は全身で息をした。

「これで、本当に、終わりだよ」

彼の声は眠気をたたえ、ほどなく寝息らしい穏やかな息づかいに変わった。

万浬は、床に落ちたグラスを拾い、サイドテーブルに置いた。

クローゼットに進んで、着てきた服に着替える。洗面所で装《よそお》いを整え、バッグを持ち、部屋を出ようとしたところで、

「今度会ったときには、きみのことを聞かせてほしい」

と、森悟が言った。

万浬はベッドの彼を見下ろした。まぶたは閉じている。

「わたしの何を？」

「何もかも。なぜきみが、きみのようであるのか。たとえば、生い立ちとか……」

「長くなります」

「なってもいい」

「わたしが退屈です」

「おれもいま、楽しくて、話したわけじゃないよ」

森悟が目を開いた。半ば生気を失いかけているせいか、清浄に澄んでいる彼の瞳が、万浬にまっすぐ向けられている。

「……では、かいつまんで、で、いいですか」

「隠し立てしないなら」

「何も隠すつもりはありません」

森悟がうなずく代わりにまぶたを閉じる。

「眠ります？」

答えはなく、彼はすでに寝息を立てていた。

万浬は客室のドアを開いた。

家族と思われる三人が、ホテルの廊下をこちらへ向かって歩いてくる。胸もとやスカートの裾《すそ》にフリルが付いた可愛《かわい》らしい服を着た十二、三歳くらいの女の子と、その両親らしい男女は、遊園地の華やかなパレードのことを興奮気味に話している。

家族の部屋は、廊下をはさんだ向かい側だった。女の子が、万浬を見て、瞬間的に心を引き寄せられたのだろう、目をわずかに見開いた。

両親は、エチケットのつもりか、小さく会釈《えしゃく》だけをして、部屋のドアを開けようとする。女の子は、母親にからだをくっつけて、万浬のことを盗み見ている。大人の世界を夢想する瞳には、かつての妹と似た、憧れの色がはっきり見て取れる。

万浬は、彼女のほうを向いたまま、ドアを閉めようとした。好奇心からか、女の子がドアの内側へ視線を走らせる。

万浬は気づいて、逆にドアを大きく開いてみせた。

入ってみる？

目で誘う。女の子は、驚いて顔を伏せ、ちょうど両親がドアを開けたため、二人につづいて逃げるように部屋に進んだ。

万浬は同じ姿勢のままで待った。女の子がドアの内側で振り返る。彼女を強く見つめた。女の子は、もう目をそらすことも考えられない様子で、頬をほのかに染めて、万浬を見つめ返している。両親がいなければ、きっと彼女をこちらの部屋に連れ込むことができただろう。

相手の部屋のドアがしぜんに閉まる。十二、三歳の頃の万浬ならば、みずからドアの外に出て、誘った相手と向き合うはずだ。だが普通の少女にそんな勇気はない。

万浬は、からだの痛みを失った男が眠る部屋のドアを閉め、その場を歩み去った。

第二部

I

十三夜の明月《めいげつ》からしたたる光を浴びた満開の桜を、舞い上がった火の粉が焼く。鬱蒼《うっそう》と繁《しげ》った森の奥から誘い寄せられた、金銀の鱗粉《りんぷん》をまとう羽虫たちもまた、神社本殿の斜向《はすむ》かいに設けられた江戸時代から残る能舞台の、三箇所で焚《た》かれたかがり火に翅《はね》を焼かれ、散る花びらとともに、白い玉砂利の上に落ちた。

かがり火は、ガスではなく、本物の松の薪《たきぎ》に火がつけられ、鉄製の足を組んだかがり籠《かご》のなかで焚かれている。

燃え方にむらがあり、炎は高く立つかと思えば、消えはしまいかと危ぶまれるほど低く鎮《しず》まり、風雪に傷《いた》んだ舞台に向け、また長椅子《ながいす》を並べた臨時の見所《けんしょ》に向けて、陰影の濃い光を投げかける。

見所の後方から二基のスポットライトが舞台上に光を当て、幽玄の物語を、神域の闇《やみ》に浮かび上がらせている。だが森に守られている貴い闇はあまりに濃く、人工の光では照らすにも限界がある。

虫食いが目立つ橋掛《はしがか》りの隅や、謡曲教室に通う素人《しろうと》の地謡《じうたい》が並んだ地謡座の裏手、また鏡の間がある控室の、檜《ひのき》のあら皮で葺《ふ》いた屋根などに、異様な生き物を想像させる影が、風にあおられたほむらの具合で、見所の客を脅《おびや》かすように伸び縮みする。

同じ風が、古い土の上に散った花びらを、最前列の客の足もとに吹き寄せた。

「イレーヌ、寒くないですか」

野宮十市《のみやじゅういち》は、桜にまさる濃厚な香水にかすかな酔いをおぼえつつ、艶《あで》やかな青のドレスに身を包み、厚手のショールを肩に巻いた、二十五歳のフランス人女性にささやきかけた。

返事がないので、どうかしたのか、と隣に顔を振り向け、胸をつかれた。

かがり火によって、ふだんは白く冴《さ》えている肌が朱色に染まったイレーヌ・シャンプティエは、長い睫毛《まつげ》に縁取られた褐色の瞳《ひとみ》に涙を浮かべている。

瞳と同色の豊かな髪を胸もとまで伸ばし、秀《ひい》でた額から高い鼻へつづく起伏の大きい線は滑らかで、彫りの深い奥の目は、いつ見ても、柔らかく人を迎え入れる輝きを帯びている。頰から顎《あご》にかけての線が細く、ぷっくりとふくらんだ下唇を嚙《か》む癖とあわせて、彼女をときに幼く見せる。いまもまた下唇を嚙んで、嗚咽《おえつ》をこらえているらしく、薄い頰をふるわせていた。

留学で訪れて一年半、日本語は上達したとはいえ、日本人でもわかりにくい謡曲の言葉を、どう受け止めているのだろう。十市は舞台に目を戻した。

演者はいま、悲痛のあまり表情を失い、狂気の淵《ふち》に陶然とたたずんでいるような女性の面《おもて》をつけ、狂《くる》い笹《ざさ》と呼ばれる、狂人が持つ笹の葉を手に、よろよろと力なく、作り物の小山のそばにぬかずくところだった。

山は、この演目の場合は、塚《つか》と呼ぶのが正しいだろう。約九十センチ四方で、高さは百五十センチほど。割竹で枠組みが作られ、引回《ひきまわ》シと呼ばれる幕状の布がぐるりと巻かれ、頂上付近には作り物の草や柳の枝葉が繁っている。幕の色は暗く、土の色を思わせる。女性が捜していたわが子の、土饅頭《どまんじゅう》、すなわち墓という設定である。

わが子を誘拐《ゆうかい》され、物狂いとなった母が、京都から、いまの東京隅田川まで、子どもを捜す旅をつづけて……ようやく消息が知れたときには、子どもは死んでいた、という悲しい顚末《てんまつ》である。

尋ね当てたその日が、ちょうど子どもの一周忌で、同情した人々が集まり、念仏を唱えている。嘆いても死者は還《かえ》らない、母親の弔いを亡《な》き子どもは一番に喜ぶだろう、と周りから勧められ、母は塚の前に座り、「南無阿弥陀仏《なむあみだぶつ》」と唱える。繰り返し唱えるうち、ふと夢まぼろしの世界に入ったか、塚のなかから子どもの声で、「南無阿弥陀仏、南無阿弥陀仏」と返ってくる。子方《こかた》と呼ばれる子役の男の子が、作り物の塚の内側から声を出しているのだが、愛らしい声音が、母の念仏と和するかたちで聞こえると、イレーヌの嗚咽をこらえる息づかいが大きくなった。

東京の能楽堂でしか能を鑑賞したことがない彼女を、十市は、生まれ育った鎌倉で毎年催されている薪能に招待した。観光名所からは外れた、地元の神社に古くから伝わる、花見を兼ねた恒例行事で、ほとんどの客が地元の住民であり、外国人はイレーヌだけに思われた。

フランス語訳の『源氏物語』に十代後半にふれて以来、日本の古典文学や芸術、美術に興味を持ち、大学で能や文楽や歌舞伎《かぶき》などの研究をつづけ、彼女の保護者である祖母の強い勧めもあって、日本へ留学したと聞いている。

十市は、県立美術館の学芸員で、日本の古典全般を専門に任されている。請《こ》われて、大学で週に一度、同分野の講義も持っていた。イレーヌはその講義の学生だった。人一倍勉強家で、十市のいる美術館にも足繁く通い、彼の説明を熱心に乞《こ》うた。異国の若く美しい女性のほうからたびたび会いにこられて、独身で恋人もいない十市は、胸をときめかせた。少しでも気を引くために、能狂言や歌舞伎の公演に誘ってみれば、彼女は喜んで彼と並びの席に座った。

ほむらに揺れる舞台上の影にいざなわれ、十市がついイレーヌとの出会いなどを思い出すうち、不意に彼女が右手を伸ばし、彼の左手を取った。彼女は舞台に目をやったまま、左手を口もとに当て、声が出るのをこらえている。

舞台では、水衣《みずごろも》と呼ばれる生糸《きいと》で織った薄絹仕立ての、浅葱色《あさぎいろ》の上着を着た母親が、確かにわが子の声が塚の内より聞こえました、と訴えているところだった。

もう一度、念仏を唱えてごらんなさい、と周りが勧め、母が唱えたところ、

「南無阿弥陀仏、南無阿弥陀仏」

と幼い声がして、塚のなかから死んだはずの子どもが現れた。

子方は、純白の水衣を着て、黒いぼさぼさの髪を伸ばした、黒頭《くろがしら》と呼ばれる一種のかつらを用いている。幽霊であることを示す装束だ。十歳前後だろう、母親を演ずる能楽師の息子だと聞いている。緊張して動きはぎごちないけれど、死んだ子どもの登場と、それを喜ぶ母の姿には、さすがに惻惻《そくそく》としてこみ上げてくるものがある。

母親は、わが子を抱きしめようとする。子どもからも抱きつこうとする。だが、母親の伸ばした腕の下を、子どもはすり抜けてゆく。幽霊が人間のからだを通り抜けたように見せる所作だった。いぶかしむ母親がからだの向きを変え、もう一度わが子を抱きしめようとする。ふたたび子どもはすり抜けて、塚の向こうへ駆けていく。母親があとを追いすがる。だが塚をぐるりと巡って、戻ってきたのは母親だけだった。

母親はその場に立ち尽くして、地謡たちの、

「あわれなりけれ、あわれなりけれ」

という人世の悲哀を説く声が、月下の虚空《こくう》に陰陰《いんいん》と響く。

イレーヌは、ついに声を洩《も》らし、十市の肩に頭を押しつけた。

周囲にもハンカチを目に当てている通《つう》の客が見られるものの、大半の客は理解が難しく、そこまで思い入れはしていない。なかには居眠りをしている高齢者も見かける。

十市にしても、仕事がら人間国宝や名手と謳《うた》われる能楽師の舞台を幾つも見ているため、小さな神社の招きに応じた能楽師の技はさすがに見劣りがする上、イレーヌの反応が気になって、鑑賞に集中できなかった。

演者が去り、塚が片《かた》され、見所からの拍手に送られて、地謡と囃子《はやし》方《かた》が去り、舞台上から人が消えても、イレーヌの涙は止まらなかった。

十市は、地元だけに舞台裏に知り合いが多い。だが、無礼の言い訳は後日に回し、イレーヌを抱き支えるようにして、駐車場に進んだ。

「なんて悲しいお話でしょう。十市、前に一緒に見たお能、子どもと別れた母親のお話が二つありました。どちらも、母と子は再会できました。なのにどうして……」

イレーヌは、車の助手席で十市に訴え、なお涙をこぼした。

『隅田川』の筋立ては、観《み》る前に興味を削《そ》ぐのを恐れて、彼女には話さずにいた。

車内の時計のアラームが鳴り、九時ちょうどになることを告げた。イレーヌが、我に返って時計に目をやり、

「十市、いまからどのくらいで、帰ることができますか」

と尋ねる。昼間、イレーヌは都内から電車で鎌倉を訪れ、十市が駅前で彼女を迎えて、薪能の時間まで古都をドライブした。夜も遅いため、このまま彼女がホームステイしている都内の家へ送るつもりだが、道が空《す》いていても二時間、都内に入ってからは混雑することが予想され、さらに三十分多めに答えた。

そんなに……と、イレーヌは悲鳴に近い声を上げた。胸を押さえてつらそうなため息を繰り返し、からだを屈《かが》め、次第に息が速くなる。

十市は、通行の妨げにならない場所を見つけ、路肩に車を寄せて止めた。

「イレーヌ、大丈夫ですか？　具合が悪いの？」

挨拶《あいさつ》程度のフランス語なら話せる彼だが、日本語で尋ねた。

イレーヌは、目を閉じて首をそらし、たどたどしく日本語で答えた。

「あの母親のことを思うと、つらい……子どものことを思うと、胸が痛い……」

イレーヌが似た言葉を口にするのを、十市はこれまで何度か耳にした。

東京の能楽堂で『大江山《おおえやま》』を観たときがそうだ。山に住む鬼に酒を飲ませ、酔ったところを武将が退治する話だった。彼女は鬼に感情移入し、山奥でひっそり暮らしていたのに、だまされて殺される鬼のことを思うと、胸が痛い、と涙ぐんだ。『清経《きよつね》』を観たおりは、戦いに敗れて、入水《じゅすい》する夫と、遺《のこ》される者をかえりみずに逝《い》った彼を責める妻の、双方に涙した。

能だけではない。歌舞伎でも文楽でも、わが子を死なせたり、心中したりと、涙をそそる場面では、やはり同様の苦しさや痛みを訴えた。

感受性が豊かなのだろうと思ったが、やや度を越している気はした。

彼女自身がそれを言った。わたしは、少し変わってます……。何が変わっているのか尋ねると、彼女は、心がよく痛くなる、その痛みに我慢ができなくなる、と答えた。

「……キスして、あなた」

イレーヌが、いきなり運転席の十市に身を投げかけてきた。

二人が唇を重ねたのは初めてだった。イレーヌから舌を差し入れてきて、彼の舌を彼女の口のなかへ招き入れる。もっと奥へ、もっと……と彼の舌を求め、いったん離れると、より激しい渇望を瞳のうちに燃え立たせ、困惑する彼の瞳をのぞき込んだ。

「胸の痛みを埋めてほしいの、あなた」

県道沿いに建つホテルのベッドで、イレーヌはふだんの物静かな性格とは打って変わり、みずからショールと青いドレスを脱いで、性急に十市の唇を吸いながら、ベッドに倒れ込んだ。

愛情を確かめ合う手順さえじれったいのか、上着の袖《そで》から腕も抜いていない十市のズボンを脱がせにかかる。彼が察して下着を取るのを見て、彼女もブラジャーをつけたままでパンティを取り、彼の上におおいかぶさってきた。

欲望に駆られてというより、傷口から流れる血を止めてほしいと訴える怪我人《けがにん》のように、十市のからだで早く傷口をふさいでほしいと、華奢《きゃしゃ》なからだが叫んでいた。

十市の性の経験は乏しかった。

夫を持たずに彼を産み、独りで毅然《きぜん》と生きる母親の影響が大きい。

大学で心理学を教え、芸術全般にも詳しく、短歌の同人雑誌に参加している野宮陸《りく》子《こ》は、一人息子に対して、生活習慣上の礼儀作法を厳しくしつけ、学業は、成績ではなく、脳の活性化のために、真摯《しんし》な態度で臨むことを求めた。一方で、交遊関係は、奔放であれ、と勧めた。積極的に異性と接しなさい、同性が好きならそれでもいい、窮屈な道徳に囚《とら》われず、自分を解き放つのよ、と、おりにふれ口にした。

息子の目から見て、陸子はつねに凜《りん》と背筋の伸びた気品を保ち、どんな相手に対しても態度を変えず、いかなる場合も弱みを見せない、怖いほど気丈な女《ひと》として映った。

面長のわりに額は広く、二重瞼《ふたえまぶた》の皺《しわ》は幅が狭く、目は黒目がちの切れ長で、鼻が小さく、唇も薄い。若い頃の写真では、頬がふくふくしていたので、浮世絵の美人画か、日本人形の顔を思わせた。けれど目が厳しい、いや、恐ろしい。いつも超然と瞳が据わって、見つめられると心の底まで見透かされている気がする。年を重ねて、余分な肉が削げ、頬骨が目立つようになったが、面差しはかえって柔らかくなり、自分を律して生きてきた人間の、奥行きのある美しさが現れていた。

十市は、顔全体の感じは母そっくりと言われる。だが目が違う。十市の目は、二重瞼の皺のあいだが広く、ふだんから大きく見開かれ、瞳の丸い形がはっきり出ていて、怜悧《れいり》な印象を人に与えた。その目を見ると思い出す……と母が、何かのおりに熱っぽくつぶやいたのを覚えている。誰のことか尋ねても答えなかったが、十市の父親のことだろうと確信した。父親に関しては、母は一切語らず、写真も残されていない。

小学校高学年の頃から、複数の女子から手紙をもらったり、バレンタインデーにチョコレートをもらったりした。けれど母の育て方が、かえって彼の手足を縛った。奔放に行動するなど、言われてできることではない。

変なこと言わないでよと反発しても、自由に振る舞うことが、自分だけでなく、ほかの人も解放するの、おまえにだってできるはずよ、と母は繰り返し言った。

そこに父親の姿のヒントが隠されている気がした。父はきっと奔放な生き方をしていたのだろう。母はそんな父にひかれ、子どもまでなしながら、捨てられたのではないか……捨てられても、いまも愛しているのか憎んでいるのか、ともかく心の奥深くに息づかせている。

会ったこともない父への対抗意識から、奔放な血など受け継いでいない、と十市はみずからを鎖《とざ》し、結果として異性との経験はかたくなで、貧しいものになった。

これまでつきあった相手は、大学卒業後に同窓会で再会した元同級生、美術館にアルバイトに来ていた専門学校生、講義で訪れる大学の図書館の司書という、三人だった。みな十市と似た恋愛経験しかなく、おずおずとからだを重ね、つかのまの快感は得ても、浅くて淡く、むなしさと罪悪感の残る時間を幾らか持ったに過ぎない。

それでも愛着や馴《な》れ合いの感覚から、やがては結婚するのだろうと、交際中は互いに考えていた。しかし、交際を知った母が、恋人を紹介するよう求め、家に連れていったところ、落胆の表情を隠さなかった。

育て方を間違えました。最初の恋人を見て、陸子は即座に言った。他人の前で口にする言葉とは思えず、冗談かと十市は怪しんだが、彼女は本気でそう思っていた。人間の心理を研究している者なら、求め過ぎると、反発して、別の方向に傾くことがあるのを理解しておくべきなのに、わが子のことだと、つい感情的になり、縮こまった臆病《おくびょう》な人間関係に閉じこめてしまいました、と、十市に対して頭まで下げた。

その上で、交際はこれきりになさい、と、恋人の前ではっきり告げた。理由を問うと、この方は十市さんを成長させられませんから、と答えた。あとの二人の場合も同じだった。三人それぞれに対して、あなたにはこの先も失望しか感じないでしょう、と、顔色ひとつ変えずに言った。彼女たちは泣いて、その場では別れを拒んでも、将来を考えると恐ろしくなるのだろう、しぜんと別れるかたちとなった。

こうした経緯から、イレーヌの性愛の求め方は、十市には初めての経験で、翻弄《ほんろう》されるままにあっさりと果てた。憧《あこが》れの思いを抱いていた女性と念願かなって愛を交わしながらも、喜ぶどころか、恥じ入る気持ちが強かった。

けれど、イレーヌは彼を離さなかった。左手で彼の腰を抱き寄せたまま、右手で彼の髪や頬を撫《な》で、

「いいの、あなた、痛みを埋めていてくれればいいの」

と、つながりを保った。

彼女の、痛みを「埋める」という言葉が不思議に耳に響く。痛みならば普通は、止める、ではないのか。異国の人だから言葉が正確でないのは仕方がない。一方で、「埋める」と表現することにより、彼女を襲う痛みが、命を持った存在として感じられる。

かがり火が作る影のように、彼女の胸の内側を侵す痛みも、自在に形を変える生き物として存在し、ねじ伏せて、埋めてしまわないと、消えないのかもしれない。

「わたしを痛みから守ってください、あなた。痛みを殺して」

親しくなって以降、彼女は彼のことをずっと、十市、とファーストネームで呼んだ。キスを求めて以降は、あなた、と口にする。愛情の呼びかけとして聞こえ、気持ちが高まる。

「あなた、痛みが埋まっていきます、死んでいきます……もう少し、もう少しです」

彼女は、十市の全身を撫で回し、唇で愛撫《あいぶ》した。やがて彼に興奮が戻り、イレーヌ

は彼に優しい笑みを向けた。

「痛みを完全に殺して、あなた」

十市は、彼女の誘いに応じて上になり、埋めて、埋めて、と彼女が抱き寄せるのに合わせて、彼女の内側を自分の愛で満たそうと努めた。

イレーヌが、ひときわ高い悦《よろこ》びの声を発して、からだを痙攣《けいれん》させたとき、十市はその激しいふるえによって、自分をこれまでおおっていた殻が破られるように感じた。

「痛みは死にました……あなた」

イレーヌは、うわ言のようにつぶやき、十市の耳もとに、フランス語で、ありがとう、ありがとう、と繰り返しささやいた。


二人がからだを離したとき、日付が変わっていたこともあり、十市はそのまま泊まるつもりでいた。だが、イレーヌは帰ると言う。

帰り着くのは午前三時近くになる。ホームステイ先に電話をして泊まることを伝えてはどうかと勧めたが、彼女は送ってくれないならタクシーで帰る、と言い張った。

送っていく車のなかで、十市は、結婚を前提につきあってほしい、と申し出た。

イレーヌは、表情を固くして、彼の申し出には答えず、

「十市、なぜあの能を選びました？　ほかにも、ああしたつらい話はありますか」

「日本の中世は、人買いが横行してて、誘拐が頻繁に起きていたらしいから、家族の生き別れを題材にした能は多くある。けど、最後には再会を果たすハッピーエンドがほとんどで、ほかに今日みたいな終わり方をする能を、ぼくは知らない」

「初めにそれを聞いていれば……こんな東京から離れた場所に、来ませんでした」

「どういう意味なの、それは」

「胸に痛みが生まれて、暴れはじめたとき、埋めてくれる人が近くにいないということです。とても痛みを我慢できなかった。つらくて、十市を頼るしかなかった。今日のことは過《あやま》ちです。だから、忘れて」

彼女の言葉の意味がわからない。ともかく忘れることなどできなかった。

「イレーヌ、お願いだ、過ちだなんて言わないで。きみを愛している」

「二度とその話はしないでください。もしつづけるなら、十市とはもう会いません」

彼女は、窓側に顔をそむけ、以後ひと言もしゃべらなかった。

ホームステイ先の、広大な敷地の邸宅の前に車を着けると、彼女は振り向きもせず、

「さようなら」

とだけ言葉を残し、車から飛び出した。

家に鍵《かぎ》が掛かっている可能性を考え、十市は車を出さずに待った。白い鉄製の門は音もなく開き、しばらく待っても彼女は戻らなかった。

二日後、十市は大学での講義があった。

イレーヌに会えると思い、電話も控えていた。彼女は教室に現れなかった。

講師の控室に、大学の事務局に勤めている高校時代からの親友が待っていた。

大学にほど近い居酒屋に入るなり、親友はそばに人がいないのを確かめて、

「フランスからの留学生と、つきあっているのか」

と、十市に質《ただ》した。教師と教え子の恋愛は、規則では禁じられていないが、学内の風紀を守るために控えるよう求められている。

どう答えればよいか迷って、十市が黙っていると、学内で噂《うわさ》が立ちはじめているから気をつけろ、と親友は注意した。

「それに、おまえは週イチで大学《うち》に来るばかりだから、知らないかもしれないが、彼女には以前から良くない話が出てる」

「待てよ……どういうことだ」

十市は逆に質した。

イレーヌは、来日当初は、大学が管理する留学生専用のワンルームマンションタイプの寮に住んでいた。

異性を部屋に入れることを禁じる規則を何度か破り、しかも相手がそれぞれ違ったという。ある夜、彼女のことで男二人が寮の前で喧嘩《けんか》を始め、パトカーが駆けつける騒ぎになった。大学側は、トラブルの元となった彼女に退寮を求めた。

イレーヌの身辺事情を知る大学の関係者によれば、フランスでも彼女を巡って男同士が争い、一方が死亡する事件が起きていたらしい。

彼女の祖母には、かつてフランスの日本大使館にいた外交官の知り合いがおり、騒ぎが鎮まるまで彼女を留学させることにして、日本での学校や寮の手配を、その外交官に頼んだという。寮を出たイレーヌがいまホームステイ先にしているのが、当の外交官の家で、彼女の目下の恋人はその家の長男だと、親友は話した。

「大学の寮には、海外や留学生の情報が多方面から集まる。彼女の恋人は外務省勤務のエリートだが、暴力的な傾向があるそうだ。イレーヌの前にも何人かの留学生がその家の世話になり、問題の相手と恋人関係になった一人が、DVの被害にあったらしい。おおやけになる前に、金でもみ消されたって噂だ。もしかしたら彼女も被害を受けてるかもしれない。気がついたことはないか」

言われれば、イレーヌが片側の目に眼帯をしていたことや、真夏にスカーフを首に巻いていたことが思い出される。

十市は、親友と別れて、イレーヌのホームステイ先に電話した。お手伝いらしい中年女性が出て、慇懃《いんぎん》な口調で、彼女は外出中だと答えた。

翌日、電話でまた不在を告げられたため、美術館が閉まったあと、彼女のホームステイ先を訪ねた。夜の八時で、この時間なら在宅しているだろうと思ってのことだ。インターホンから返ってきたのは、若い男の声だった。十市は、名乗った上で、講義を欠席したイレーヌに渡したい資料があると告げた。

短い間があってのち、低く嘲笑《ちょうしょう》する声がインターホンから聞こえた。

「あなたですか。イレーヌを連れ出しては、感受性の強い繊細な心に、痛みを与えてくれているのは。おかげで、あとのケアが大変ですよ。痛みを埋めてやるのがね」

瞬間、イレーヌの言動の謎《なぞ》が氷解し、目の前の景色が大きくゆがんで見えた。

胸の痛みが激しく、我慢できないほどなのに、埋めてくれる人が近くにいなくて、十市を頼るしかなかった、と彼女は言った。

都内で能や歌舞伎や文楽を観て、悲劇の筋立てに涙し、胸が痛いと口にしたとき、彼女はいつも足早に帰っていった。せめてお茶でも、と誘っても、ふだん白く冱《さ》えている頰を赤らめ、急用があって、とタクシーを止めた。

あのあと彼女の痛みを埋めてやっていたのは、いまインターホンの向こうにいる男だった。ベッドで彼女が、あなた、と呼んでいたのは、十市ではなく、その男を見ていたのだろう。

「でも野宮先生、あなたは、イレーヌに人の悲しみや苦しみを伝えるだけでいい。このあいだのような過ちは、二度とないように。イレーヌは日本の古典をまだ学びたいと願っていますから、今後も節度をもったご教示をお願いします」

言葉のあとに忍び笑いを響かせて、インターホンが切れた。

観劇の誘いを断らない彼女の、勤勉さの陰で進行していた淫靡《いんび》な現実を知らされ、嫉妬《しっと》と屈辱のあまり吐き気をおぼえ、ふらつく足でその場を去った。

酒をあおり、柱に頭をぶつけても、ほかの男に痛みを埋めてもらうイレーヌの姿態は執拗《しつよう》に脳裏に浮かび、あなた、と呼びかける声とともに消えることはなかった。

一週間後の講義のおり、イレーヌはやはり姿を見せなかった。

事務室で退勤を報告し、帰ろうとしたところで、事務員から呼び止められた。学生から緊急の電話だという。受話器を取って、名乗ると、

「十市……」

と、イレーヌのすすり泣く声が返ってきた。

「助けて、十市……」

彼女は、いまいる公園の場所を告げて、電話を切った。

すぐに駆けつけ、コンクリート製の築山《つきやま》の陰にうずくまる人影を見いだした。怖がらせないよう、少し離れたところから声をかける。

褐色の髪を乱して顔を起こした相手の、陰影の深い面差しと白い肌が目を打った。歩み寄って、抱き起こす。遠い街灯の光で、形のよい上唇にも下唇にも切れた痕《あと》があり、両頬には青黒い痣《あざ》があるのが認められた。

「わたし、とんでもないことをしました……恐ろしいことをしました」

イレーヌは、十市の胸にすがりついて、かすれた声で訴えた。

「大丈夫かい、イレーヌ。傷は痛む？」

「わたし、逃げました。お手伝いの人が休みでした。女性のからだに必要なものを買うと言って、お店に行くことを許してもらい、そのまま彼から逃げました」

彼女は、薄い花柄のワンピースを着て、素足にかかとの低い靴をはいていた。

「戻らないと、ひどいことになります。でも怖い。十市……一緒に謝ってください」

「警察へ行こう。傷を見せて、訴えればいい。奴《やつ》は刑務所へ行き、それで終わりさ」

イレーヌが驚いた顔で、十市を突き放した。

「彼はお父様に守られてる。わたしが送り返されるだけ。それに、きっと謝ります。自分を傷つけて、許してほしいと涙を流します。わたしは彼から逃げられなくなる」

「何を言ってるんだ。きみは、自分がされていることがわかっていないのか？」

「別れると言うと、彼はナイフを出して、自分の手や、おなかを傷つけます。わたしの胸のなかには痛みが生まれます。痛みは暴れて、我慢できなくなるのです」

十市は、からだの内側で血が爆《は》ぜ、目の裏が赤く焼けるのを感じた。

「だから、あいつに痛みを埋めてもらうのかっ」

イレーヌも、あの男も狂っている……。

褐色の髪が風に舞って、十市の頬をなぶる。彼の剣幕におびえた髪と同じ色の瞳が潤《うる》み、傷ついた半開きの唇の奥で、桃色の舌がふるえている。

「ぼくがどれだけ苦しんだと思う。あいつに笑われて、きみを奪《と》られて」

奥歯を噛みしめ、いっそ彼女の命を奪いたい想《おも》いで睨《にら》みつける。

イレーヌの目が見開かれた。瞳からおびえが消え、情愛を乞う色が現れる。

「だめ、十市、そんな目で見てはだめ……痛みが生まれてくる」

「だったら埋めてやる」

彼女を抱き寄せ、唇を押しつけた。傷が痛んだのか、びくりと顔を離しかける。頭の後ろを手で押さえて逃がさず、舌を彼女の口のなかに突き入れた。

近くに見つけたホテルに、イレーヌの手を引いて駆け込んだ。

前回とは立場を逆にして、彼のほうがいても立ってもいられず、彼女の下着を取り、互いにまだ服を身につけた状態でからだを重ねた。

十市は、猛《たけ》る想いを全身で彼女にぶつけながら、切実に答えを求めた。

「きみの前にいる男は誰だ。きみの胸のなかに、痛みを生まれさせた男は」

「許して、あなた……」

「言え。あなたとは誰だ。きみがいまあなたと呼ぶ男は、誰なんだ」

「十市です、あなた……十市、これ以上、痛みが生まれたら、わたしは死にます」

「痛いのはぼくだ。全身が突き刺されてる。血が内側であふれてる」

彼の内なる痛みは、からだの感覚を麻痺《まひ》させ、容易に果てることはなかった。

だがそれを楽しむ余裕もない。互いに裸になり、幾度も体位を変えて、彼女のからだにほかの男の痕跡《こんせき》がないかを探した。痣や、吸いついたような跡があれば、爪《つめ》で引っ掻《か》き、歯形をつけて、見えなくした。一度果てても、からだを離さなかった。

イレーヌは、顔を起こし、彼の表情に痛みが去っていないのを認めて、抱きしめた。

「ああ、十市、そんな目をして……ごめんなさい、許して」

彼女はきっと以前からこうだったのだろうと、十市は悟った。

現実の生活や、観劇の体験などにおいて、心に痛みをおぼえたとき、彼女は性愛でそのつらさを紛らわせようとする。自分のせいで男が傷ついたり苦しんだりすると、反射的に自分も痛みにさいなまれ、やはり性愛に頼る。

フランスにいたときから、そのせいでたびたびトラブルを起こし、逃げ出すかたちで来日してきたのだろう。

どうして彼女がそんな性癖を持つにいたったかはわからない。

まだ自我が固まる以前に、身近にいる誰かから、心に強い痛みを感じたときには、こうすればいいんだよ、と教えられたのかもしれない。あるいは、きみのせいでつらくてたまらないから、こうしてほしい、と強いられた過去があるのかもしれない。

十市は、痛みを訴えるイレーヌの胸の奥に、取り返しのつかない傷を見た気がした。

その傷から生じる敏感さ、繊細さが、彼女を痛めつけ、苦しめているのだと思うと、いとおしさがいっそうこみ上げ、彼女の唇といわず、胸といわず、全身いたるところにキスをした。

「きみを痛みから救いたい。きみを苦しめる痛みを追い払ってあげたい」

イレーヌは、十市の髪をかき上げ、真意を探るように瞳を見つめた。

「本当に、十市？」

「いつもそばにいて、痛みが生まれそうになったら、その前に救い出すよ」

「ああ、救って……痛みからわたしを、お救いください」

二人は幾度となく極みに達しても、離れず、互いのからだの隙間《すきま》を埋めつづけた。


十市の自宅は、鎌倉山の麓《ふもと》の閑静な地域にある。

古い和風の木造二階建てで、かつては二階の窓から海が望めた。四季折々の海に材を取る歌会が、よく催されたという。

いまはビルで視界が限られ、真夏にきらめく波光や、月の光をゆらめき返す波の存在で、あの辺りが海か、とわかる程度となり、歌会も廃《すた》れた。

風は海からも山からも通るが、採光をわざと遠ざけて、室内は陰が多い。そのぶん障子の白さや、砂壁の温かさが目を引いた。

南東に面した庭は、住居の部分と同じ程度の広さがあり、藤、菖蒲《しょうぶ》、撫子《なでしこ》、寒牡丹《かんぼたん》と、四季の花が庭の縁に沿って植えられている。中央部分は、芝の上に寝転んで空を仰げる自由があった。

朝になり、十市は美術館に休むことを電話で告げ、イレーヌを伴って自宅に戻った。陽光の照り返しが明《あか》り障子から斜めに差す暗い玄関で、陸子が二人を迎えた。十市が靴を脱ぐのももどかしく、事情を話しはじめて間もなく、陸子がさえぎり、

「この人のことは、この人に聞きます」

と、一階の最も奥にある自室にイレーヌを招き入れた。

陸子は、大学の教室で週二回、一般人にも開かれたカウンセリングをおこなっている。その場で悩みが解決しなかった者や、彼女に教えを乞う学生が、自宅を訪ねてきた場合、自室の柔らかい革製の寝椅子に座らせ、話を聞いた。

イレーヌは、陸子のたたずまいに圧倒された様子で、素直に寝椅子に座った。すすめられたハーブティーに口をつけ、安堵の息をつく。

彼女が話しだす前に、十市は母から席を外すことを求められた。二人は、昼食の時間が過ぎても部屋にこもったきりだった。

夕方になって、陸子一人が、和服の訪問着に着替えて部屋から出てきた。イレーヌは寝椅子に沈み込んで眠っていた。

「あの子はしばらくこの家に置きます。いまからあの子のパスポートや滞在に必要な一切を、貰《もら》い受けてきましょう。向こうも負い目があるだけに、まだ捜索願などは出

していないでしょう」

戸惑う十市を残して、陸子は車を呼んで出かけた。

日付が変わろうとする時刻になって、食事も取らずに待っていた十市は、車の音を耳にして、玄関先へ飛び出した。道路から家までの短い石段をのぼってくる母の姿に、どうだった、と声をかける。

陸子は、上までのぼり切ってから、イレーヌがどうしているかを尋ねた。

「まだ眠ってるよ。それよりどうだったの？」

彼らの下方で足音がした。タクシーの運転手が、両手に何やら提げ、石段を上がってくる。

「イレーヌの服や幾らかの荷物です。まだトランクに入ってるから、手伝いなさい」

陸子は、十市に言い渡し、家に入った。

部屋着に着替えた彼女は、いまなお寝息を立てている異国の娘のほつれた髪を直してやったあと、冷蔵庫で冷やしている山の湧水《ゆうすい》を、グラスで一杯飲み干した。十市が居間に運び入れたイレーヌの服や荷物のまんなかに膝《ひざ》をつき、

「泣きましたよ、お相手の方。死んでやるなどと言って、ナイフまで持ち出して」

と、穏やかな表情で話した。手を伸ばして、服や荷物を整理してゆきながら、

「わたしにもナイフを向けました。でも、人を刺す度胸なんて初めからありゃしません。親御さんが出てこられてからは、スムースに話が進みました。さすがに警察沙汰《ざた》は避けたいでしょうからね。フランスに戻すなら、見逃そうという条件です」

「まさか……そんなことは承知できない。彼女とは離れないよ」

十市は、立ったままで言い返した。

「少しはまともなことが言えるようになったのね」

陸子は、にこりともせず口にして、「いったん戻せば、向こうさんとの関係は終わり。あの子と家族が承知なら、あらためてうちの嫁として貰い受けましょう」

「本当に……？」

「いまのあなたでは、とても手に負えない子です。でも、あなたが貰わないと、あの子は近いうちに壊れます。大事にしてあげなさい。ただ……いずれ壊れることは免れないでしょう。それほどあの子が受けた痛みは深い」

「……だったら、お母さんが治してあげればいい」

「一時《いっとき》の痛みは癒《いや》してあげられても、根本的な治療は無理です。あの子に絶望的な傷を負わせ、回復不能な形にゆがめた複数の相手は、何人かはもうこの世にいない。名前もわからない。あの子は謝罪を受けることがなく、相手が罰せられる姿も見られない。しばらくは落ち着いても、ふとしたことで傷口がまた開くでしょう」

「そんなことにはならないよ。ぼくが治す。彼女の痛みは、ぼくの痛みだ」

陸子は、何とも答えず、丁寧な手さばきでイレーヌの服や荷物の仕分けをつづけた。

イレーヌと十市はフランスに渡り、彼女の祖母に結婚の許しを求めた。ここにいるよりはいいことだよ、と、祖母は祝福を与え、十市に孫娘を託した。

結婚後、二人は胸の痛みを感じなくとも抱き合えた。痛みを抑え込む激しい性愛ではなくとも、互いを慈《いつく》しみ、十分に悦びをわかち合えた。

十市は、美術館の勤務に加え、大学での講義が週二回に増えた。

イレーヌは、彼と同じ美術館にパートタイムで雇われ、仏語の資料を訳したり、日本の美術を仏語で紹介する仕事にあたった。

一年、二年と経《た》つあいだ、彼女が胸の痛みを訴えることはなかった。結婚三年目に、イレーヌは妊娠した。

彼女は、まっすぐに喜びを爆発させ、十市を抱きしめた。彼は幸福感に満たされた。

陸子は、イレーヌの前では笑顔で祝福を伝え、十市の前では憂《うれ》い顔で、妻から目を離さないようにと注意した。

イレーヌは、流産を過度に恐れ、すぐに仕事を辞めた。妊娠期間が進むにつれ、様ざまな不安を口にしはじめた。胎児に悪影響を及ぼす物質が食品に混入していないか、野菜や果実に農薬類が残っていないか。車や工場からの排出物による大気汚染、原子力発電所の影響……安全な場所に引っ越すべきだと地図を幾つも買い集めたものの、あれもだめ、これも危ないと、ヒステリックにすべての地図を破った。

「赤ちゃんを守らないとだめ。赤ちゃんに何かあったら、わたしは耐えられない」

十市が、大丈夫だ、問題はないよ、といくら言い聞かせても、彼女は納得しない。

陸子が、心配事を黙って聞いてやることで、彼女はどうにか心の平静を保っていた。

妊娠七カ月のとき、イレーヌの祖母の訃報《ふほう》が届いた。病院の待合室に、高齢ドライバーの運転ミスによって乗用車が突っ込み、友人の見舞いに訪れていた彼女が巻き込まれたのだという。

「おばあちゃんは少しも悪くない。なのに亡くなった。赤ちゃんも、何も悪くないのに、死んでしまうかもしれない。十市にもお義母《かあ》さまにも神様にだって守れない」

イレーヌは家から一歩も出なくなった。陸子が胎教に悪いからと散歩を勧めると、自宅の庭をぐるぐると偏執的に回りつづける。

「十市、覚えている？　子どもがいなくなって、狂ってしまう母親のお能を。わたしも、子どもがいなくなったら、狂います。狂いながら、捜し歩いても、子どもはもう死んでいるのです」

子どもはまだ産まれてもいない。どう慰め、諭《さと》しても、彼女の不安は去らなかった。陸子の言葉も次第に届かなくなった。寝椅子を勧めても、イレーヌは座らない。

「お義母さまは、わたしの赤ちゃんが欲しいのよ。だから十市と結婚させたの。赤ちゃんは誰にも渡しません。この子を失うことを思うだけで……心が激しく痛みます」

片時も休まず周囲に注意を払い、十市が抱き寄せ、なんとか眠らせようとしても、逆に目をぎらつかせて、彼を疑った。

「そうやって、赤ちゃんを連れていくつもり？　そうか、あの連中のところへ売りにいくのね。わたしを売ったみたいに。赤ん坊を、あのひどい連中に渡すつもりねっ」

あの連中とは誰か、十市が尋ねても、彼女は答えなかった。

陸子が知り合いの精神科医に往診してもらい、処方された薬で、イレーヌはようやく眠った。睡眠がとれると、しばらくは言動が安定した。

「十市、許して。ばかなことを話していると、わかっているの。でも止められない。この子には、こんな想いをしてほしくない。わたしみたいになってほしくない」

「大丈夫、きっと強い子になるよ」

「強さの問題ではないの……ああ、どうして痛みなんてものが、人の心に生まれるのかしら」

イレーヌは、予定日より数日早く破水し、運ばれた病院で女の子を出産した。

イレーヌを診ていた精神科医は、出産が刺激となって、精神状態がよくなる場合があると、陸子と十市に希望を語った。

だが期待も虚《むな》しく、状況はかえって悪化した。彼女は、出産した赤ん坊を、わが子と認めなかった。いや、出産したことさえ認めなかった。

「イレーヌは、赤ん坊を現実に世話することが怖いのかもしれない。実際の赤ん坊は、ちょっとしたことで壊れそうだから。おなかのなかに抱えていれば、病気も怪我《けが》もせず、さらわれもしないでしょ」

陸子が見立てた通り、イレーヌは平たくなった腹部を撫で、ママがそばにいるよ、ママが守ってあげるからね、と話しかけていた。一方で、産まれた赤ん坊の世話はまったくせず、陸子が代わって面倒を見た。

そのためイレーヌは、実の我が子を、陸子の子どもと思ったようだ。

「お義母さま、いつのまにお相手を見つけたのかしら。よく無事に産めたわね」

と、十市に耳打ちをした。

彼としては、やりきれない想いだったが、ひとまず妻の心を乱さないことを一番に考え、彼女の前では話を合わせた。


十市は、生まれた娘をマリと名付けたい、と陸子に相談した。

イレーヌの祖母の名前がマリーであったため、妻に我が子への愛着が生まれるのを期待してのことだ。

陸子は、子どもの名前がイレーヌに及ぼす効果を怪しみながらも、息子の心情を認め、万浬という字をあてた。

浬は海上の距離をはかるカイリの意であり、古い常識に囚われる世界を置き去りにして、遥か遠くへ旅立ってほしい想いを、彼女なりにこめた。

赤ん坊の名前を聞いても、イレーヌの態度は変わらなかった。ちょうど赤ん坊が軽い風邪をひいたこともあって、むしろ冷たく当たりはじめた。

「あの子を、どこかへやってほしい。おなかの子どもにうつされそうで、怖いの」

十市は、陸子の助言に従って、精神病院の見学にイレーヌを伴った。

彼女は、子どもの姿が周りにないことと、白衣の医師と看護師が行き来する環境に、安堵を口にした。

ここなら安心して赤ちゃんを産んで育てられそうね、と、みずから入院を望んだ。

十市は、妻を本当に精神病院に入院させるかどうかを決める前に、地元の恒例の薪能で、四年前と同じ演目を再演するという話を知り、見所に以前と同じ席を取った。

彼女に何かしらの刺激になれば、と願ってのことだった。

満開の桜が、薪のほむらに照り映える下で、悲しみの極みに我を失った母親が、塚の前で膝をつき、「南無阿弥陀仏」と唱える。風にふるえるかがり火が、母親の面にさらに陰影を刻み、心の底に鎮めた悲鳴や動揺をあぶり出す。

十市はそっと隣の席のイレーヌをうかがった。

彼女は、表情に少しの感動もあらわすことなく、焦点のあいまいな視線を舞台のほうに向けている。

作り物の塚のなかから、死んだ子どもが現れた。母親が抱きしめようと歩み寄る。子どもは母親の手の下をすり抜ける。

イレーヌの表情は変わらない。

ふたたびわが子が手の下をすり抜けたため、母親は追いかけて塚を巡り、ついには子どもが幻だったのだと知って、その場に茫然《ぼうぜん》と立ち尽くした。

次の瞬間、イレーヌが笑った。口を手のひらで隠し、声が高くなるのを抑えながら、十市の耳に唇を寄せてささやく。

「さっさとあきらめればいいのに」

夫に同意を求める目配せをして、イレーヌはまた声を忍ばせて笑った。

彼女はいま痛みの生まれない世界にいるのだと、十市は理解した。

2

戦争。

考えうる限りで最も大きな痛み……かどうかは個人によって差があるにせよ、最も広範囲に人々に痛みを与えるものには違いないだろう。

わたしの周囲の人々も、戦争によって取り返しのつかない痛みを与えられた。わたしも同様でありながら、結果として子どもを授かりもした。

終戦の年、わたしは十代半ばだった。

その年の五月末の白昼、勤労奉仕に出ていた京浜《けいひん》地区の工場が大空襲を受け、同じ学校に通っていた女生徒の大半が死んだ。正しくは行方不明となった。

空襲を受けた場所は、商工業地域であると同時に、木造住宅の密集した住宅地であり、戦略上の要衝《ようしょう》ではない。

のちの研究者によれば、焼夷弾《しょういだん》での絨毯《じゅうたん》爆撃が、都市部にどのような効果を上げるかを実験する意味合いから、その地域が選ばれたらしい。

六百機を超す爆撃機から投下された集束《しゅうそく》焼夷弾が、上空七百メートル前後で、一発につき三十八個の全長五十センチほどの子弾に分かれ、町に降り注いだ。

木造家屋を効率的に焼き払うために開発されたという焼夷剤が、着弾と同時に飛散し、火が移って、家々はあっという間に燃え上がった。

道路が狭く入り組んでいたため、逃げにくい上に、巻き上がる炎と熱風がその道路を凄《すさ》まじい勢いで走り抜けて人々を襲った。

焼死のほか、大量の子弾の直撃を受けたり、火からは遠くとも一酸化炭素中毒に倒れたりして、約八千から一万人近い人々が死亡《こ》したと言われている。

数が正確でないのは、多くの死者が焼け焦げて、原形をとどめなかったことと、焼け落ちた瓦礫《がれき》と遺骨が入り交じり、正確に見分けがつけられなかったせいだ。

たとえ遺体が残っていても、戦時中で、一体一体こまかく調査することは叶《かな》わなかった。東京大空襲から間もないこともあり、人々の感覚が麻痺《まひ》気味になっていた影響もあるかもしれない。

わたしは、逃げ行く先に選んだ道が、運よく燃え上がるのが遅れた偶然と、若さにまかせて長く走り通せたおかげで、からくも命を拾うことができた。

数人の同級生と一緒に、獣じみた叫び声を上げながら逃れきったとき、髪は焦げ、顔や手足にひどい火傷《やけど》を負い、喉《のど》も火脹《ひぶく》れしたのか、しばらくは呼吸が苦しかった。

四人兄妹の末っ子で、三人の兄がいた。

八歳年上の兄は、南方の戦地で戦闘中に爆撃を受けて死亡、と通知が届いた。遺骨も遺品も帰ってこなかった。

六歳年上の兄は、太平洋沖で乗船していた巡洋艦が潜水艦に沈められ、乗組員全員死亡との報が届いた。

四つ年上の兄は、国内の海軍基地で勤務中、空襲で戦死した。後日、誰のものかわからない骨の一部が、基地があった場所の土とともに届けられた。

職業軍人として、新京《しんきょう》、現在の長春《ちょうしゅん》にいた父は、戦後間もなく鎌倉の家に戻ってきて、息子全員の死を知り、精神的ショックに加えて、戦闘中に転倒した際の腰の古傷が痛むらしく、ほとんど寝たきりに近い状態となった。

母は毎日涙をこぼしながら、近所の寺社を巡って息子たちの帰還を、無益と知りつつ祈るのを日課とした。

わたしは、戦後の混乱状態に陥った社会で、泣き言や呪詛《じゅそ》に沈んでいては、とても生きてはいけないと直感した。空襲から逃げ延びたときの経験からくる勘も働いた。両親を叱咤《しった》して、預金が封鎖される前に口座から金を引き出し、知り合いの土地を安く買わせた。軍需物資が流れてくることや、決してつぶれないことを予想して、かつては海軍関係者専用で、終戦後に一般に開かれた病院に、看護助手として雇ってもらった。病院事務の責任者が、空襲の際にわたしが手を引いて助けた同級生の父親だった偶然も幸いした。

病院は、戦中戦後の様ざまな被害で苦しむ患者であふれていた。医療者や薬が不足していた場所での処置が災いして、本来は軽い症状だったはずが、命に関わる状態に進行しているケースも少なくなかった。

病院の敷地の隅に精神科病棟があった。戦前は十人程度の患者を収容する、倉庫を利用した狭い施設だったが、患者が日に日に増え、病棟を広げるほかなくなり、わたしは専属の担当となった。

死に直面しつづけた緊張、目にした無残な死体や空襲時の記憶、愛する人を失った喪失感、生き残った後ろめたさ、加害者としての罪悪感、また戦後の暮らしに対する不安など……複数の事情が重なり、精神に変調をきたした人々の苦悶《くもん》は、身体の症状にさいなまれる患者たちのそれに劣らず悲痛なものだった。

わたしは、初めのうちこそ同情していたが、次第に心を動かされなくなった。患者の数が多過ぎて、いちいち思い入れをしていては心がもたなかった。

人生における大切なものをすべて喪失した心持ちでいた両親は、生きるための手立てをわたしに任せきり、無気力に過ごしていた。苛立《いらだ》ちのあまり、過去ではなく将来を見据えて生きたらどうか、と叱咤する言葉が、おりにふれ口をついて出た。

父は、ふだんは黙って聞き流しているが、あるとき孤独と軽侮をにじませた顔で、

「戦争は優しかったおまえまで奪い、人の痛みがわからない生き物に変えたのか」

と吐き捨てた。

誰が預金封鎖やインフレの被害を最小限に止《とど》め、恩給を打ち切られた父に代わり、生活を支えていると思っているのか。よくあんなことが言える、と母に当たると、

「わたしたちは、だまされたんだよ。上の人を信じ、国を信じていけば、幸せになれると思って生きてきたのに……まさかこんな世の中になるなんて」

と、自己憐憫《れんびん》に浸った口調でつぶやいた。

だまされた、だまされた、こんなはずではなかったと、怨嗟《えんさ》の声を上げる両親や患

者たちに囲まれて過ごすなかで、胸にふつふつと湧《わ》いてきたのは、彼らが沈んでいる悲嘆と惨苦の底なし沼に引きずり込まれたくない、という切羽つまった想《おも》いだった。だが、現実にどうすればよいのかわからず、いやだ、いやだ、と胸の内で繰り返しながらも、少しずつ足が沼の泥に濡《ぬ》れてゆくのを感じる日々だった。

そんなとき、彼に出会った。

孫の祖父となる男は、両膝から下が失われていた。

万浬の出生時の体重は三〇五八グラム。身長は四三・五センチ。

髪も瞳《ひとみ》の色も母親と同じ褐色。生まれてしばらくは、のっぺりとした顔に見えたが、ほどなく大きい目や、額から鼻にかけて通った線の高さなど、彫りの深い顔だちをした母親の影響が現れてきた。

孫娘の養育を引き受けた陸子は、わが子の際には余裕がなくて叶わなかったが、心理学を研究する者として、子どもの成長に伴う心理の変化や精神形成のプロセスを、できるだけ間断なく観察したいと思った。大学側に申し出て、当分のあいだ講義の時間とカウンセリングの時間を半分以下に減らし、孫娘と向き合う時間を作った。

万浬は、ミルクをよく飲み、よく眠り、かつよく泣いた。おなかがすいた、おむつを換えてほしい、と訴えるときの泣き声は高く、目を覚ましたときに陸子の姿が見えないと、溺《おぼ》れているかのように手を振り回して泣き、抱き上げても、しばらくは恨みがましい目で彼女を睨んだ。

母親がいないせいでよく泣くのだと、十市はふびんがった。

だが、陸子が実母でないことなど赤ん坊にわかるわけがない。実際に陸子が抱いて、ミルクを与え、おむつも新しければ、万浬は機嫌がよい。彼女が高い声で泣くときは、食の要求、不快さの訴え、捨てて置かれることへの恐怖に原因があると思われ、生存欲求の強い子なのだと、陸子なりに解釈した。

十市は、子育てに関しては陸子に任せきり、仕事以外の時間の多くを、イレーヌを病院に見舞って過ごしていた。

イレーヌのほうは、いっこうに大きくならない腹部を疑う様子もなく、精神病院を産院と思い込んで、落ち着いた日々を過ごしていた。

陸子が、万浬を抱いて、丘の中腹にある病院へ見舞いにゆくと、イレーヌはよく日当たりのよい中庭のベンチに腰を下ろし、腹部にブランケットなどを置いて、穏やかな海を見下ろしていた。

少しの翳《かげ》りもなくイノセンスな印象を受けるイレーヌの表情は、美しいと同時に、幼児でさえこんな顔はしないものだと、空恐ろしく感じることもあった。

イレーヌは、万浬が日を追うごとに成長するのを喜び、首がしっかりしてきた、顔だちがはっきりしてきた、と、頭や頬を撫《な》でた。けれどあくまで陸子の子どもだと思っており、勧められても抱くことはしなかった。

万浬が、二歳になり、三歳になり、話す言葉も増えるにつれ、脳の発達を促すため、陸子は絵本を毎日読み聞かせた。万浬は、ナンセンスな話のときは楽しそうに聞き、言葉遊びが繰り返されるときにもほほえんだ。一方で、ストーリー性のあるおとぎ話の場合は、関心を持てないのか、ほとんど表情が変わらなかった。

陸子は、四歳から万浬を幼稚園に通わせ、同じ年頃の子どもとの接触によって情緒が発達することを期待した。

肉親の欲目ではなく、知能は一般の子より優れている。自己の欲求をこらえて、社会的なルールや約束を守るという理性も発達している。けれど、万浬なりにほかの子たちの行動に違和感をおぼえるらしく、成長とともに距離を置くことが増えていった。

たとえば、子どもたちが二つか三つのグループに分かれて言い争いになった場合、万浬は集団から離れて、喧嘩《けんか》の模様を見守った。また、誰かが誰かのおもちゃを取ったと言い合い、一方かあるいは双方が泣きだしたとき、やはり離れた位置で、事の成り行きを眺めていた。

万浬が五歳のときに、幼稚園の創立記念祭に人形劇団が呼ばれ、小さい子でも感動すると評判のプログラムが演じられた。はたして劇の終わりでは、年長クラスのほぼ全員が涙を流し、声を上げて泣く子もいた。万浬は、そうした周囲の様子を不思議そうに見ていた。

「陸子さん」

幼稚園からの帰りに、万浬が語りかけてきた。おばあちゃん、と呼ばれたくなかったし、ママでもないため、陸子は自分のことを名前で呼ばせていた。

「人が死んだり、別れたりするお話だと、みんなどうして泣くの？」

「どうしてだか、わからない？」

陸子は、いい機会に思えて、この点について掘り下げてみることにした。

「お話はわかるよ。今日のだと、生まれたときに事故でママとはなればなれになった子が、ママを捜して長い旅をするの。でも、ようやく会えたとき、ママは病気で死ぬところだったんだよね」

「そうね。最後にママは、会いにきてくれてありがとう、愛してるわ、って言い残して、死んでしまうのね。見ていたお友だちの多くは、感動して泣いていた。万浬は、どこがわからないの？」

「子どもがやっと見つけたのに、ママが死ぬだなんて、びっくりした……よくできたお話だと思う。でも、死んだのはお話のなかのママだから、泣くのは変でしょ？」

「ママをなくした子の気持ちが、見てる子たちにも伝わったのよ。万浬は胸のあたりが熱くなったり、痛くなったりする感じはなかった？」

「長い旅がむだになって、お話のなかの子どもは悲しいかもしれないけど、わたしはからだのどこかが熱くなったり、痛くなったりはしなかった」

他者とうまくコミュニケーションがとれない人物の状態をさす、ある呼称が陸子の頭に浮かんだ。

アスペルガー症候群。

症候群は、病気やネガティブな印象を与える言葉のため、将来は呼称が変わるかもしれない。ともかく情報処理や対人関係に関して機能する脳のある部分に、先天的に不具合があるのではないかと見られる状態だった。

知能は平均以上であることが多い。一方、他者の気持ちをくみとったり、推測したりすることが苦手で、学校や職場への適応に困難が生じる場合がある。

むろん万浬がそうだとするのは早計で、彼女の脳はまだ発達段階にある。様ざまな刺激を与えて成長を促しつつ、注意深く見守ることが必要に思えた。

男の名は、京馬《きょうま》と言った。

終戦間際《まぎわ》、外地で両足の甲に深い傷を負った。医療者も設備もすでに失われ、応急処置ですますほかはなく、帰国後に膝から下を切断せざるをえなくなった。

戦後四年、社会の混乱状態がなおつづくなか、入院中の病院を追い出されて、わたしの勤める病院に転院してきた彼に、障がいによる翳《かげ》は微塵《みじん》も感じられなかった。

いつ見ても陽気な笑顔で、悪ふざけに近い冗談をまき散らし、簡素な義足と松葉杖《まつばづえ》を使って、身の不自由さを感じさせないほど自在に動き回っている。

女性と見ればナースでも見舞客でも卑猥《ひわい》な誘いの声をかけ、無許可の外出、外泊を繰り返す。どの病院でも規則違反が問題となり、実はこれで四つ目の病院だった。

祖父と父親が、戦時中に軍需省の仕事を請け負っていた会社の役員で、戦後に軍の物資の横流しで利益を得たらしく、彼は次男だったが経済的には困っていなかった。家族は厄介者の彼に、家ではなく病院にいてもらいたがり、といっていまの彼に外科的な治療は必要なく、本人の希望で、精神科のあるこの病院に移ってきたという。

「おれの優雅な精神状態も、戦争がもたらした病の一種かもしれないだろ?」

転院後の診察時に、彼は軽薄な笑みを浮かべて語った。

担当医は、外見とは対照的な、彼の言動の過剰なほどの外向性は、確かにある種の精神病かもしれないと診て、多少の規則違反を大目に見る代わり、生い立ちからいまに至る詳しい話を、彼と彼の家族から聞き出した。

出征前の彼は、冗談ひとつ言えないオクテな青年だったという。他者の言動に傷つきやすいだけでなく、自分の言動で他者が傷つくことも恐れる、繊細な性格だった。それが出征して変わった。京馬によれば、変わらなければ生きていけなかった。

入隊後まず上官たちからいじめに近いしごきを受けた。声が小さい、おどおどしている、と懲罰の対象となる。それが直っても、協調性があることが逆に、周りを見過ぎる、人を気にし過ぎだ、と言われてビンタを喰らい、竹刀《しない》で打たれた。

「装備の点検に時間のかかる奴がいる。手伝おうとして、殴られた。鈍い奴はどうせ死ぬ、面倒を見るおまえが巻き添えを食い、結果的に部隊が被害を受けるんだと怒鳴られてね。行軍に遅れた仲間を助けて、銃床で腹を突かれたこともある。ならばと放っておくと、大切な仲間を見捨てるのか、とまた懲罰を受ける。痛いかと訊《き》かれ、いいえと答えると、懲罰が重くなる。痛いですと答えると、たるんどる、と拳骨《げんこつ》が飛んでくる。すべては敵に多大な苦痛を与えるための訓練だと言われた」

大学で語学を学んでいた彼は、戦地において捕虜や住民から情報を聞き出す役に任ぜられた。上官の命令で、ときには拷問《ごうもん》に近い方法も採った。戦略上必要な情報を幾つか得られたが、相手の心身に一生消えないだろう傷を負わせたこともある。

終戦間際、敗北が濃厚となっていたある日、京馬は敵方のスパイとして捕らえていた老婆を、上官と尋問していた。後ろ手に縛った縄を引き上げると、老婆は泣いて許しを乞《こ》うた。

同い年くらいの母を持つ上官が情にほだされ、縄を解くよう京馬に命じた。彼は反対したが、上官は「それでも人間か」と彼をなじり、命令を繰り返した。

自由になった老婆は、感謝の言葉を述べて上官に抱きついた。と思うと腰の銃を奪い、上官の腹を撃った。丸腰だった京馬は両手を挙げた。老婆は拷問用の部屋から出て行こうとした。ほっとしたのも束《つか》の間《ま》、老婆は戻ってきて、残忍そうに笑うと、彼の両足の甲をつづけて撃った。殺すこともできたのだから、苦しめるためだったとしか思えない。

そのあと老婆は、銃声を聞きつけて駆けつけた兵士たちに射殺された。京馬を傷つけるために戻ってこなければ、逃げられたのかもしれない。それを考えると、上官の判断といい、自分の受けた傷といい、老婆の死といい……この戦争といい、正しいものなどどこにもないという、憂悶《ゆうもん》の情に堪えなかった。

ほどなく終戦を迎え、足の負傷に対しては、帰国の日まで手に入るだけの薬でごまかしつづけたものの、日本に帰り着いたときには傷口周辺にとどまらず、足首のあたりまで腐りかけていた。

「両足を失うのと一緒に、おれは古い自分を捨てたのさ。国や世間や決まり事なんてものを恐れることをやめて、勝手次第に振る舞うことにしたんだ」

彼は、欲望の奔《はし》るままに女を口説き、関係を持って、飽きれば捨てた。相手に泣かれても恨まれても知らぬ顔でいたし、死ぬだ殺すだと言われても平然と背を向けた。

彼のような傷痍軍人《しょういぐんじん》は、当時は同情だけでなく敬意も抱かれた上、怜悧《れいり》な印象の瞳を持ち、笑顔に愛嬌《あいきょう》のある明るい性格のため、惹《ひ》きつけられる女は絶えなかった。

男たちとの約束にも、彼は縛られなかった。進んで裏切りはしないが、約束を破る羽目になっても、逃げることはなく、卑屈に頭を下げることもなかった。相手は毒気を抜かれるのか、肚《はら》が据わっている奴だと信用が増すことさえあったらしい。

そんな京馬が、わたしには誘いの声をかけてこなかった。

彼は誰とでも気さくに話をした。わたしも例外ではなく、ときおり言葉を交わしたけれど、高齢の女性職員に対してさえ、一度どう、などと誘いかけるくせに、わたしには際どい言葉ひとつかけてこなかった。寂しいと思ったわけではないが、なんとなく居心地の悪さを感じていた。

あるとき、病院の中庭で、彼が三十過ぎの外科病棟のナースからなじられている姿を目撃した。南方の海洋で夫を亡くした人だった。女性は、泣きながら彼の頬を平手で打った。松葉杖に身を預けた彼は、無抵抗だった。

女性が駆け去ったあと、彼がいる方向へ用のあるわたしは、引き返したり避けたりするのも気まずく、そのまま行き過ぎようとした。

「野宮さん、手伝ってくれないかな」

彼が声をかけてきた。「存在しないはずのものが、かゆくてならないんだ」

わたしは、足を止め、彼の言葉の意味を目で尋ねた。

京馬は、松葉杖を放して、地面に座り、ズボンのベルトをゆるめた。

「脱ぐのを手伝ってくれるかな。かゆくてたまらない」

求めに応じて、彼の足もとに回り、ズボンの裾《すそ》を引っ張った。

下着をはいた彼の下半身があらわになる。よく動くせいか、腿《もも》の筋肉が発達している。義足は、腰に回したベルトとつないだ数本のサスペンダーで吊《つ》っていた。

彼は、義足を外して、膝から下のない右足をわたしの前に上げた。

「掻いてくれないか。ふくらはぎの辺りだ」

わたしは戸惑った。だが彼の顔は真剣だった。

仕方なく彼のふくらはぎがあったであろう辺りの宙を、指先で掻く真似《まね》をした。もっと強くと言われ、きっとからかわれているのだという疑いが、脳裏をかすめた。

彼はじっとわたしの指の延長線上を見つめている。急に気持ちが高ぶるのを感じた。

「こうですか。このくらい？　もっと強くですか？」

わたしは、指先に力を込めて、がりがりと音がしそうな勢いで掻くふりをした。

やがて彼が、安堵《あんど》の吐息をつき、からだの力をゆるめた。

「ありがとう。自分で掻いてもだめなんだ。人が掻いてくれるのを見て、脳が納得するらしい。もちろん一種の幻想だけど、多くの人間が似たことで悩んでいる気がする。さっきの女もそうさ。野宮さん、なぜ人は好んで痛みを受けようとするのかな」

「……なんのことですか」

わたしはまだ手を宙に浮かしたままで尋ねた。

彼は、包帯を巻いている膝の先を地面に下ろし、

「ある時間、楽しみ、悦《よろこ》びを得た。それで満足せず、なぜアテにもならない将来の約束を持ち出して、楽しみを棒に振る？　彼女の夫は永遠にきみを守ると誓いながら、

魚雷攻撃によって水底に沈んだ。人間ならば絶対に守ることのできない約束が、彼女に痛苦を与えた。なのにまた将来の約束事を持ち出して、誠実にそれを断ったおれをなじり、みずからの胸をさいなむ。なぜだろうね？」

「どうしてわたしに？　直接彼女に尋ねればいいじゃないですか」

「彼女は答えなんて持ってない。愛だとか永遠だとかの幻想に囚《と》らわれ、自分から進んで苦しんでいるということに、無自覚なんだ」

「だとしても、わたしが答えを持っていると思われる理由は何ですか」

「きみはつらい目にあってきた患者に同情しない、だろ？　慰めも励ましもしない。病院の職員はおおむね、演技にしろ患者には同情的な顔をする。きみはあえてそれを拒否してる気がする。患者の泣き言や繰り言は聞かない。そういう席には絶対いない。ある患者が、きみに直接つらい体験を話そうとしていた現場を、たまたま見かけた。相手のわずかな話の切れ目に、きみは知らぬ顔で立ち去ったよね。冷酷なのか？　いや、きみはその若さで、適切かつ迅速に看護や治療の助手を務めている。ベテランのナース並だよ。おれは、きみのあり方が心地いい。すがすがしいくらいだ。つらい思いを抱えてる人が嫌い、というわけではないのだろう？」

わたしは少なからず驚いた。自分のことをこのように見ている人は初めてだった。

「人は、べつに嫌いではないですけど」

　と、正直に答えていた。

「愚痴や苦労話を聞くのがつらいのか、あるいは腹立たしい？」

「かもしれません……現実に起きた悲劇に対して、多くの人が、だまされた、こんなはずではなかったと、被害者としての自分を強調して嘆き、加害者でもあったことは忘れて、ただ他者を責め、運命を呪《のろ》い、みずからを憐《あわ》れんでいます。その在り方が、結局はまた同じことを繰り返す底なし沼に、人々を引きずり込んでゆくように感じられて……わたしはいや、引きずり込まれたくないって、逃げたくなるんです」

　彼が、慣れた手つきで義足を着けながら、わたしを柔らかく見つめる。

「それでわかったよ。きみがほかと違って見えて、声をかけにくかったわけが。きみは、人が苦しんでいるものの正体に対し、意識的であろうとしているんだね」

　義足を着けたあと、彼がズボンをはくのに苦労しているので、わたしは身を寄せて、手伝った。

　義足に指がふれる。簡素に削った木でしかないのに、温かく感じられた。

「あなたは、引きずり込まれそうな人のほうが、声をかけやすかったんですか？」

思い切って尋ねた。いままで知らずにきた感情が、胸からあふれて、声にからんでしまい、すねているように聞こえて、困惑した。

彼が、わたしの伏せた目の奥をのぞき見て、松葉杖を拾って立ち上がった。

「きみ以外の女たちに声をかけていたのは、痛みに捕まっている人間の醜さを近くで見ていることで、痛みに捕まらないように意識的でいられたからさ。でも、もう限界だ……引きずり込まれたほうが楽に思えることがある。どう、一緒に逃げないか」

「逃げる？」

「そう。痛みからね。きみとなら逃げきれるかもしれない」

彼は、松葉杖に身を預けたまま、右手を伸ばし、わたしの手を取った。

わたしはその手を振り払わなかった。


万浬には、イレーヌが実の母親であることを、早い時期に話していた。

十市は、イレーヌが退院するまで伏せておこうと言ったが、成長するにしたがって母親とそっくりになる万浬自身の容貌《ようぼう》が、真実を告げていた。

万浬は驚いた顔を見せなかった。とうに察していたらしい。

病気のせいで、おなかに赤ちゃんがいると思っているイレーヌを、ママと呼ぶと混乱するだろう、と、陸子はあわせて伝えた。万浬は、母を名前で呼ぶことにした。

小学校に上がった頃から、万浬は一人で病院へイレーヌを見舞うようになった。家から病院まで、電車で十五分、駅から歩いて、子どもの足でも七、八分だった。二人は一緒にいる時間を心地よく感ずる様子で、母子の情愛が湧いてきたからだろうかと思い、

「よくお見舞いにいってるのね、どうして？」

と、陸子は尋ねた。万浬はなんでもなさそうに、

「イレーヌとは気が合うの」

と答えた。二人では、読んだ本の話をよくするという。

「シンデレラはバカよ。なぜ黙って言いなりになるの。料理に毒を入れて、意地悪な家族なんていなくしちゃえばいい。だったら魔法使いや王子に頼らなくても、自分の力で生きていける。イレーヌも賛成なの。マッチを売ってる女の子も、窓から幸せなお家《うち》をのぞくんじゃなくて、玄関から入って、勝手に料理を食べちゃうべきよ。文句を言われたら、テーブルをひっくり返してやればいい。イレーヌはやっぱり賛成よ。ほかにもね……彼女がハムレットってお話を聞かせてくれたの。父親である王様を、叔父さんに殺された王子が、大騒ぎするから復讐《ふくしゅう》の計画がばれて、相手も死ぬけど、自分も殺されるんだって。幼稚ねって、わたしは答えた。父親が殺されたって、放っ

ておけば、王子として贅沢《ぜいたく》に暮らせるし、いつか王様になったあと、叔父さんを死刑にすればいいのよ。イレーヌは、その通りねって喜んでくれた。わたしたちは同じように感じ、考える。だから楽しいの」

万浬が八歳のとき、イレーヌの退院が決まった。

その一年ほど前から、イレーヌは現実を受け入れられる状態に変わりつつあった。最も大きい要因は、やはり万浬だろう。万浬はもう傷つきやすい乳幼児ではない。一人で十分に生きていけそうな強さを見るにつけ、恐怖が収まっていったのではないかと思われた。

退院が決まる一カ月前、おなかにもう赤ん坊がいないことをイレーヌが認めた、と主治医から連絡があった。赤ん坊はどこへ行ったのか、と尋ねたところ、あっというまに成長して、夫と義母《はは》と暮らしている、と答えたという。

退院が正式に認められるかどうかという日、陸子は十市とともに、万浬を連れて、病院を訪れた。

陸子たちが病室に入っていくと、イレーヌは万浬だけを見つめていた。

「万浬ちゃん……わたしが誰か、わかる？」

イレーヌは心細そうな声で尋ねた。

「イレーヌ」と、万浬は答えた。

「じゃあ、あなたのママは誰か、わかる？」

万浬は陸子を振り返った。答えていいのかどうか、目で答えを求めている。

「本当のことを話してあげて」と、陸子は言った。

万浬は、イレーヌに顔を戻して答えた。

「わたしのママは、イレーヌ。あなたよ」

イレーヌは、安堵の表情を浮かべ、

「ママは、ずっと長い旅をしていたみたい。ママに、あなたを抱きしめさせて」

と、手を差しのべた。

万浬は、表情を変えることなく、冷静に実の母のもとに進んだ。

イレーヌは、万浬を抱き寄せ、頰と頰をすり合わせて、涙をこぼした。

「どうして泣いているの、イレーヌ」

と、万浬が尋ねた。

イレーヌはただ首を横に振った。

わたしは、病院を辞めて、京馬と旅に出た。

旅自体に意味も目的地もない。わたしたちはとにかく「逃げている」というカタチが欲しかった。経済的には、彼が家から持ち出した金銭と、わたしも貯金が幾らかあった。両親には書き置きを残し、困った場合は終戦直後に買った土地を処分するように勧めた。

それこそ追手から逃れる感覚で、日本のいたるところへあてどなく移動しつづけた。金銭はさほど必要としなかった。公共の交通機関を使うことは稀《まれ》で、多くはトラックやオート三輪の荷台に乗せてもらった。宿泊は、空家や寺社に泊まることもあれば、農家など民家に泊めてもらうこともあった。

当時はまだ野宿をしている人がわりといたし、他人と共有したり分け与えたり、ということも特別なことではなかった。加えて、京馬が傷痍軍人として、からだの障がいをいたわられたことも旅を助けた。わたしは軍人の妻として、甲斐甲斐《かいがい》しく支えているように見えたらしい。宿泊施設に無料で滞在を勧められたり、食事を提供されたり、ときには金銭を渡されたりすることもあった。

旅のあいだに差し出された好意やもてなしを、わたしたちは遠慮せずに受け入れた。人々が、戦争によって生じた障がいに対し、罪悪感なり贖罪《しょくざい》の念なり、なにがしかの痛みを感じるがゆえに、わたしたちによくするのがわかったからだ。わたしたちが好意を受け止めることで、彼らの良心の痛みがやわらぐのが伝わってきた。

先行きの不安も、人の視線も気にしなかった。警察に拘束される可能性のある法令違反にだけは注意した。旅の中断を余儀なくされることを避けるためだが、その程度の注意は、心の自由を阻害する要因にはならなかった。

そして、夜でも朝でも昼間でも、場所と時を選ばずに、わたしたちは抱き合った。丁寧に、優しく、けれど奔放につながり合った。彼のからだの不自由さは気にならなかった。社会の慣習や、男女のふるまいを規定する文化から、できるだけ遠く離れることを望み、この宇宙に二人きりでいるかのように欲望を味わい尽くした。

「逃げられてる気がするよ」

満天の星の下で、つながり合ったまま京馬が言ったことがある。

「ええ。逃げられてるように感じる」

そのときはわたしも、彼の腰に脚をからめたままで答えた。

わたしたちは痛みというものを甘く見ていたのだ。戦時中だけでなく、長い長い時間……それこそ人類の誕生の時にまでさかのぼって、人間を呑《の》み込みつづけてきた痛みから、そうやすやすと逃れられるはずがなかった。

二人は逃げていられるつもりでいたけれど、痛みのほうは、わたしたちが溺れていた解放と悦楽の陰から、そっと忍び寄っていたのだ。

イレーヌが家に戻り、野宮の家もようやく落ち着くかに思えた。

だがトラブルは、陸子が思いもしないところから降りかかってきた。

十市が、十八歳年下の大学での教え子と、親密な関係を持っていたのだ。知り合った当時、娘は父親を亡くしたばかりで、いろいろ相談事を聞いてくれる十市への依存が恋に変わり、彼のほうも妻が入院していたために欲求不満がつのっていたときで、運悪くタイミングが合ってしまった、ということらしい。

彼女の卒業後の就職先として、彼は自分の勤める美術館に推薦した。上司と部下となってからはさらに関係が深まり、ついには子どもができた。万浬の五つ年下になる娘で、十市は千蛍《ちほ》という名前をつけていた。

イレーヌが家に帰って二カ月後、須磨子《すまこ》と名乗る女が、三歳になる千蛍を連れて、野宮家を訪れた。母娘《おやこ》とも幼稚園の入園式に出席するような服装だった。須磨子は目もとの愛らしい童顔で、娘は母によく似ている。

美術館が休みの日で、陸子も講義がなく、息子夫婦と一緒に家にいた。

十市の狼狽《ろうばい》ぶりから、彼にも知らせていなかったようだが、たぶん彼を通じて、陸子と十市夫婦の在宅を事前に確かめていたのだろう。須磨子の元もとの性格か、子どもができて変わったのかはわからないが、言葉づかいは丁寧ながら、開き直ったようなふてぶてしい態度で、陸子たちの前に立った。

「十市さんのお世話になっています。この子も認知していただいています」

万浬は通常その時間は小学校にいるはずだったが、校内行事のために、大人たちが居間で話し合いをしているときに戻ってきた。

陸子は、千蛍の世話を彼女に頼んだ。大人たちの穏やかならぬ雰囲気を察してだろう、万浬は何も問わずに、庭で千蛍の相手をした。

「十市さんは、離婚して、正式に結婚すると、おっしゃってくださいました」

須磨子によれば、十市は、妻が入院しているあいだは離婚できないけれど、退院したら必ず手続をする、と約束していたらしい。だが妻が退院しても、十市の態度は煮え切らず、彼女は追いつめられた想いで、押しかけてきたということだった。

「千蛍もじきに事情がわかってきます。最近はよく、パパはどうしておうちにいないの、と泣くのです」

十市はうつむいて答えなかった。

目の前のテーブルをひっくり返し、しみったれたことを言わずに今日からここに一緒に住め、と言うくらいの度量があれば……と、陸子は十市の父親を思い出した。だが子育ての罪は自分にあると思い、ため息をつくしかなかった。そのとき、

「離婚をすればいいのですか。みなさんが幸せなら、わたしはします」

と、イレーヌが言った。眉間《みけん》や額に苦渋の皺《しわ》はなく、十市と須磨子の深刻な表情を不思議そうに眺めている。

病気が再発したのではないかと気になり、陸子は尋ねた。

「イレーヌ、離婚の意味をわかっているの？　十市と夫婦ではなくなるのよ」

「わたしの病気のせいでもあるのだから、仕方ありません。ただ問題が一つあります。離婚をしたら、日本にいられなくなりますか？　わたしはここにいたいのです」

とっさに大人たちが考えつかずにいると、

「イレーヌ、陸子さんの子どもになれば？」

縁側から、万浬が顔を出して言った。話を聞いていたらしい。

「そういうことができるって、読んだ本のなかにあったよ。養女というの」

イレーヌが陸子を見る。陸子はうなずいた。

「できるのじゃないかしら」

「よかった。だったら、わたしはずっとこの家にいられますね」

イレーヌが笑顔で手を打ち合わせる。

「イレーヌとわたしは、いつだって姉妹みたいだったもの。そうしたら、千蛍ちゃんと三人姉妹だね」

万浬もにこやかに言った。

「じゃあ一緒に遊びましょう。もうお話はいいのでしょ？」

イレーヌは、陸子たちに言って、裸足《はだし》で庭に下りた。

陸子は、意外な展開に困惑する十市と須磨子を一瞥《いちべつ》して、明るい日の下でシャボン玉を追いかけて遊ぶ万浬たちの姿に目をやった。

十市の父親が、進化する生き物の存在について語っていた言葉を思い出す。

自分たちが、古い常識に縛られた、滅びゆく世界の生き物に思えた。

その後、イレーヌは陸子の養女となり、変わらず鎌倉の家で暮らした。

十市は家を出て、隣の市に部屋を借り、須磨子と千蛍との生活を始めた。

危ういバランスながら、このままの暮らしがしばらくはつづくのだろうと思われた。

だが離婚して半年、イレーヌが死んだ。

わたしは旅の終わりを恐れはじめた。

京馬も同じだったろう。

わたしたちの旅では、金銭を使うことがあまりなかったとはいえ、京馬の痛み止めの薬は別だった。

彼の足の切断部が、包帯をクッションとして巻いてはいても、義足の接合部とこすれてしばしば痛むため、我慢できないときはモルヒネを使っていた。

戦後、軍部が保有していたモルヒネが流出し、しばらくは簡単に入手できたが、時が経《た》つにつれて、それも難しくなってきた。旅先で薬局を訪ねて、ないと言われたときも、彼が足の痛みを訴え、闇値《やみね》でいいからと頼めば、二軒に一軒くらいはこっそり出してくれたものだ。やがて三軒に一軒になり、町中の薬局から首を横に振られて、場末のやくざな組織から法外な値段で手に入れるしかない場合もあった。

京馬は、モルヒネを買う金に困ると、実家に連絡し、送金を頼んでいた。はじめのうちはすぐに郵便局宛《あて》に振り込まれてきたが、度重なるにつれ次第に送金が遅れ、ついには催促にまったく応じてもらえなくなった。

旅をいったん中断して、一定の金額がたまるまで、わたしが働くのはどうか、と彼に尋ねた。そんなことをしたら痛みに追いつかれる、と彼は反対した。

モルヒネが切れ、闇値で買う金もなかったある日、あまりの痛みに耐えかねて、彼は病院を訪れ、モルヒネを打ってもらった。住所不定や無職の身分が明らかになれば、警察に連絡され、実家への強制的な送還の可能性があるため、わたしたちはずっと医療機関を避けていた。だが背に腹はかえられない。

京馬のからだはさすがに楽になった。警察への通報もひとまず見送られたらしい。ただし治療費の問題が身に迫った。彼は、病院の事務室から実家に電話を入れて、家族と病院側とで治療費の立て替えについて話し合ってもらった。

町なかの空家に泊まることにしたその夜、彼は寝てろと言って、一人で出かけ、深夜に戻ってきた。わたしは起きて待っていた。逃げるぞ、と彼が言う。先の病院をこっそり再訪し、夜勤の職員が巡回に出た隙《すき》を見て、モルヒネを盗んできたと話した。

「これでまだ当分は逃げていられる」

願い通り旅はつづけられた。だが、わたしたちの性に変化が生じた。

いつ痛みに捕まるか、いつ旅の終わりが来るか、という不安と焦燥が、からだのつながりを刹那《せつな》的、かつ、より激しいものにした。結果として、離れたくないという愛着が、二人の関係にまつわりだしていたことにも気づかずにいた。

以後、彼は日中に病院を訪れて下見をしては、夜に忍び込んでモルヒネを盗む、という犯罪行為を繰り返した。当時はまだ病院の警備や薬物の管理が甘かったから、できたことだろう。

盗みのあとには、拘束の不安が互いの欲情をいっそうかき立て、時間も場所も気にせず荒々しくつながった。

避妊にはずっと気をつけていたのに、ときおり忘れるようになった。これまで誰も妊娠させたことはないから、戦争で無精子症になったのに違いない、と彼は笑っていた。不安がなかったといえば嘘《うそ》になる。だが不安を感じることは、痛みにからみつかれることだと思い、あえて気にしないふりをしていた。

愛している、という言葉を、二人とも口にしたことはない。

好き、という言葉さえ避けていた。たまたま気の合った二人……同じ旅の目的を持った、信頼し合える、ごく親しい同行者、というつもりだった。

性に関しても、愛の行為ではなく、自分たちを縛りつけている社会のしがらみや文化や因習からの解放……さらに肉体的欲求の発散を意図する、心身両面の運動だと、定義づけていた。けれど、旅の終わりが予感されるにつれ、この女を、この男を、離したくない、別れたくない、という想《おも》いの縄に縛られはじめていた。

彼には黙っていたが、わたしはそれを生理的な感覚で意識していた。定期的な生理のおりの、しぼられるような圧迫感が次第に強まっていたことから、自分の子宮が命で満たされたがっているのではないか、からだは子どもを欲しているのではないか、という疑念が確信に変わりつつあった。

それをとくに強く意識した夜、わたしは彼を避けるのではなく、逆に求めた。自分からからだを押しつけ、彼のすべてを吸いつくそうとした。理性では危険を感じていながら、本能的な肉体の求めに抗《あらが》えなかった。

次の生理は来なかった。やがて、つわりによって、わたしは妊娠を知った。三カ月を過ぎたあたりでの頻繁な吐き気によって、彼もとうとう察した。

「追いつかれたってことか……」

彼は、悔しそうではなく、諦念《ていねん》のこもる声で言った。安堵にも聞こえた。わたしがそう聞きたい、と望んだからかもしれない。口にこそしなかったが、わたしたちは逃げることに疲れていた。

「産むのか」

と、彼が訊いた。

「産む」

と、わたしは答えた。

彼はうなずいた。堕《お》ろせと言えば、痛みをわたしに強いることになる。

「負けだな。実家まで送るよ。そこで落ち着こう」

「結婚して、子どもを育てることを選べば、いつかは離別の痛みにも向き合わなきゃいけなくなるけど」

「仕方ないさ。痛みを出し抜けなかった。おれたちは進化しそこねたんだ」

「進化……？」

「戦時中の戦闘行為と、その裏付けとなった思想……言葉を変えれば、殺し合いと、殺し合いに人間を駆り立てる心理の傾きを経験して、痛みがあるゆえに戦争は起きるんだと、おれは理解した。人間は、自分や、愛する者が傷つけられること、命を奪われることを恐れ、わずかな予感でも激しい不安に襲われて、その想像に心を痛める。生まれ故郷や祖国が攻撃されること、滅ぼされて領土を奪われることに恐怖を感じ、心身の痛みにさいなまれる。この痛みの源を取り除こうと、武器を取り、相手に攻撃をしかけ、先んじて滅ぼそうとする。つまり、愛と呼ばれるものと、痛みとは、わかちがたく結びついているのさ。いつかはまた世界で核が使われるだろう。その元凶は、やはり愛と呼ばれる痛みのはずだ。滅亡の危機は、古い人間には避けられない。愛を遠ざけていられる、進化を遂げた人間でなければね……。おれたち二人が、そのモデルになれないかと思ったこともあった。けど、古い脳のままでは無理なんだろう。突然変異のように、新しい変化が生じた人間が、何人も生まれて、一つの型にまでならないと、滅亡の危機を乗り越えて、生き延びることはできないに違いない」

京馬は、わたしに寄り添い、まだふくらんでいない腹を撫《な》でた。

「この子が、新しい人間となる可能性はあるだろうか。けれど、新しい人間だったら……愛と呼ばれる痛みを遠ざけていられるがゆえに……おれたちのことも愛さない。おれたちはそれに耐えられるだろうか。親を愛さない子どもを育てられるだろうか、守れるだろうか。そして、人間を愛さない人間が、未来を創造できるだろうか……」

わたしは、彼の憂《うれ》いに沈む顔に手を当て、自分にできる精一杯のこととして、体温を伝えた。

「まだ生まれてもいないのに……そんな心配、それこそ妙な不安に捕まってしまうことになるんじゃない？」

「おれの心は、とっくに追いつかれていたんだ」

「……どうして」

京馬は、さらに身を寄せ、わたしと唇を重ねた。

「いつのまにか愛していたから。おまえを失うと思うだけで、胸が痛むから」

こらえようとしても、わたしの目からは涙があふれた。同じ想いであることを、彼に唇を重ねて告げた。

「じゃあ、明日帰るか。ただモルヒネが切れて、痛みが少し来てる。ちょっともらってくるよ」

彼は、夜になって出かけ、夜明けになっても帰ってこなかった。逃げた、と思った。怒りも嘆きもなく、むしろほっとした。彼だけでも逃げつづけてほしいという気持ちがあった。

日が高く昇った頃、二人の警察官がわたしを探しにきた。町なかでわたしと京馬が一緒にいる姿を、複数の住民が目撃していたからだという。

警察署で、京馬の行方を知らされた。

彼は病院から逃げるところを、パトロール中の警察官に見つかり、取り押さえられた。だが交番まで連行される途中、彼は警察官の足を松葉杖で払って転がし、すぐ横を走る大通りに飛び出して、トラックにはねられた。逃走というより、自殺に近かったという。

ある意味、彼は逃げきったのかもしれない。遺体を確認した際、とても安らかな表情をして、ほほえんでいるようにさえ見えた。

わたしは、実家に戻り、男の子を産んだ。京馬と同じ十月一日生まれだった。形見として、日付を名前に生かした。

子どもの世話は母に任せた。母には新しい生き甲斐が必要だったし、わたしは看護助手の仕事をしながら、大学受験の勉強をする必要があった。

心理学を学びたいと思っていた。痛みと、痛みに囚われる人間のことを深く知りたかった。

イレーヌは着衣のまま冬の海で見つかった。

からだに争ったあとは見られず、遺書はなく、行方がわからなくなる前にふさぎ込んだ様子はなかったと、陸子も近所の者も証言した。

最後にイレーヌと言葉を交わしたのは、万浬だった。

「海を見にいってくる」

万浬にそう言い置いて、海岸通りを歩いていったという。

桟橋を一人で歩く彼女の姿を、散歩中の住民が見ていた。結局、足を滑らせて海に落ちた事故、として処理された。

十市は、元妻の遺体にすがって声を上げて泣き、自分を責めた。陸子もまた、イレーヌが哀れで、涙を抑えられなかった。

だが万浬は、陸子の見る限り、目を潤《うる》ませることもなかった。寂しげな、神妙な態度でいたものの、遠い親戚《しんせき》の葬儀に連れてこられた子どものようだった。

十市は、イレーヌが焼かれるのを待つあいだ、万浬の態度を責めた。自責の念に耐えきれず、娘に感情をぶつけずにはいられなかったのかもしれない。

「悲しくないのか。ママが死んだのに、つらいと思わないのか」

黙っていた万浬の左の目から、涙がこぼれ、頬を伝った。

十市だけでなく、陸子も驚いた。

「そうか……ショックで、泣くこともできずにいたんだな……すまなかった」

十市は、肩を落とし、娘の前を離れた。

一週間後、万浬が陸子を外出に誘った。イレーヌと最後に会った場所へ案内するという。

「あの日は、雪がちらちら舞ってた日で、わたしが学校から帰ってくるのを、イレーヌは玄関で待ってたの。陸子さんはまだ大学にいる時間だった」

家から三、四十分歩いた場所に、小さな寺がある。境内に建つ鐘撞《かねつ》き堂の、一階部分の奥の壁に、地獄極楽図を描いた板絵が掲げられていた。

イレーヌは、それを一緒に見たい、と万浬を誘ったのだという。

板絵は三枚横に並んでいた。十七世紀に描かれ、十九世紀に修復の筆が入ったと言われている。ところどころ色が剝《は》がれ、かすれた箇所はあるものの、全体的には鮮やかな色彩をとどめ、古い堂内と天窓から差す光がつくる明暗の深みが、とくに地獄絵の生々しい臨場感を見る者に伝える。

中央の絵には、画面下から上に向かって流れる川が描かれている。人が死んだあとに渡る三途《さんず》の川で、その先に閻魔《えんま》大王の裁きの場がある。生前に犯した罪によって、地獄行きか、極楽で救われるかが決められる。

向かって左の絵は、明るい光に包まれた静謐《せいひつ》な世界で、蓮《はす》の花が咲き、極楽鳥が舞い、多くの仏や菩薩《ぼさつ》が集まって、早世した無垢《むく》な童子たちや、数少ない善人を迎えている。美しい世界ではあるものの、色彩は単調で、絵としての魅力は乏しい。

向かって右側が地獄絵で、身ぐるみを剝がされた人間たちは、恐ろしい形相の鬼たちに追い立てられて、煮えたぎる湯のなかに入れられたり、火であぶられたり、石臼《いしうす》で挽《ひ》かれたり、針の山で刺し貫かれたり、首まで地面に埋められて野犬や蛇に食われたりしている。想像の限りを尽くした責め苦の情景が、細密に描かれ、血や炎の色を主体に色彩も豊かで、見ていて飽きることがない。

「イレーヌは、わたしが生まれる前に、父さんと見たことがあるんだって。父さんは、イレーヌに、地獄の本当の恐ろしさは、火であぶられたり蛇に食べられたりして死んでも、またすぐ生き返って、永遠に終わらない痛みを与えつづけられることだって、話したらしいの。永遠の痛みから逃れるためには、悪いことをしたり嘘をついたりしちゃいけないだけじゃなく、進んで人の世のためになることをしなさいって、父さんは小学生の頃、怖い顔のお坊さんに、この絵の前で言われたみたい」

かつては道徳教育の一環で、近くの小学生たちが遠足の際に連れてこられ、悪いことをすれば地獄に落ちると、絵を前にして教えられていた。子どものトラウマになりかねないという、保護者からの苦情によって、いまはその習慣は絶えている。

「そのときイレーヌは、父さんに訊いたんだって。もし痛みを感じなかったらどうなるのかって。からだに痛みを感じない人が、ごくたまにいるみたい。イレーヌは、フランスにいた頃、実際にそういう人を見たことがあるらしいの」

陸子はかすかに動揺した。

「十市はどう答えたの？」

「困った顔で、何も答えなかったって。わたしね、その話、とても面白いと思ったの。だって痛くなければ、地獄なんて怖がらずに、いろんなことに挑戦できるのよ」

人が痛みを感じることがなければ、地獄の存在意義はない。罰の意味合いも、見せしめの効用も失われる。現実の刑罰も、社会を管理する役には立たなくなる。人が痛みを感じるがゆえに、社会は一定の秩序を保っていられるのだろう。

「でもイレーヌはね、前は自分もそう思ってたけど、いまは違う、って言ったの」

「どういうこと」

「何をされても痛みを感じなくて、生まれ変わってもやっぱり何も感じないなら、むなしく思うだろう……いっそのこと、痛みを感じたいと思うようになるのじゃないかしら、って」

彼女は痛みを恐れるあまり、病気に逃げ込み、長いあいだ痛みのない世界に暮らしていた。その日々を、地獄絵に託して語ったのだろうか。

「突然、ママを愛していないでしょ、って、イレーヌが訊いてきたの。いろんなことを一緒に見たり聞いたり、同じことを考えたり感じたりして、お互いに気が合うことはわかってる。でも、愛してはいないでしょ、って。考え方も感じ方も同じだから、気がついたんだって……。イレーヌは、わたしを失うことが怖くないって言った。最高の友だちだと思う。だからもし失うとしたら残念だけど、失ったあとのことを想像しても、胸が痛くなることはない。父さんとの離婚もそう。胸は痛まなかった。自分の子どもだとわかって、わたしを抱いたときも、何も感じなかったって。感じないこと、どうしたんだろうって思ってたら、涙が出ていたの、って……。言っていることに、わかるでしょ、って訊かれた」

「なんて答えたの」

「わかるって。イレーヌは、自分は心の病気でそうなったけど、万浬ちゃんは、きっとそんなふうに生まれたんだと思う、って言った。アレルギーの人が、そんなふうに生まれるみたいに、生まれつきなんだろうって……。陸子さん、わたし、イレーヌの言葉で、わかった。自分でも、人と違うな、周りと合わないって、いつも感じてた。人が泣くようなお話にも感動しないし……好きな人が殺されたから復讐するってお話を、どうしてみんなかっこよく思うのかもわからない。お互いにやり返しつづけたら、誰もいなくなっちゃうわけでしょ？　思い通りにならないことが起きると、困った、とは思うし、願っていたことが違う結果になったら、残念だな、とは思うよ。でも、泣いたり、怒ったり、誰かを恨んだりなんてことは、理解できない。なぜかって、ずっと考えてたけど、わかった……痛みを感じないからなんだ」

陸子は喉《のど》が締めつけられる思いがした。

「そんなこと、まだ、わからないじゃない」

万浬は、それには答えずにつづけた。

「陸子さん、イレーヌは自殺したんだよ。悲しいお話を読んでも、人が大勢死んだニュースを見ても、たとえ親しい人と別れるとしても、胸は痛まない。だったら何のために生きているんだろうって、イレーヌは思いはじめたんだって。地獄に落ちた人は、助けてって叫ぶでしょ。それは希望を持つことでもあるって、彼女は言った。絶対に助からないとわかってても、人は希望を持つものなのに、わたしには希望を持つ意味さえわからない……」

万浬は表情を変えることなく話した。陸子は不安になり、孫娘に身を寄せた。

「そのあと手をつないで、お寺の外まで歩いたの。海を見にいくから、あなたはお家《うち》に帰りなさい、って言ったあと、イレーヌはわたしを抱き寄せた。万浬ちゃんは、生きることがむなしくならずにすむ何かを見つけなさい、懸命になれる何かを見つけなさい、って。そして海に向かって歩きだした。行っちゃうのかと思ったら、途中で戻ってきた。身を屈《かが》めて、わたしを正面から見つめて、こう言ったの。万浬ちゃん、嘘を言い合いましょう」

「嘘を？」

「イレーヌは、わたしの唇にキスをした。そして言ったの。愛しているわ、万浬」

「……あなたは、どう答えたの」

「愛してるよ、ママ」

陸子は万浬を抱き寄せた。孫娘の顔を見ているのが怖くなった。

「それは……嘘なの？」

万浬は返事をしなかった。

「それからイレーヌはどうしたの」

「海に向かって歩きだした。しばらく見送ったけど、二度と振り返らなかった」

陸子は、自分たちの前に掲げられている地獄絵図に、視線を戻した。痛みと恐怖と嘆願にゆがむ表情に目を凝らせば、まさに人間の実相を表わしていると言える。

「万浬、お葬式のとき、十市に責められて、涙を流したでしょ。ママへの想いが、愛ではなかったと言うなら、あの涙の意味は何だったの」

「イレーヌの言葉を思い出してたの。大切に思う誰かを失ったあとのことを想像しても、胸は痛くならない……。イレーヌは前もって教えてくれていたのよ。わたしがママの死を知っても、胸が痛くならないってことを。そういう生まれつきなんだってことを。わたしは、この世界でたったひとりの理解者を失ったんだ……それに気づいたら、つらくもないし、胸も痛くならなかったのに、涙が出ていた」

この子はアスペルガー症候群ではない。彼女自身の言う通り、痛みを感じないのだ。

心の痛みを。なぜかはわからない。脳の機能に先天的な欠損があるのかもしれない。

欠損……？　そうなのか。

京馬は言った。人間は、自分や愛する者の命を……生まれ故郷や祖国や領土を……奪われることに痛みを感じるがゆえに、武器を取り、相手に攻撃をしかけ、先んじて滅ぼそうとする。愛のために、いつかまた核が使われ、滅亡の危機に瀕《ひん》する可能性がある。だとしても、古い人間にはそれを避けられない。

滅亡を乗り越えて生き延びるには、突然変異のように、新しい変化が生じた人間が生まれてこなければならないだろう、と。

もしかしたら万浬は、新しい人間の可能性を示すモデルなのではないだろうか。

だとしたらこの子は……。

陸子は、絶望の予感をおぼえながら、問わずにはいられなかった。

「万浬、あなたは、わたしを愛していないのね。死んでも泣かない、そうね？」

万浬が眉《まゆ》をひそめた。不思議なことを訊く、と思っている様子だ。

ふと、あることに気づいたらしく、口もとに笑みを浮かべて尋ね返した。

「嘘を言い合うの、陸子さん？」

瞬間、身の内にこみ上げてきた衝動の意味を、どう理解すればいいのかわからなかった。感じたのは、殺意だった。

陸子の目の端に、極楽図の仏たちの、残酷なほどの静かな微笑が映った。

社会の秩序や安寧《あんねい》を保つためには、心に痛みを感じない人間など生きているべきではないと、陸子の心をそそのかすものがある。

自分が進化から取り残された古い生き物であることを意識させる相手に、嫉妬《しっと》を感じたからかもしれない。足をつかんで引きずり下ろしたいという、羨望《せんぼう》と裏返しの感情だったのかもしれない。

新しい人間の可能性を口にした京馬の、最後の温かい口づけが……海から引き上げられたイレーヌの、不思議なほど穏やかで美しかった死に顔が……陸子の衝動をねじ伏せた。

万浬の前にひざまずき、彼女の首に伸ばすところだった手を、彼女の背中に回して、抱き寄せた。

この子を守ろう。この子の資質を守り育てよう。

心に痛みを感じない人間を、この世界に対して、むなしくさせず、孤独に陥らせず、生き延びさせよう。そう誓った。

「ええ、万浬、言ってほしいの……嘘をついてほしい」

陸子は、万浬の顔を見ずに言った。

孫娘のそっと笑う息づかいが耳にふれた。

「愛しているよ、陸子さん」

陸子の閉じたまぶたから、意識しないままに涙がこぼれた。

万浬は、陸子とくっつけ合っている頰に冷たさを感じたのだろう。

「どうして泣いているの？」と訊いた。

陸子は、万浬の匂《にお》いを胸いっぱいに吸い込んで答えた。

「わたしが古い人間だからよ」


（下巻につづく）

天童荒太著

孤独の歌声

日本推理サスペンス大賞優秀作

さぁ、さぁ、よく見て。ぼくは、次に、どこを刺すと思う？　孤独を抱える男と女のせつない愛と暴力が渦巻く戦慄のサイコホラー。

天童荒太著

幻世《まぼろよ》の祈《いの》り

家族狩り　第一部

高校教師・巣藤浚介、馬見原光毅警部補、児童心理に携わる氷崎游子。三つの生が交錯したとき、哀しき惨劇に続く階段が姿を現わす。

天童荒太著

遭難者の夢

家族狩り　第二部

麻生一家の事件を追う刑事に届いた報せ。自らの手で家庭を壊したあの男が、再び野に放たれたのだ。過去と現在が火花散らす第二幕。

天童荒太著

贈られた手

家族狩り　第三部

発言ひとつで自宅謹慎を命じられる教師。殺人の捜査より娘と話すことが苦手な刑事。決して器用には生きられぬ人々を描く、第三部。

天童荒太著

巡礼者たち

家族狩り　第四部

前夫の暴力に怯える綾女。人生を見失いかけた佐和子。父親と逃避行を続ける玲子。女たちは夜空に何を祈るのか。哀切と緊迫の第四弾。

天童荒太著

まだ遠い光

家族狩り　第五部

刑事、元教師、少女——。悲劇が結びつけた人びとは、奔流の中で自らの生に目覚めてゆく。永遠に光芒を放ち続ける傑作。遂に完結。

安東能明著
撃てない警官
日本推理作家協会賞短編部門受賞
部下の拳銃自殺が全ての始まりだった。警視庁管理部門でエリート街道を歩んでいた若き警部は、左遷先の所轄署で捜査の現場に立つ。

安東能明著
出署せず
新署長は女性キャリア！ 混乱する所轄署で本庁から左遷された若き警部が難事件に挑む。人間ドラマ×推理の興奮。本格警察小説集。

朝井リョウ著
何者
直木賞受賞
就活対策のため、拓人は同居人の光太郎や留学帰りの瑞月らと集まるようになるが――。戦後最年少の直木賞受賞作、遂に文庫化！

朝井リョウ著
何様
生きるとは、何者かになったつもりの自分に裏切られ続けることだ――。『何者』に潜む謎が明かされる、発見と考察に満ちた六編。

相場英雄著
不発弾
名門企業に巨額の粉飾決算が発覚。警視庁の小堀は事件の裏に、ある男の存在を摑む――日本を壊した〝犯人〟を追う経済サスペンス。

朱野帰子著
わたし、定時で帰ります。
絶対に定時で帰ると心に決めた会社員が、部下を潰すブラック上司に反旗を翻す！ 働き方に悩むすべての人に捧げる痛快お仕事小説。

芦沢央著
許されようとは思いません
入社三年目、いつも最下位だった営業成績が大きく上がった修哉。だが、何かがおかしい。どんでん返し100％のミステリー短編集。

伊坂幸太郎著
オー！ファーザー
一人息子に四人の父親!? 軽快な会話、悪魔的な箴言、鮮やかな伏線。伊坂ワールド第一期を締め括る、面白さ四〇〇％の長篇小説。

伊坂幸太郎著
ホワイトラビット
銃を持つ男。怯える母子。突入する警察。前代未聞の白兎事件とは。軽やかに、鮮やかに。読み手を魅了する伊坂マジックの最先端！

小川洋子著
博士の愛した数式
本屋大賞・読売文学賞受賞
80分しか記憶が続かない数学者と、家政婦とその息子――第1回本屋大賞に輝く、あまりに切なく暖かい奇跡の物語。待望の文庫化！

恩田陸著
六番目の小夜子
ツムラサヨコ。奇妙なゲームが受け継がれる高校に、謎めいた生徒が転校してきた。青春のきらめきを放つ、伝説のモダン・ホラー。

恩田陸著
夜のピクニック
吉川英治文学新人賞・本屋大賞受賞
小さな賭けを胸に秘め、貴子は高校生活最後のイベント歩行祭にのぞむ。誰にも言えない秘密を清算するために。永遠普遍の青春小説。

桐野夏生著

残虐記

柴田錬三郎賞受賞

自分は二十五年前の少女誘拐監禁事件の被害者だという手記を残し、作家が消えた。折り重なった虚実と強烈な欲望を描き切った傑作。

桐野夏生著

抱く女

一九七二年、東京。大学生・直子は、親しき者の死、狂おしい恋にその胸を焦がす。現代の混沌を生きる女性に贈る、永遠の青春小説。

京極夏彦著

ヒトでなし

―金剛界の章―

仏も神も人間ではない。ヒトでなしこそが悩める衆生を救う？ 罪、欲望、執着、救済の螺旋を描く、超・宗教エンタテインメント！

黒川博行著

疫病神

建設コンサルタントと現役ヤクザが、産廃処理場の巨大な利権をめぐる闇の構図に挑んだ。欲望と暴力の世界を描き切る圧倒的長編！

黒川博行著

螻蛄（けら）

―シリーズ疫病神―

最凶「疫病神」コンビが東京進出！ 巨大宗派の秘宝に群がる腐敗刑事、新宿極道、怪しい画廊の美女。金満坊主から金を分捕るのは。

窪 美澄著

よるのふくらみ

幼なじみの兄弟に愛される一人の女、もどかしい三角関係の行方は。熱を孕んだ身体と断ち切れない想いが溶け合う究極の恋愛小説。

今野敏著

リオ

—警視庁強行犯係・樋口顕—

捜査本部は間違っている！　火曜日の連続殺人を捜査する樋口警部補。彼の直感がそう告げた。刑事たちの真実を描く本格警察小説。

今野敏著

隠蔽捜査

吉川英治文学新人賞受賞

東大卒、警視長、竜崎伸也。ただのキャリアではない。彼は信じる正義のため、警察組織という迷宮に挑む。ミステリ史に輝く長篇。

近藤史恵著

サクリファイス

大藪春彦賞受賞

自転車ロードレースチームに所属する、白石誓。欧州遠征中、彼の目の前で悲劇は起きた！　青春小説×サスペンス、奇跡の二重奏。

近藤史恵著

エデン

ツール・ド・フランスに挑む白石誓。波乱のレースで友情が招いた惨劇とは——自転車競技の魅力疾走、『サクリファイス』感動続編。

佐々木譲著

警官の血（上・下）

初代・清二の断ち切られた志。二代・民雄を蝕み続けた任務。そして、三代・和也が拓く新たな道。ミステリ史に輝く、大河警察小説。

佐々木譲著

警官の条件

覚醒剤流通ルート解明を焦る若き警部・安城和也の犯した失策。追放された〝悪徳警官〟加賀谷、異例の復職。『警官の血』沸騰の続篇。

桜木紫乃著

ラブレス

島清恋愛文学賞受賞・突然愛を伝えたくなる本大賞受賞

旅芸人、流し、仲居、クラブ歌手……歌を心の糧に波乱万丈な生涯を送った女の一代記。著者の大ブレイク作となった記念碑的な長編。

桜木紫乃著

硝子の葦

夫が自動車事故で意識不明の重体。看病する妻の日常に亀裂が入り、闇が流れ出した——。驚愕の結末、深い余韻。傑作長編ミステリー。

志水辰夫著

いまひとたびの

いつかは訪れる大切なひとの死。感動という言葉では表せない、熱い涙。語り継がれる傑作短編集に書下ろし作品を加えた、完全版。

篠田節子著

仮想儀礼（上・下）

柴田錬三郎賞受賞

金儲け目的で創設されたインチキ教団。金と信者を集めて膨れ上がり、カルト化して暴走する——。現代のモンスター「宗教」の虚実。

篠田節子著

長女たち

恋人もキャリアも失った。母のせいで——。認知症、介護離職、孤独な世話。我慢強い長女たちの叫びが圧倒的な共感を呼んだ傑作！

真保裕一著

ホワイトアウト

吉川英治文学新人賞受賞

吹雪が荒れ狂う厳寒期の巨大ダムを、武装グループが占拠した。敢然と立ち向かう孤独なヒーロー！ 冒険サスペンス小説の最高峰。

ペインレス（上）

私の痛みを抱いて

新潮文庫　て－2－7

令和三年三月一日発行

著者　天《てん》童《どう》荒《あら》太《た》

発行者　佐藤隆信

発行所　株式会社新潮社

郵便番号　一六二—八七一一
東京都新宿区矢来町七一
電話 編集部(〇三)三二六六—五四四〇
電話 読者係(〇三)三二六六—五一一一
https://www.shinchosha.co.jp

価格はカバーに表示してあります。

乱丁・落丁本は、ご面倒ですが小社読者係宛ご送付ください。送料小社負担にてお取替えいたします。

印刷・大日本印刷株式会社　製本・加藤製本株式会社

ISBN978-4-10-145717-8 C0193